Sonya
ソーニャ文庫

堕ちた軍神皇子は絶望の檻で愛を捧ぐ

桃城猫緒

イースト・プレス

contents

序章　処刑前夜　005
第一章　追憶　010
第二章　結婚　089
第三章　正義　196
第四章　歪形《いびつなり》　258
終章　希望　316
あとがき　348

序章　処刑前夜

「──従って本日ここに、クラウディオ・デ・ヒスペリアの死刑宣告を通達いたします。明日の正午、マジュリート大聖堂前広場にて絞首台を用い、神の御子たるヒスペリア帝国国民の前で絞首刑に処す次第であります」

寒々とした薄闇の中、死刑を告げる刑務官の低く重い声が響く。

部屋に灯された灯りは燭台《しょくだい》の蠟燭《ろうそく》ひとつ。窓を塞がれた部屋には、日の光も月の光も届かない。

ここはヒスペリア帝国の帝都マジュリートにあるアゼリア牢獄《ろうごく》。四本の塔を備えた石造りのこの建物は、かつて頑健を誇る要塞だった。

古ぼけた寝台しかない粗末な独房。扉の小窓越しに、刑務官が呼びかけた。

「のちほど、最後の告解に司教が参ります」

微かな灯りの下、独房の男は口角を持ち上げて微笑んだ。

「ありがとう。こんな所まで、わざわざすまないね」

労《ねぎら》いの言葉に刑務官は一瞬驚いたように目を大きくしたが、すぐに落ち着き払った様子で「正義の果たされんことを」と残して、その場から立ち去った。

刑務官が独房から離れ日の光の差し込む廊下まで歩いていくと、共についていた新人の刑務官が口を開いた。

「驚きました。私はクラウディオ殿下にお会いするのは初めてでしたが、聞いていた話とは全然違う。残虐非道な暴君で人の心など持たず、しかも最近では会話も成り立たないほど気が触れているともっぱらの噂《うわさ》でした。今日だって私はてっきり扉を蹴飛ばされ、怒声を浴びせられるかと。けど、先ほど独房にいた殿下は、朗らかな声で私たちを労ってくださった。わずかな言葉でしたが……まるで太陽のような温かみを感じました」

戸惑いながら言葉を紡《つむ》ぎ続ける新人を、刑務官は小さな咳払《せきばら》いをして咎《とが》める。

「口を慎みなさい。彼は罪のない村を焼き、幾人もの廷臣を殺したうえ、皇帝陛下まで手にかけようとして国家転覆を企てた重罪人です。庇《かば》い立てるような真似をすれば、お前にも容疑がかけられかねませんよ」

「そんな、私はただ……」

彼はもっと何か言いたそうだったが、刑務官に横目で睨《にら》まれ、そのままモゴモゴと口を噤《つぐ》んだ。


夜が訪れた。

クラウディオは冷たい石造りの床の上に座り込み、ただひたすら待ち詫《わ》びる。その命が終わる明日を。

（ようやく終わるよ、アマンダ。明日になれば会えるから、もう少しだけ待っててくれ）

暗闇の中でひとり死を待つ顔は、安堵《あんど》と幸福に満ちていた。

クラウディオはこの国の皇弟であった。稀代《きたい》の名将でもあった彼は、かつてはヒスペリアの英雄とも呼ばれ、人々の羨望の的だった。

若き英雄は見目も良く、空のように青い瞳はいつだって正義の炎を宿し煌《きら》めいていた。背も高くしなやかで逞《たくま》しい肉体を持った彼が軍馬に跨《また》がれば、一枚の名画のように様になり、凛々《りり》しく整った顔立ちに、陽光に煌めく金色の髪がよく似合っていた。

戦場では不敗神話を打ち立て、その勇姿は国民のみならず国外の兵士までもを心酔させた。

クラウディオは美しかった。容姿も、魂も。誰もが彼を愛さずにはいられないほどに。

しかし今、闇の中でまどろむ彼にその面影はない。

髪は年齢に似つかわしくない白髪に変わり、目は片方の瞼《まぶた》が焼け爛《ただ》れて塞がっている。体中に火傷の痕が残り、包帯が巻かれたままの両足は重傷でまともに歩くこともできない状態だ。

そして何より、彼の表情からは生への希望が窺《うかが》えなかった。

心も体も満身創痍《まんしんそうい》なクラウディオは、ただ明日の処刑を待っている。それだけが今の彼にとって、唯一の救済だった。

静寂の中、クラウディオは壁に凭《もた》れかかり目を閉じる。

しばらくすると、廊下から静かな足音が聞こえてきた。どうやら、最後の告解のために司教がやって来たようだ。

その足音が部屋の前で止まり、クラウディオは顔を上げた。扉の小窓に人影が見えるが、部屋も廊下も暗すぎて顔までは見えない。

司教は扉の前で佇《たたず》んだまま、なかなか声をかけてこない。クラウディオは姿勢を正して跪《ひざまず》くと、扉に向かって話しかけた。

「司教殿か。最後の罪の告白を聞き届けにきてくださったことを感謝する」

返事はなかったが、クラウディオは神の名を呟《つぶや》き祈りを捧《ささ》げてから語り始めようとする。しかし。

「……すまない。どこから話そうか迷っている。なにせこの二十五年間、俺は過ちばかりだった。いったいどこで間違えてしまったのだろうな。俺はただ……あの子に笑ってほしかっただけなのに」

眉尻を下げ泣きそうな顔で微笑《ほほえ》みながら、クラウディオは髪を掻《か》き上げる。そして扉に背を預けて座り直すと、一度大きく嘆息した。

「少し長くなるが、聞いてくれないか。世にも愚かな男が、最愛の人を……アマンダを失うまでの半生を」

暗闇を見つめる隻眼《せきがん》の青い瞳には、切なさと懐かしさの混じった色が浮かぶ。

彼は語った。その壮絶な生き様を。

一六三三年、二月。

ヒスペリア帝国皇弟クラウディオ・デ・ヒスペリアの処刑前夜、しんしんと冷える夜のことだった。

第一章　追憶

一六二〇年、冬。

新しい年を迎えてから半月ほどが経ったその日、ヒスペリア帝国の首都マジュリートの宮殿の中庭では、ふたりの皇子が明るい笑い声を立てていた。

「来い、パウルス！　あはは、そうだ、お利口だぞ！　お前は世界一賢い犬だ！」

茶色い子犬と共に庭を駆け回っているのは、ヒスペリア帝国第二皇子クラウディオだ。眉目秀麗《びもくしゅうれい》な顔を屈託なく綻《ほころ》ばせ無邪気に笑うその姿は、まるで太陽のように眩《まぶ》しく温かく、見ている人をたちまち惹《ひ》きつける魅力に溢《あふ》れていた。

陽光に煌めく髪は金色で、瞳は快晴の空の如く青く輝いている。十二歳という生命力に満ちた少年期を、彼は全力で謳歌《おうか》しているように見えた。

「パウルス、ほら、こっちにもおいで」

庭の隅に立ち、柔らかな声で犬に呼びかけているのは第一皇子のディエゴだ。クラウディオとは二歳違いで、彼は年下の弟のことをよく可愛がり、兄弟は仲が良いと宮殿では評判だった。

しかし髪と瞳の色は同じでも、ふたりはあまり似ていない。それは顔立ちや背格好というよりは、性格による表情や振る舞いからくる違いである。

クラウディオは赤ん坊のときから元気の良い子で、溌剌《はつらつ》としており、人懐っこく、それでいて正義感が強く勇ましい性格だった。

対してディエゴは思慮深く控えめで、物腰の柔らかい人間だ。父である皇帝サバス一世に従順で、逆らったことなど一度もない。弟のクラウディオは頑固で、父の手を焼かせることは日常茶飯事だというのに。

庭でコロコロと駆け回っている子犬パウルスの件もそうだ。雨の日に宮殿に迷い込んできたみすぼらしい野良犬を、クラウディオは可哀想《かわいそう》だからという理由で周囲や父が止めるのも聞かず強引に飼い犬にしてしまった。

サバス一世はクラウディオのことを『手がかかる』とよく言う。しかしその嘆きの中には、信念を貫き必ずやり遂げる息子への期待が、少なからず籠められていた。

実際、パウルスは拾われてから半年で随分と賢い犬になった。クラウディオの命令をよく聞き、しかも勇敢だ。飼うことに反対していた者たちも、今では皇子と愛犬が戯れるのを温かい目で見ている。

クラウディオに熱愛を抱いているとしか思えない様子で、パウルスは彼の懐に勢いよく飛び込んだ。クラウディオは大きな笑い声をあげながら愛犬を抱きとめ、その勢いのまま芝生の上にひっくり返る。

「パウルスは本当にクラウディオが好きだね。僕のほうなんか見向きもしない」

じゃれ合っている弟と愛犬のもとへディエゴが歩いてきて、残念そうに笑う。

クラウディオは「俺とパウルスは特別な友達だからね！」と誇らしげに眉を持ち上げると、パウルスを両手で持ってディエゴに差し出した。

「でも兄上も俺の大事な人だから、パウルスと仲良くなれるといいな」

無邪気に言う弟にディエゴは頰《ほほ》を緩め、「ありがとう」とパウルスに向かって手を伸ばし、小さな頭を撫《な》でた。

「両殿下、サバス一世陛下がお呼びでございます」

愛犬と和やかに過ごすふたりのところにやって来たのは、侍従だった。

「父上が？」

クラウディオは服にまとわりついた土や芝生を、手で払いながら立ち上がる。何か呼び出される理由があっただろうかと思考を巡らせたが、思いあたることが多すぎてやめた。

少年期を謳歌しすぎているこの皇子は少々やんちゃなところがあり、側仕えの女官のポケットに蛙《かえる》を忍ばせたり、厳しい教育係の背中に「唐変木」と書いた紙をこっそり貼りつけたりと、悪戯《いたずら》に余念がない。

（でも兄上も一緒に呼ばれたなら、多分お説教じゃないよな）

クラウディオはパウルスを侍従に手渡し「お利口にしてるんだぞ」と言い聞かせると、ディエゴと共に父のもとへと向かった。

マジュリート宮殿はヒスペリア帝国の皇帝とその一族が住まう王宮であり、庁舎や大聖堂、軍事施設や厩舎《きゅうしゃ》なども備える複合施設でもある。広大な敷地は皇帝らが住まう本宮殿を中心に整然と区画されており、全体の外観は白を基調としている。

およそ三百年前に建てられたこれは、当時この地を支配していた異文化の名残が強く、本宮殿の内装は白い化粧漆喰《しっくい》や鍾乳石《しょうにゅうせき》飾り、アラベスク文様の透かし彫りなど、周辺国の建築物とは一風異なる装飾が見られた。

クラウディオはいつものように飾り柱のでこぼことした装飾を指でなぞりながら歩き、指先についた白い粉をフッと息で吹き飛ばした。廊下ですれ違う者らは兄弟を見て帽子を取り頭を下げると、「これはこれは両皇子。ご機嫌麗しゅう存じます」と眦《まなじり》を下げて挨拶《あいさつ》をした。ディエゴは軽く頷《うなず》き返すだけだが、クラウディオは「やあ、トラル卿《きょう》。娘さんの結婚が決まったんだって？　おめでとう」「グスマン夫人。腰痛が酷いと聞いたよ、大丈夫かい？」等々、ひとりひとりに何か話しかけなくては気が済まない。彼は人好きなのだ。

うっかりお喋《しゃべ》りが弾んでしまい、サバス一世の謁見室《えっけんしつ》に着くまで「クラウディオ。父上をお待たせしてはいけない、行こう」と兄に三回も声をかけられた。

そうして文字通り父を散々〝お待たせ〟して、兄弟はサバス一世のもとへとやって来た。

「お呼びでしょうか、父上」

大小の絵画が壁に飾られ、長い絨毯《じゅうたん》の敷かれた謁見室。奥の椅子《いす》に座るサバス一世の周囲には側仕えの宮廷官と聖職者が立っており、いつもと変わらない光景だ。

しかしその見慣れた光景に、今日は異質な存在が交じっていることに、クラウディオとディエゴは同時に気づいた。

「遅かったな。どうせクラウディオが道すがら油を売っていたのだろう。まあ、いい。お前たちに紹介しよう。カラトニア公女アマンダだ。今日から宮殿で暮らす。年も近い、顔を合わせたときは仲良くしてやりなさい」

その異質な存在は、どう見ても明るくない顔で大人たちに囲まれて立っていた。

レースのあしらわれた黒色のドレスに真珠で飾られた栗色《くりいろ》の髪。唇は瑞々《みずみず》しくぽってりしているが鼻は小さく頤《おとがい》は華奢《きゃしゃ》、くっきりとした睫毛《まつげ》に囲まれた瞳は黄昏《たそがれ》の橙色《だいだいいろ》に似ている。それが、アマンダ・デ・カラトニアだった。

年が近いとサバス一世は言ったが、クラウディオの目には彼女はうんと年下に見えた。それはきっと、気丈に背筋を伸ばして立つアマンダが、本当は今にも倒れそうなほどの不安と緊張で強く自分の手を握りしめていることに気づいたからだろう。

「初めまして。僕は第一皇子のディエゴ。マジュリート宮殿へようこそ、カラトニア公女」

先に声をかけたのは、珍しくディエゴのほうだった。客人を紹介される場では率先して名乗りたがるクラウディオが、今日はモジモジとしている。

皇子として生まれ周りには常に人が大勢いる環境で育ってきたクラウディオだが、年下の少女と接する機会は少なかった。それでも持ち前の人好きのする性格でなんとかなるはずだったのに、アマンダの前では緊張に呑《の》まれてしまう。こんなことは初めてだった。

「ようこそ、カラトニア公女……アマンダ。ええと、俺はクラウディオ、第二皇子。今年で十二歳になるんだ。きみは？」

　普段より遥《はる》かに不器用に挨拶をすれば、アマンダは少しだけ顔を俯《うつむ》かせて「十歳」と答えた。その姿があまりに弱々しかったので、彼女が泣いてしまうのではないかとクラウディオは焦った。

「そうなんだ。じゃあ俺よりふたつ年下だね。マジュリートへは観光で？　それとも両親の外遊についてきたの？　ここはいい所だよ、気候も暖かいし……。そうだ、あとで案内してあげる。家族は両親ときみだけ？　兄弟や姉妹はいないの？」

　なんとかアマンダに明るい顔をさせたくて、クラウディオはのべつまくなしに話しかけた。ところが、彼女は微笑むどころかついに唇を震わせて完全に俯いてしまった。

「えっ」と驚いたクラウディオとディエゴを、侍従のひとりが「殿下、こちらへ」と別の部屋へと連れていく。振り返って見たアマンダはスカートの裾を握りしめ、懸命に泣くのをこらえているように見えた。

「カラトニア公女はおひとりでマジュリートまで来られました。これから数年はここで暮らされます」

「ひとりで？　どういうことだ？」

別室で侍従がしてくれた説明によると、アマンダはいわゆる外交の人質としてこの宮殿にやって来たようだった。

ヒスペリア帝国を含むこの大陸では、十年以上前から大規模で冗長な戦争が続いている。きっかけは、地方で起きた旧教と新教の諍《いさか》いだった。しかしそれはたちまち各国に飛び火し、宗教間の争いに留まらず、大小問わず数多の国を巻き込んだ国際戦争にまで発展した。

ヒスペリア帝国は大陸最大の旧教国として、主に属国に於《お》ける新教の台頭を阻止することに注力してきた。しかし昨年、ヒスペリア帝国の不倶戴天《ふぐたいてん》の敵であるガリア王国が戦争に介入してきたことにより、状況は波乱含みの展開へと変わった。

新教国であるガリア王国は、山脈を挟んでヒスペリア帝国の東隣に位置する。

その山間に、ひとつの都市がある。ガリア王国を含むみっつの国と接しているその都市はヒスペリア帝国にとって重要な交易都市であり、ガリア王国に対する最大の防御拠点でもある。

その都市を有するのがカラトニア公爵、アマンダの父だ。

「カラトニア公爵領ならうちの属国の支配下だろう？　どうしてわざわざ人質を取るような真似をするんだ？」

まだ本格的に国際情勢を学んでいないクラウディオは、不思議そうに小首を傾げる。

「それはそうだけど、あのサンゴラ王国だからね」

答えたのはディエゴだった。それを聞いてクラウディオは「ああ……」と納得したように頷いた。

　ヒスペリア帝国は幾つもの従属国を抱えているが、そのどれもが宗主国に従順なわけではない。カラトニア公爵領を有するサンゴラ王国もそうだった。小国ながら歴史あるサンゴラ王国は百年前の戦争に負けてヒスペリア帝国の従属国となったが、主権を放棄してはいない。従属国という立場ではあるが、あくまで自国のことは自国で舵《かじ》を取るという姿勢だ。

　そんなサンゴラ王国の公爵領が大戦に於ける重要都市なのだから、ヒスペリア帝国としては気が気でない。間違っても新教やガリア王国と通じるような真似をしないよう監視したいところだ。

　そこでヒスペリア帝国が取った作戦が、公女を人質にとることである。『我が国へ留学し、皇子たちと共に学問を修めるとよい』という建前で、アマンダはマジュリート宮殿へ連れてこられた。もちろん本音はカラトニア公爵領の絶対死守である。少しでも新教やガリア王国に傾倒するようなそぶりを見せたり、敵の侵攻を許したりすれば、アマンダが無事に帰れないことは明白であった。

「――なあ、兄上。アマンダが可哀想で、父上に腹が立つ俺は間違ってるのかな？」

　アマンダがたったひとりで故郷を離れマジュリートまで連れてこられた意味を理解し、クラウディオは眉を吊《つ》り上げて兄を見る。

　ディエゴは明らかに困った表情を浮かべ、しばらく悩んでから口を開いた。

「カラトニア公女は確かに気の毒だ。けど、カラトニア公爵領を、ひいてはヒスペリア帝国を守るためには必要なことなんだよ。仕方がない。父上が……皇帝陛下が決められたことだ」

その答えを聞いて、クラウディオは憤りを抑えきれなくなると、腰に下げていた剣を鞘《さや》から抜いて宙に振り回した。

「ちくしょう！　ガリア王国め！　俺が戦争に参加できるようになったら、ひとり残らずやっつけてやる！　そしてあっという間に戦争なんか終わらせて、アマンダを故郷に帰してやるんだ！　ヒスペリア帝国に栄光あれ！」

クラウディオは今日ほど自分が子供で無力であることを痛感した日はない。たったひとりの少女の不安を、自分はどうにもしてやることができないのだ。

「兄上。俺は強くなるよ、あの子のために」

やるせない思いで剣を振り回したクラウディオは、息を切らせて言った。

その瞳の奥に燃える意思が揺らめいているのを見て、ディエゴは密かに息を呑んだ。

サバス一世は『仲良くしてやりなさい』と言ったけれど、宮廷の大人たちは皇子たちがアマンダと親密になることをあまり望んでいないようだった。

わざわざ公女を人質に取るということは、ヒスペリア帝国はカラトニア公爵の裏切りを警戒しているということだ。公爵の思いはどうであれサンゴラ王国はこの戦争に積極的に関わらない姿勢でいる。サンゴラ国王の命令があれば、カラトニア公爵はたとえ敵国が密かに国境を越えてきても見て見ぬふりをする可能性がある。実に危うく、微妙な立場だ。

そんな、いつ裏切者になるやもしれぬ公爵の娘を、心から歓迎している大人はこの宮殿にはいなかった。

表面上は貴重な客人として丁重に扱いつつも、大人たちはアマンダの心を無視した。宮廷官らは自分に与えられた役割を最低限こなし、孤独な少女に慰めの言葉も励ましの抱擁《ほうよう》も与えることはせず、彼女の心に深入りすることを避けていた。

アマンダがマジュリート宮殿へ来てから一週間。

クラウディオは出会いの日以来、彼女と一度も顔を合わせない不自然さを、さすがに感じ始めていた。

「アマンダと一緒に勉強がしたい。いいだろ？　彼女だって学友がいたほうが励みになるはずだ」

ある日、そう提案したクラウディオに、皇子の教育責任者である伯爵は渋い顔で首を横に振った。

「公女様にも教師がついております。それぞれのお部屋で勉学にお励みください」

「じゃあ読書の時間だけでも一緒に」

「……陛下にお伺いしてみます」

伯爵は保留にしたがどうせ口だけで、サバス一世に相談などしないことをクラウディオはわかっていた。彼だけではない、みんなそうだ。侍従も側仕えもゴニョゴニョとした言い訳をして、なるべくクラウディオをアマンダと会わせないようにしている。彼女に会いたいと願い出たところで無駄だ。

なので、クラウディオは勝手にアマンダの部屋へ行くことに決めた。

座学が終わり休憩時間になると、クラウディオは強引にディエゴの手を引いて宮殿の奥へと走っていった。アマンダの部屋の場所は知っている。あまり日当たりの良くない角っこの客室だ。

廊下で侍従らにどこへ行くのかと尋ねられたが、クラウディオが「探検！」と答えると、彼らは肩を竦《すく》めただけで止めることはしなかった。この第二皇子がヨチヨチ歩きの頃から勝手に宮殿中を動き回り隅々まで把握して、厳かな大聖堂から大臣の執務室、厨房《ちゅうぼう》の倉庫まで遊び場にしていることを、宮廷の者は皆知っているのだ。彼らはただ自分たちの業務に障りが出る悪戯だけはよしてくれよ、と思いながら、どうせ止めても聞かない皇子の〝探検〟を見過ごした。

無事にアマンダの部屋へ着いたクラウディオは、扉をノックするときに自分が少しだけ緊張していることに気がついた。一度大きく息を吸って吐き、扉を指でコツコツと打つ。

返事はなく、二度目のノックでも静寂が返ってきた。クラウディオがディエゴと顔を見合わせて「いないのかな」と呟いたとき、ようやく扉の奥から「どうぞ」と小さく声がした。

部屋の中に入り、クラウディオはどうして彼女の返事が遅かったのかをすぐに理解した。

窓辺の椅子に座っているアマンダの目もとが赤い、泣いていたのだ。彼女はきっと一度目のノックのあとに慌てて涙を止め、深呼吸をしたに違いなかった。

(泣いているのを見られたくなかったのか)

気丈な子だ、とクラウディオは思った。まだ十歳ならば、いつどこで泣いていようと咎められるものではないのに。実際、クラウディオも十歳の頃に楽しみにしていた街の祭りに腹痛で行けず、みっともないほどに泣いて養育係の手を焼かせたこともあった。

「……なんの御用でしょう」

アマンダに声をかけられ、クラウディオはハッとした。涙の名残を湛《たた》えた彼女の琥珀色《こはくいろ》の瞳が、まるで夕日を映す湖のように美しくて見惚《みと》れていたことに気がついた。

「ああ、うん。その……遊びに誘いにきたんだ、今日は天気がいいし。そうだ、きみはもう宮殿を案内してもらった？　隅々まで。俺以上にこの宮殿に詳しい人はいないよ。東の塔からの最高の景色は見た？　第二厩舎の白いロバは？　南の庭園にある、冬に実をつける狂ったオレンジの木は？　よかったら連れていってあげる！」

どうすればこの悲しそうな姫君が笑顔になるのか、クラウディオは一生懸命に頭を働かせながら喋った。クラウディオは家族であっても他人であっても、誰かが悲しそうな顔をしているのが苦手だ。見ていると自分まで胸が押し潰されて涙が出そうになる。アマンダは自分より年下だからだろうか、彼女の悲しそうな顔は余計に胸を苦しくさせた。

けれど、アマンダは静かに首を横に振ってクラウディオの誘いを断った。

「じゃあ……犬は好き？　俺の友達を紹介するよ！　パウルスっていってすっごく賢い犬なんだ！　中庭で一緒に遊ぼう」

その誘いも、アマンダは無言のまま首を横に振った。どうしていいかわからなくなったクラウディオはすっかり眉尻を下げて困り果てた顔で、隣に立つ兄を見る。

ディエゴも眉を八の字にして控えめに微笑むと、「カラトニア公女はまだ旅の疲れが取れていないんだ。またの機会にしよう」と言って弟の頭を撫でた。

挨拶をして部屋を出るなり、クラウディオは口をへの字に曲げた。

「兄上。どうしたらあの子は元気になる？」

自分の無力さと彼女の深い悲しみへの同情で、クラウディオは悔しそうにこぶしを握りしめる。そんな弟を、ディエゴはそっと抱きしめ、昂《たかぶ》った気持ちを宥《なだ》めてくれるように背中をポンポンと叩《たた》いた。

「焦っては駄目だよ。人は誰しもお前みたいに心が強いわけじゃない。笑顔を取り戻すまで時間がかかることもある。わかってあげよう」

「うん……」

おとなしく頷きながら、クラウディオは瞼を閉じて思い出す。気高く悲しいアマンダの横顔を。

（でも兄上。きっとあの子は弱くないよ）

そんな予感がしたが、それはいつの日か彼女が笑顔になってから言おうと思った。

それからもクラウディオは、アマンダを元気づけることをあきらめなかった。時間が空けば彼女の部屋まで矢のようにすっ飛んでいって、楽しいお喋りをした。最初は困惑気味で無反応だったアマンダも、十日も経つ頃にはささやかな相槌《あいづち》くらいは打ってくれるようになった。

アマンダが食事をこの部屋でひとりきりでとっているのだと聞いて、クラウディオはすぐに父に、自分たちのテーブルに招いてほしいと頼んだ。しかし、まだ成人もしていない公女が皇帝一家と同じ食卓に着くなど当然許されるはずがない。ならば自分がアマンダの部屋で食事をとるとクラウディオが言いだして、ひと悶着《もんちゃく》起きた。どんなに叱られても、聖書の書き写しの罰を与えられても折れない頑固な息子に、音をあげたのは父のほうだった。

週に一度、安息日の昼食だけであったが、クラウディオはアマンダの部屋で食事をとることを許された。クラウディオは大喜びした。早速その週の安息日に、クラウディオはいつもよりおめかしをして彼女の部屋へ向かった。アマンダはクラウディオがどれほど苦労してこの時間を勝ち得たかを知らないので、何故皇子が自分と昼食をとるのかといささか警戒しているようだった。

アマンダの心の氷は厚い。十歳で家族と引き離され、人質という立場で遠い異国へ連れてこられたのだ。不安や孤独が簡単に癒《い》えないことはわかっている。それはクラウディオの太陽のような明るさを以てしても、氷解は易くない。

しかも彼女は外へ出たがらない。ここでの暮らしに馴染《なじ》むためには、素晴らしい景色に胸を震わせマジュリートを好きになってもらうのが一番の良策だと考えていたクラウディオは頭を悩ませる。せっかくのマジュリートのいいところをひとつも見せられないまま、季節は春の盛り、四月になっていた。

「どこへ行くつもり？」

ある日、クラウディオは腕にたくさんの果物を抱え廊下を忍び足で歩いているところを、後ろから声をかけられて飛び上がって驚いた。

「ああ、びっくりした。兄上か、脅かさないでよ」

腕の中から落ちて転がったオレンジを拾い、ディエゴは呆《あき》れたように微笑む。

「また公女の所か。……あの子を慰めたいお前の気持ちは立派だけれど、周りの大人たちが眉を顰《ひそ》めている。あまり父上に心配をかけてはいけないと思うよ」

兄の優しい叱責に、けれどクラウディオは頑《かたく》なに頷かない。

「小さな女の子がひとりぼっちで悲しそうにしてるのを、放っておくことが正しいの？　あの子が笑顔になると、ヒスペリアに不幸が訪れるの？　もしそうだとしたら、それは世界が間違ってる。女の子ひとり笑顔にできない国なんて、なんの価値もないと俺は思う」

ためらいなく言いきったクラウディオの青い瞳には、少年とは思えない強い意志が宿っている。それはきっと〝正義〟と呼ばれるものだと、ディエゴは弟の圧に押されながら思った。

「……まったく、僕の弟は頑固者だ。クラウディオの言ってることは正しいよ。ただ大人には大人の事情もある。時々は素直に聞くフリくらいはしてあげないと、父上がますます白髪になってしまうだろうね」

　気圧《けお》されたことを悟られないように苦笑を浮かべながら、ディエゴがオレンジを腕の中に戻してやると、クラウディオは顔をパッと無邪気に綻ばせた。

「わかってる！　ねえ、それより兄上も一緒に行こう。最近全然アマンダの顔を見てないだろう？　ふたりで一緒に会いにいったほうが絶対アマンダは喜ぶよ」

　そんなことはないと思うけど、と顔に書いてあるディエゴの腕を、クラウディオは強引に引いて歩きだした。途中で何度かリンゴを落としたので、果物を半分ディエゴが持ってくれた。

「厨房を覗《のぞ》いたら今朝収穫したばかりの果物がたくさん届いてたから、内緒で少しもらってきちゃった。新鮮な果物を食べたら、きっとアマンダはマジュリートを大好きになると思わない？」

　抱えた果物と忍び足の理由をディエゴに話しながら、クラウディオはアマンダの部屋までやって来た。そしていつものようにノックをして部屋に入る。

　今日はディエゴも一緒だったからか、それともテーブルにどっさり置かれた果物のせいか、アマンダは驚いたように目を丸くしていた。

「これはヒスペリア名産のオレンジ、こっちの大きいのもそう。こっちはグレープフルーツ。これは春が盛りのリンゴ。キウイにビワもある。みんな採れたてで、すごくおいしいよ。さあ、好きなのを食べて」

けれども、意気揚々と話すクラウディオの期待とは裏腹に、アマンダは笑顔にならなかった。首を横に振って「いりません」とポツリと答える。

しかしそれであきらめるクラウディオではない。

「どうして？　オレンジは嫌い？　ああ、もしかして初めて食べる？　カラトニア公爵領は山間にあるからあまりオレンジは採れないの？」

だったら食べ方を教えてあげるよ、とクラウディオがオレンジをナイフで切ろうとしたときだった。アマンダの琥珀色の瞳からポロリと、涙が玉になって落ちた。

あまりの驚きで、クラウディオは固まったまま声すら出せなかった。今までアマンダは泣きそうな表情になることはあっても、グッと手を握りしめ涙をこらえていた。そんな彼女の瞳がまるで限界を迎え堰《せき》を切ったように、次から次へと涙を零《こぼ》している。

アマンダは溢れる涙を隠そうと必死に両手で拭っていたが、やがてあきらめたのか肩を震わせて泣きだした。

「知ってる、オレンジもグレープフルーツもリンゴもキウイもビワも……。トマトだってアーティーチョークだって食べたことがあるし、コーヒーもチョコレートも飲んだことがあるんだから」

しゃくり上げながら話すアマンダの口調は、どこか怒っているみたいだった。

彼女の話に、クラウディオはますます驚いてポカンとしてしまう。コーヒーもチョコレートも遥か南の国の食材で、ヒスペリア帝国では飲んだことがある者はまだ少ない。トマトやアーティーチョークなどという食材は見たことも聞いたこともなかった。

「カラトニアにはいっぱい市場があって、おいしいものがここなんかよりたくさんあるんだから。建物だって明るくて綺麗《きれい》だし、人がいっぱいいて賑《にぎ》やかだし、お花だっていっぱい咲いてて……カラトニアのほうが素敵なんだから。ヒスペリアなんて、マジュリートなんてちっとも良くない。好きじゃない。カラトニアのほうがずっとずっといい……」

そこまで聞いて、クラウディオは彼女が頑なに部屋から出なかった理由にようやく気づいた。郷愁だ。故郷に恋い焦がれる彼女は、自分を連れ去ったこの憎い国の良いところを知って好きになってしまうのが怖かったのだ。

クラウディオは鼻の奥がツンと痛くなった。アマンダはマジュリートに連れてこられてから厚い殻に閉じ籠もり、必死に自分の心を守っていた。大好きな故郷のことを思い、いつか帰れる日を夢見て。

「帰りたい。カラトニアに帰りたい。お父様に、お母様に、弟に会いたい……」

今まで口にしなかった本音を零しながら、アマンダはワァワァと泣いた。ずっと我慢していたのだろう。果物の山は些細《ささい》なきっかけに過ぎない。カラトニアの市場で見た光景を思い出してしまったのか、或《あ》いはカラトニアのほうがすごいという帰属意識が郷愁の念を後押ししてしまったのか。

「アマンダ、ごめんね。俺はきみに、マジュリートを好きになってもらうことばっかり考えてた。そうじゃないよね、アマンダはカラトニアが一番好きなんだ。帰りたいに決まってる。わかってあげてなくてごめんね」

クラウディオは少し迷ってから、アマンダを優しく抱きしめた。気持ちを落ち着かせるように背中をポンポンと叩いて、その華奢さにドキリとする。

（アマンダはすごいな。こんなに小さな体でたったひとり、今まで泣かずに頑張《がんば》ってきたんだ。やっぱりアマンダは強い女の子だ……尊敬する）

やがてアマンダはヒックヒックと肩を震わせると、顔を上げて言った。

「私はいつ帰れるの？」

その質問に、クラウディオは答えに窮《きゅう》する。

「多分……戦争が終わったら、かな」

答えたのはディエゴだった。それを聞いてアマンダはますます悲しげに顔をしかめた。

「戦争はいつ終わるの？　戦争が終わるまでカラトニアは無事なの？　私はお父様やお母様や弟に、また会えるの？」

今度の質問にはディエゴも口を噤んだ。この冗長で混乱した戦争がいつ終わるか、この先どうなるかなど誰にもわからない。

黙ってしまったディエゴを見て、アマンダの瞳に大粒の涙が浮かぶ。

「帰りたい……家族に会いたい。お願い、ふたりとも皇子殿下なんでしょう？　私をカラトニアへ帰して」

少女の懇願が、兄弟の胸に苦しく響く。

なんと答えていいのかディエゴは戸惑っていたが、クラウディオはアマンダを抱きしめ直すと「わかった！　約束する！」ときっぱりと誓った。

「俺が絶対にアマンダを故郷に帰して、元気な家族と会わせてやる。絶対に。だからもう少し……俺が大人になるまで待って」

青い瞳には決意の炎が宿っていた。誰にも覆せないと思わせるほどの、強い決意が。

「……本当？」と尋ねたアマンダのか細い声に、クラウディオは「命を懸けて誓うよ」と返した。次の瞬間、クラウディオを抱きしめ返したアマンダが声をあげて泣きだした。

さっきまでの孤独と絶望の涙ではなく、希望と安堵の涙だった。

クラウディオはアマンダを抱きしめたまま片手でポケットからハンカチを出すと、ぎこちなく彼女の涙を拭って言った。

「だから笑って、アマンダ」


その日からアマンダはクラウディオにだけ心を開くようになった。

本当は胸の中にたくさんの話したいことをしまっていたのだろう。今まで無言の相槌しか打たなかったのが嘘《うそ》のように、アマンダはよく喋った。

まずは故郷カラトニアのこと。三国に接し交易路を有するカラトニアは実に賑やかな都市だ。東方や南方の遠い国からも大勢の商人がやって来て、珍しい食べ物や生地、装飾品に愛玩《あいがん》動物まで市場で売っているという。ヒスペリアの果物ももちろんあった。

アマンダの屋敷は公爵領で一番賑やかな街にあり、家族と一緒に市場を見にいくのが大好きだったという。

「私には弟がいるの。世界一可愛い、私の宝物よ」

次に彼女がよく話したのは家族のこと、特にふたつ年下の弟キケのことだった。

アマンダによく似た亜麻色《あまいろ》の髪と愛らしいそばかすを持ったキケは甘えん坊で、いつも私のあとをついて回っていたとアマンダは目を細めて話した。その様子からも、姉弟がどれほど仲が良かったのかが窺える。もちろん両親も子供たちをとても愛していたようで、素晴らしい家族なのだなと、クラウディオは相槌を打ちながら何度も思った。

故郷と家族の話をするときのアマンダは本当に嬉《うれ》しそうで、そんな彼女の姿を見るとクラウディオはますます（絶対にアマンダを故郷の家族のもとへ帰してあげよう）と、決意が胸に漲《みなぎ》るのだった。

クラウディオが希望をくれて、寂しい気持ちを素直に吐き出したせいか、アマンダは日に日に明るさを取り戻していった。

頑なに行こうとしなかった外へも四月を過ぎる頃には出るようになり、クラウディオは待ってましたとばかりにアマンダをマジュリート宮殿のとっておきの場所へと連れていった。色とりどりの花が咲き誇る庭園に、オレンジが鈴なりに生《な》っている果樹園。珍しい鳥を飼育している温室。白いロバがいる第二厩舎。宮殿で一番いい景色が見られる東の塔。さらに、マジュリート宮殿自慢の舟遊びができる池まで。

「舟に乗るのは初めて……。少し怖いわ」

「大丈夫。もし落ちても水はもう温かくて気持ちいいよ」

「落ちたくない。泳げないもの」

「大丈夫、俺が泳げる。アマンダが落ちたら俺が助けるから」

クラウディオは強引に父に頼み込んで、アマンダを舟に乗せてあげた。

池に浮かぶ小舟は皇族の娯楽か、または客人のもてなし用で、船体の縁には花と絹が飾られて、二本の柱で支えられた屋根からは金の房飾りが垂れている。クラウディオは舟にアマンダを乗せると、自ら櫂《かい》を漕《こ》いだ。そばに護衛として侍従らの乗った舟が付き添ったが、クラウディオはグイグイと櫂を漕ぎ、彼らの小言が聞こえない場所まで遠く離れることに成功した。そうして調子に乗ってアマンダにカッコいいところを見せようと船首で片足立ちをして、池に落ちた。

派手な音と水柱を立ててクラウディオが落ちたとき、アマンダは心臓が止まりそうなほど驚いた。けれど、彼が睡蓮《すいれん》の花を手に「落ちたんじゃないよ。きみにあげる花を取ってきたんだ」と笑いながら水面に顔を出したのを見て、声をあげて笑った。アマンダがマジュリート宮殿へ来てから初めて見せた満開の笑顔だった。

夏になる頃には、アマンダはクラウディオの愛犬パウルスともすっかり仲良くなった。クラウディオ以外には懐かないと思われていたパウルスだが、アマンダは例外らしい。そうしてふたりと一匹は、〝探検〟の仲間になった。

どうやら本来のアマンダはなかなか活発な性格のようで、クラウディオの遊びに十分ついていける素質を持っていた。

クラウディオはとにかくアマンダをたくさん笑顔にしたくて、楽しいことを日々企んでは彼女を誘って実行に移した。マジュリート宮殿は隅から隅まで案内した。厳かな謁見室には見張りの目を盗んで忍び込んだし、地下の食糧庫に潜ったときには下働きの男女の逢《あい》引《びき》場面に遭遇して慌てて逃げたりもした。

武器庫からこっそり弓矢を拝借してきて、ふたりで矢を射る練習をしたこともあった。クラウディオは弓矢の扱いに慣れていたが、初心者のアマンダは四方八方に矢を飛ばしてしまい、庭のあずまやの屋根には彼女の放った矢が一本突き刺さったままになっている。

庭園にある果樹園の果物はひと通りもいで味見をしたし、年老いた農夫を助けて収穫を手伝ったりもした。

厩舎へ遊びにいったときに、ちょうど馬の出産に立ち会ったこともあった。ふたりは母馬を励ましたり水を運んだりして、無事に仔馬《こうま》が生まれると抱き合って喜んだ。

初めはクラウディオがアマンダと親しくすることに難色を示していた宮廷官たちも、毎日のようにふたりが溌溂と遊んでいる姿を見ているうちに、何も言わなくなった。良心のある者なら、子供の無邪気な笑顔を無下《むげ》に曇らせるのは気が咎めるものだ。ましてやクラウディオの笑顔には周囲の者を惹きつける強い魅力があった。彼が少年らしく頬を染めて口を大きく開け屈託なく笑うさまはまるで太陽が輝くようで、それを曇らせることは恐れ多い気さえした。

そうして少年と少女の忙しい日常は瞬く間に過ぎ、アマンダがマジュリート宮殿へ来てからあっという間に一年が経った。

ある日のこと、クラウディオの部屋で共に読書をしていると、アマンダが小さく「あら？」と呟いた。

「可愛い箱ね。何が入ってるの？」

そう言って彼女が椅子から立ち上がり手を伸ばしたのは、暖炉の上に置かれた木箱だった。クラウディオは箱をしまっておくのを忘れていたことに気づき、目を見開いて「わぁあ！　開けないで！」と叫ぶ。

しかし遅かった。図鑑ほどの大きさと厚さを持ち太陽の文様が彫られた木箱はアマンダの手によって蓋を開けられ、中身を赤裸々に見られてしまった。

叫んだクラウディオにアマンダは驚き、さらに箱の中身を見て不思議そうに目をしばたたかせる。

「……押し花の栞《しおり》、……金の房？　これは矢の羽？　毛の束……？　なあに、これ？」

クラウディオは顔を両手で覆いながら「開けないでって言ったのに」と呟くと、頬を赤くしたまま彼女から箱を受け取っていそいそと蓋を閉めた。

「ねえ、それなあに？　何か意味があるの？」

興味津々なアマンダに、クラウディオは「なんでもないよ、忘れて」と背を向けていたが、あきらめずに尋ねてくる彼女についに降参して、拗《す》ねた表情で箱の蓋を開けた。

「俺の秘密の宝物。楽しかったことがあったら欠片《かけら》を持ち帰って、こうやってしまっておくんだ。そうしたらいつだって楽しかった時間を振り返れるだろ。……亡くなった母上に、小さいときに教わったんだ」

不思議な箱の秘密を聞いたアマンダの顔が、みるみる輝いていく。

「素敵！　幸せの欠片ね！　どうしてそんなに素敵なことを内緒にするの？」

「だって、ガラクタを集めてるみたいで子供っぽいから……。傅育官《ふいくかん》に見つかったらきっと『こんなもの捨てなさい』って言われる」

「私は言わないわ！　だって本当に素敵なんだもの！　ねえ、もしかしてこの毛の束って仔馬が生まれたときの？　母馬からたてがみをもらってきたの？　この金の房はわかったわ、舟の屋根についていたものね！」

目をキラキラさせながらひとつひとつ確かめていくアマンダの姿に、クラウディオの表情が拗ねたものから嬉しそうな笑みに変わっていく。

「子供っぽいと思わない？」

「ちっとも！　それより教えて、この羽は何？」

「これはきみが初めて矢を射ったときの矢じりの羽。そっちの押し花はきみが初めて庭園に出たときに咲いていた花」

「私たちの思い出がいっぱいね。ねえ、今度からは私にも集めさせて。ひとりでこんな素敵な宝箱を作っていたなんてずるいわ」

「わかった。今度からは一緒に集めよう」

いつの間にか、ふたりは満面の笑みを浮かべていた。クラウディオは秘密の宝物を否定されなかったことに安堵した。それに、これからはふたりで思い出の欠片を集められるのだと思うと、ドキドキと胸が弾む。明るく煌めく未来が約束されている気がした。

「そうだわ、ちょっと待ってて」

アマンダは何かを思いついたようにハッとすると、クラウディオが止める間もなく部屋を飛び出していった。そして数分後に息を弾ませながら戻ってくると、手に握りしめていたハンカチを差し出した。

「これも、入れてもらっていい？」

それは、赤い糸でクラウディオのイニシャルが刺繍《ししゅう》されたハンカチだった。それが何か、クラウディオはもちろん覚えている。

「これはマジュリートに来てからの私の一番の宝物なの。クラウディオが、私を絶対カラトニアに帰すって約束した日に涙を拭いてくれた思い出のハンカチ。あの日に私、あなたから希望をもらったの」

　そう話すアマンダの頬が赤い。

　クラウディオは喜びが溢れるような、それでいて胸が疼《うず》いて掻き毟《むし》りたくなるような、初めて知る気持ちが湧き上がってくるのを感じる。アマンダのことを抱きしめたくて仕方ない。

　ふたりはハンカチを宝箱に収めると、顔を見合わせて微笑んだ。

　それから読書を再開したが、クラウディオはついついアマンダの顔を覗き見てしまって、本の内容がちっとも頭に入ってこなかった。


　クラウディオは十三歳になり、本格的な軍事の講習が始まった。

　これはヒスペリア皇室の慣例なのだが、兄のディエゴはあまり体が丈夫ではないことを理由に免除されていた。

　しかし弟のクラウディオはまるで兄の分まで才能を譲られたかのように、軍事のあらゆることに長《た》けていた。子供の頃から得意だった乗馬はもちろん、剣の腕前は軽々と大人をしのぎ、銃の腕前も正確で、陣を敷く軍司としての才覚も備えている。指導にあたった将官らは皆、舌を巻き、彼を千年にひとりの天才軍人とまで褒め称えた。

　いつ終わるかもわからない戦争が大陸のあちこちで頻発《ひんぱつ》している世で、優秀な軍人の出現は国に希望をもたらす。幼い頃から溌溂として宮廷の人気者だったクラウディオは、さらに多くの人から敬愛の念を向けられるようになった。

「クラウディオは優秀だね。みんなきみの将来に期待している」

ある日、兵士の訓練場を見にきたディエゴが、休憩中のクラウディオに向かって言った。

「まあね。けど、俺はもっと強くならないといけないんだ。新教徒とガリア王国をやっつけて、一日も早く戦争を終わらせるために」

芝生の上に座っていたクラウディオは兄を見上げながら、淀《よど》みなく答える。

「……それは、カラトニア公女のため？」

「アマンダと、ヒスペリア帝国のために。きっとこの国には、アマンダみたいに戦争のせいで泣いている子が他にもいると思う。俺は嫌だ。ヒスペリア帝国は神様がお認めになった栄光の国だ。俺は皇子として、この国に哀れな子がいることが許せない」

力強く言いきった弟に、ディエゴはフッと目を細めると隣に腰を下ろした。そして手を伸ばし、彼の頭を撫でる。

「クラウディオは本当に立派だ。きみが弟であることを誇らしく思うよ」

子供のように撫でられて、クラウディオは恥ずかしそうに肩を竦めてはにかんだ。

ディエゴは弟の頭を撫でつつ、そっと近づいて小声で囁《ささや》く。

「……けど、あまりカラトニア公女に期待を持たせないほうがいい。戦況は複雑だ。この戦争はまだまだ長引く」

弧を描いていたクラウディオの口もとが、一瞬で引き結ばれた。

宗教と国家が入り乱れ、大陸中で小競り合いが続いている今の泥沼の状況を、クラウディオも知らないわけではない。いったいどうすればこの大陸からいっさいの戦火が消えるのか、それすら誰もわからない有様だ。

けれど、だからと言って希望を捨ててなるものかとクラウディオは思う。

アマンダは相変わらず故郷と家族を心から恋しがっている。最近では随分と明るくなったが、三ヶ月に一度家族からの便りが届いたときには郷愁の念に駆られ、三日は部屋に閉じ籠もって涙に暮れてしまうほどだ。

そんな彼女に「いつ戦争が終わってきみを故郷に帰せるかわからない」などと、口が裂けても言えない。口にできるのは、「俺が必ず戦争を終わらせる」という誓いだけだ。

クラウディオは兄に顔を向けると、自分に発破をかけるように眉を吊り上げ口角を持ち上げ、大袈裟《おおげさ》な笑顔を作ってみせた。

「俺を信じて、兄上。俺が戦争を終わらせる。アマンダも、この国も、みんな俺が救ってみせる。このクラウディオ・デ・ヒスペリアが」

貫禄《かんろく》さえ感じさせるその笑顔に、ディエゴは一瞬目を見開くと、芝生から立ち上がって空を仰いだ。

「まったく、クラウディオには敵わないよ」

青空に浮かぶ太陽は、燦々《さんさん》と光を降り注ぐ。クラウディオは兄を見上げたが、光に手をかざした彼の顔には影が落ちていて、その表情を窺い知ることはできなかった。

◆

クラウディオが十四歳、アマンダが十二歳になった頃。ふたりはお忍びで街へ出ることを覚えた。

もうマジュリート宮殿は端から端まで遊び尽くした。ならば次は外の世界を探検してみたくなるのは当然の欲求だった。

ふたりは粗末な服を着て、帽子や外套《がいとう》の頭巾を被り、平民が集まるような広場や通りを散策した。広場は人がごった返し、傭兵団《ようへいだん》の団長が募兵の呼び込みをしている。それに集う男たちの隙間をチョロチョロと子供が走り回り、露店の屋台では報酬を得た傭兵が集まって食事をとっていた。

傭兵は国籍に関係なく金で雇われた兵士であり、大陸の戦争に於ける主力である。ヒスペリア帝国では貴族を通して募兵し、貴族を通して報酬を支払った。貴族は己が団長となり兵を率いる者もいれば、さらに下請けを介して自分は戦場に出ない者もいる。クラウディオがいずれ戦場に出れば、傭兵団を率いる貴族の、さらに上に立つ総司令官になることだろう。

もしかしたら数年後にはここにいる傭兵らが自分の部下になるかもしれないと思うと、クラウディオは胸が熱くなった。

広場を抜け、ふたりは蜂蜜のかかった甘い揚げ菓子を食べながら大通りを歩き、工房から鍛冶屋《かじや》、仕立て屋まで建ち並ぶ店を興味津々に眺めた。途中で盲《めし》いた老婆の手を引いてあげたり、飼い犬を捜している子供の手助けをしたりもした。そんなことを何度か繰り返しているうちに、ふたりを快く思う知り合いもできた。彼らはもちろんクラウディオたちの正体を知るはずもなく、ちょっとお金持ちの兄妹だと思っているようだ。ふたりにはそれがとても楽しかった。

ある冬の日、人の少ない河原沿いの道を歩いていると、クラウディオが「ね、あれ」と足を止めた。

「あの子、この前もいた。いつも地面に蹲《うずくま》って何かしてるんだ」

「私も知ってる。先月、小雨が降ってる日もああしていたわ」

ふたりの視線の先には、河原の地面に背を丸めてしゃがみ込んで何やら手を動かしている少年がいる。年の頃はクラウディオと同じくらいだろうか、黒髪は薄汚れ、真冬だというのに薄い粗末なシャツしか着ていない。けれど特に寒がってもいない様子で、一心不乱に地面を見つめて手を動かしていた。

クラウディオとアマンダは顔を見合わせ頷き合うと、雑草の茂る土手を降りて少年のもとへ向かった。そして彼の背後から手もとを覗き込み、「えっ！　すごい！」と思わず驚きの声をあげた。

少年は木の枝で地面に絵を描いていた。ここから見える街の風景のようだ。地面に描いた絵だというのにそれは緻密《ちみつ》で奥深さを感じさせ、ないはずの色まで見える気がする。

突然背後から覗き込まれた少年はびっくりして尻もちをついてしまった。そして慌てて手で地面を擦《こす》って絵を消すと、「ご、ごめんなさい！　すぐ戻ります」とペコペコと頭を下げた。

その場から逃げるように駆けだそうとした少年の手を、クラウディオが咄嗟《とっさ》に摑《つか》む。

「待ってくれ、どうして逃げるのさ。ああ、素晴らしい絵だったのに、もったいない」

少年はクラウディオの言葉に驚いたように目を瞠《みは》ると、モジモジとシャツの裾を握りながら頬を染めた。

少年は名をイサークといった。傭兵だった父が死に、母と幼い弟妹のために鍋の修理工房で下働きをしているという。まだ十五歳の身空で朝から晩まで安い賃金で働き、家族を支えるのは大変だが、今の大陸に於いては珍しいことでもなかった。

ただ、イサークにはあきらめられない夢があった。幼い頃から絵を描くことが何より大好きな彼は、いつか立派なキャンバスに絵の具で色のついた絵を描きたいと夢見ている。しかし貧しい彼には画材を買う金もなければ、絵を教えてくれる師も、絵にかまける時間もない。精々こうして工房のつかいの途中で河原に寄り、地面に木の枝で絵を描いて気を晴らすしかなかった。

「こ、ここの土はいい土なんだ。柔らかくて線が引きやすいし……擦る力によって色が変わる。た、多分、深さによって水を含んでる量が違うから……」

恥ずかしそうに口ごもりながらも、イサークは地面に手早く鳥の絵を描いてみせた。まるで今にも飛び立ちそうな躍動感溢れる鳥に、クラウディオは感嘆の呻《うめ》きを漏らさずにはいられない。そしてしばらく考え込んでから、「よし！」と手を打った。

「イサーク。きみは明日、これを持ってマジュリート宮殿へおいで」

そう言ってクラウディオが手渡したのは、ヒスペリア皇室の家紋が入った手袋だった。イサークはいかにも高級そうなその手袋を受け取ってポカンとしていたけれど、やがて「え？　え？」と慄《おのの》きながらクラウディオと手袋を交互に見やった。アマンダもクラウディオの考えがわからず、不思議そうに首を傾げている。

「宮殿の入口でその手袋を見せて、『クラウディオ皇子の依頼を受けにきた』と言えば中へ入れるようにしておく。明日からきみは宮殿に通って、俺とアマンダの肖像画を描くんだ。もしその絵を俺が気に入ったら、帝立美術アカデミーにきみを推薦してやろう。授業料も俺が出してやる。どうだ？」

イサークは顔色を赤くしたり青くしたりしながら、陸に上がった魚のように口をパクパクさせていた。そして倒れ込むように地面にひれ伏すと、「お、お、お、皇子殿下とは知らず、し、し、し、失礼いたしました！」と額《ひたい》を土に擦りつけた。

クラウディオは「大袈裟だ」とケラケラ笑いながらイサークを立たせる。

「芸術家は国の財産だ。俺にはヒスペリア皇子として未来ある芸術家を育てる義務がある。イサーク、きみの才能と情熱は素晴らしい。是非その才能を俺に育てさせてくれ」

「け、けど……ぼ、僕は絵を描くのが好きなだけで……知識も学もない下賤《げせん》の身です……。アカデミーだなんて場違いです……」

「だったら学べばいい。宮殿の図書館と美術館にも入れるようにしてやる。それとも、キャンバスに絵の具で絵を描くというきみの夢は、チャンスを目の前にしてあきらめられるほど儚《はかな》いものなのか？」

すっかり恐縮していたイサークだったが、その質問に顔を上げると、唇を噛《か》みしめて首を横に振った。

「ならば決まりだ。鍋屋の親方に、明日から宮殿で絵を描くから仕事を休むと伝えてこい。肖像画の代金は先払いしてやるから、家族が飢える心配はするな。ああ、もちろん絵を描く道具はこちらで揃《そろ》えておく」

屈託のない笑顔でクラウディオが言うと、イサークは涙をこらえるようにギュッと目を閉じて跪き、クラウディオとアマンダのブーツに口づけた。そして明日、雨が降ろうが槍《やり》が降ろうが必ず宮殿に行くことを約束して、何度も頭を下げながら去っていった。

「クラウディオったら！　あなたは素敵なことを考える天才ね！」

イサークの姿が見えなくなるなり、アマンダはクラウディオの外套を摑んで揺さぶりながら笑った。

「だろう？　これでヒスペリアに天才芸術家がひとり育つし、俺たちの肖像画も描いてもらえるし、素晴らしいことだらけだ」

得意げに胸を張って言ったクラウディオだったが、急に眉間に皺《しわ》を刻むと「ただ問題は、確実に父上が怒るということだ」と悩ましげに呟く。

皇族が召し抱える芸術家は彼らの財産そのものだ。出自はそれほど重要視されないが、さすがに絵の具すらさわったことのない貧民の子供に肖像画を描かせるなど、ふざけるにもほどがある。父も侍従も傅育官も「何を考えているんだ」と激怒して呆れ返るだろう。

その光景を想像してクラウディオは苦笑を浮かべたが、鼻を指で掻くと「まあいいか。俺の私費でやるんだから文句は言わせない」と開き直った。

地面にしか絵を描いたことのない少年にいきなり肖像画を描かせるなど、浅慮《せんりょ》だったかもしれない。失敗も覚悟しておくべきだろう。けれどクラウディオは満足だった。この国に住まうひとりの少年に、希望をもたらしたのだから。

イサークが畏怖に震えながらも瞳に輝きを宿した瞬間を思い出して、クラウディオは忍び笑いをした。そしてつくづくと、自分はこの国が好きなのだなと思った。


イサークが宮殿に通いクラウディオとアマンダの肖像画を描くことに、案の定、宮廷の大人たちは大反対した。

イサークなりに小綺麗な服を着てきたものの、宮殿に似つかわしくないみすぼらしい格好に、眉を顰めるどころかあからさまに「汚らしい」と罵《ののし》る者さえいた。クラウディオの見ていないところで「二度と来るな」と脅しをかけた宮廷官もいたが、イサークが宮殿に通うのをやめることはなかった。

埒《らち》が明かぬと思った宮廷官らはついにサバス一世皇帝にクラウディオを諫《いさ》めるように進言し、クラウディオとアマンダは揃って皇帝の前へと呼び出された。

「皇子だからといって宮廷の秩序を好き勝手に乱していいわけではありませぬ。もう子供ではないのです、あなたの行動が周囲に与える影響をお考えください。皇帝陛下やヒスペリア帝国そのものにも関係してくるのですぞ」

普段からクラウディオに手を焼いていた傅育官が、ここぞとばかりに叱責する。何度もチラチラとアマンダを見るその目は、クラウディオが彼女と親しくすることも遠回しに諫めている。子供だからと大目に見てきたが、そろそろ己の立場を理解して自戒してほしいと訴えている眼差しだ。

しかしそんな説教も、クラウディオにはまるで無意味だ。

「考えているさ。俺はヒスペリアの皇子だからな。そのうえでイサークに肖像画を描かせてるんだ。芸術家は国の財産、その卵に自費で投資して何が悪い」

「卵だからとて、なんでもいいわけではありません。あのつぎはぎだらけの靴と帽子しか持っていない少年は絵筆すら握ったことがないそうじゃありませんか。卵以前の問題です」

「誰だって生まれたときから絵筆を握ってるわけじゃないだろ。イサークにとってはその記念すべき日が最近だっただけだ。それに彼の格好を嘲笑《あざわら》うのなら、この国の政《まつりごと》を恥じろ。

彼の父は戦争で死んだのに、ろくな報酬ももらえなかったということだ！」

「こっ、皇帝陛下の御前でなんてことを仰《おっしゃ》るのですか！　戦争とは、政とはそんな簡単なものではありません！　あなたはいつだって夢のような綺麗ごとばかり口にする。それがどれほど浅はかなことか、いい加減に理解するべきです」

傅育官の声は酷く苛立っていた。彼だけではない、そばで事の成り行きを見守っていた宮廷官らも、それぞれ口をへし曲げたり、眉を顰めたりしている。正論で痛いところを突かれた大人の顔だ。

長引く戦争のせいで国庫が圧迫され傭兵への報酬が十分でないことは、ここ数年のヒスペリア帝国が抱える悩みだった。他国から借金をしたりしてどうにか凌《しの》いではいるが、戦死した兵士の家族に手厚い補償をしてやれるほどの余裕はない。

大臣や宮廷官らが毎日頭を悩ませている戦費のことを青くさい正論で捲《まく》し立てられ、傅育官も思わずカッとなってしまったのだろう。場の雰囲気はたちまち険悪となり、ため息をついたサバス一世皇帝が窘《たしな》めようと口を開きかけたときだった。

「お言葉ですが、クラウディオ殿下が仰ったことは綺麗ごとでも浅はかでもないと私は思います」

反論したのはなんと、アマンダだった。

人質である立場を弁《わきま》えているアマンダは、基本的にはマジュリート宮殿の者たちに従順だ。クラウディオとわんぱくに遊ぶ以外は、皇帝はもちろん側仕えの者にすら楯突《たてつ》いたりはしない。

　そんな彼女が皇子の傅育官に向かって強く言い返したことに、その場にいた誰もが……クラウディオさえも目を丸くした。

「クラウディオ殿下は大変に聡明《そうめい》で思慮深く、誰よりもこのヒスペリア帝国の未来を考えているお方です。まだお若いので直接政務や軍事には関われませんが、近い将来必ずこの国を明るいほうへと導いてくださる方だと信じています。きっと数年後にはクラウディオ殿下が戦争を終わらせて、親を亡くした貧しい子でも綺麗な服が着られるような国にしてくださるわ！」

　アマンダはドレスの裾を握りしめ、顔を赤くして汗を掻きながら、一気に言いきった。

辺りは驚きで静まり返り、全員の視線がアマンダに注がれている。

「はっ、なんと――」

――なんと愚かな。そう嘲笑しようと口の端を持ち上げた傅育官の言葉を遮ったのは、サバス一世の拍手だった。

「はっはっは、これは素晴らしい。カラトニア公女は皇子の良いところを熟知し、この国に明るい希望を見ているのだな。わたしも同じだ。皇子は類まれなる軍事の才能がある。必ずやこの太陽の国に栄光をもたらしてくれるだろう。今は傭兵に少しばかり負担をかけてしまっているが、それも長くは続くまい」

　思わぬ皇帝の称賛に、傅育官は開きかけた口を噤むしかなかった。クラウディオの綺麗ごとも、皇帝が認めるのならそれは将来への期待だ。否定すれば不敬になる。

今日は説教されるものだと思っていたクラウディオは、父の言葉に嬉しくなって頬を染めた。みるみる自信に満ち溢れていくその顔は、見る者に確かに希望を抱かせる力があった。アマンダもその隣で嬉しそうに目を瞬かせる。

ただし。

「それはそれとして、クラウディオ。宮廷の品格を貶《おとし》めないことも、宮廷官らの意見に耳を傾けることも、また皇子の務めだ。明日からは本宮殿ではなく西の離宮で絵を描かせなさい。そのほうがその画家にとっても気が楽だろう」

サバス一世はただの親馬鹿ではない。息子を驕《おご》らせず宮廷の秩序を守ることも忘れなかった。

敷地内にある西の離宮は建物も小さく今は誰も使っていないが、確かにそこならば冷ややかな目を向ける宮廷官らもいない。クラウディオは素直に頷いて父の言うことに従うことにした。

部屋を出て廊下でアマンダとふたりきりになるなり、クラウディオは彼女の両手を取って握りしめた。クラウディオの頬は相変わらず紅潮しており、喜びに興奮しているままだった。

「アマンダ！　アマンダ！　ありがとう！　さっきの言葉、すごく嬉しかったよ！　俺のために、怒ってる大人たちの前でいっぱい勇気を出してくれたんだろう？　ありがとう！」

急に手を握られ驚いていたアマンダだったけれど、段々と恥ずかしそうにはにかんだ笑みを浮かべた。

「だって、本当のことだもの。クラウディオは誰よりも賢くて勇敢で優しいわ。私、クラウディオが絶対に戦争を終わらせてみんなを幸せにしてくれるって信じてる。約束したもの。だからそれを馬鹿にする人は許せないの」

一生懸命に語る琥珀色の瞳は、一片の曇りもない信頼に溢れていた。夕暮れの太陽のように輝くその瞳を、クラウディオは心の底から綺麗だと思い、胸が心地好く締めつけられた。

「アマンダ……世界一大好きだよ。きみがいれば俺はきっとひとりでも万の敵兵と戦える。それぐらいきみの友情は俺に勇気をくれるんだ」

まっすぐな性格のクラウディオは、胸の中で爆発しそうになっているこの昂った感動を伝えたくて、必死で言葉にした。アマンダはますます顔を綻ばせ、「私も、あなたのことが世界一大好き！」と返した。

両手で包むように握ったアマンダの手は小さく滑らかで温かく、クラウディオはいつまでもこうしていたいと思って、ずっと彼女から目を離さなかった。

◆

さらに、二年の月日が経った。

十六歳になったクラウディオは随分と身長も伸び、見目麗しくも逞しい青少年へと成長した。そして優秀な軍人になるだろうという周囲の期待を裏切ることなく、軍事学の課程を歴代最高の成績で修了した。

ヒスペリア帝国では十六歳になって軍事学を学び終えた男性皇族は、戦場に出ることが許される。連隊を率い初めて戦場に出たクラウディオは天賦《てんぷ》の才を存分に発揮し、とある地方で長年膠着《こうちゃく》していた砦《とりで》争いで大勝利を収めた。クラウディオの華々しい初凱旋《がいせん》に、宮殿も帝都も歓喜に沸いたのは言うまでもない。

その後もクラウディオは地方への遠征で、次々と華麗な勝利を収めた。クラウディオのもとで働きたい傭兵が殺到し、一年も経たないうちに抱える兵士の数は三万人を超えた。

クラウディオは武器の扱いや戦略に長けているだけでなく、非常に素晴らしい上官であった。兵力というのは数や武器の性能だけで測れるものではなく、何より大切なのは士気の高さだ。兵士は命を懸けて戦うのだ。それに値する戦いでなければ、誰だってやる気は起きない。

ヒスペリア帝国の輝かしい未来を信じ、終戦の暁には国民の幸せを約束するクラウディオは、兵士たちの希望となった。彼にはもともと人を惹きつける強い魅力がある。夢見がちな若い兵士などは、あっという間に彼に心酔した。

それに加えクラウディオは面倒見が良く、身分に囚われない。野営では気さくに兵士たちに話しかけ、戦争に倦厭《けんえん》している者や不安を抱いている者を励まして回った。戦場でも自ら先頭に立ち、その勇気を見せつけた。

しかし何よりも彼が他の将軍と一線を画していたのは、略奪行為を厳禁としたことだ。

大陸での戦争に於いて、敗戦地や近隣の町村での略奪行為はつきものだった。傭兵たちは高くはない報酬で戦っている。彼らの不満を逸《そ》らしてやるためには、〝ご褒美〟が必要なのだ。罪のない人々が食料や金品を奪われ女が慰《なぐさ》み者にされても、傭兵団長である貴族も、さらには国も見て見ぬふりをしていた。

そんな悪しき暗黙の了解を、クラウディオは徹底《てってい》的に禁じた。弱い者が泣かずに済む世界を作るために戦っている彼に、本末転倒となる略奪行為は許せなかった。

しかし〝ご褒美〟を取り上げられれば当然傭兵からは不満が出る。そこでクラウディオは国から出る軍事費以外に自費を投入し、彼らの報酬を通常の倍近くに上げてやったのだ。村や町を襲ってしけた獲物を得るより、ずっといい。破格の報酬をもらえるうえに、野蛮な行為をしないことで、傭兵たちは自然と己に誇りを持つようになった。

勇敢で賢将、情深く崇高。もはやクラウディオを悪く言う兵士などひとりもいない。

いつしか戦いのたびに兵士たちが「クラウディオ殿下のために」と呟く光景が増え、勝《か》鬨《どき》には「クラウディオ殿下万歳」の声が交じるようになっていった。

破竹の勢いで勝利を重ねるクラウディオのおかげで、ヒスペリア国内は随分と活気づいた。街では彼の勇姿を描いた絵陶器の皿やカップが勝手に売られ、飛ぶように売れているとか。

「これがそのカップよ」

　ある日、凱旋し休暇中のクラウディオのもとへ、アマンダがくつくつと笑いながらカップを手にやって来た。

　寝椅子でくつろいでいたクラウディオは「なんだそれ」と目を丸くして飛び起きる。

　受け取ったカップは縁に金で模様をあしらい一見豪華だが、楕円《だえん》の中に描かれた軍人はウリのような顔をしていた。どこの画家が描いたのか知らないが、あまりにもお粗末な腕前だ。

「まさかこれが俺って言うんじゃないだろうな」

「正真正銘、クラウディオ・デ・ヒスペリアよ。ほら、絵の下にちゃんと名前が書かれてる」

　アマンダが指さした場所を見て、クラウディオは眩暈《めまい》を起こしたように頭を抱えると、そのまま再び寝椅子に倒れ込んだ。

「帝国の英雄に対してなんて仕打ちだ！　俺はウリになるために戦場へ行ったんじゃないぞ！」

　クラウディオのあまりの嘆きっぷりに、アマンダは声をあげて笑った。

「仕方ないわ、これは下町で売っているカップだもの。この絵を描いた画家は、きっとあなたの姿を見たことがないのよ」

「それにしたって酷すぎる。その画家はイサークの爪の垢《あか》でも煎じて飲むべきだな」

そう言ってクラウディオが目を向けたのは、壁にかかっている一枚の肖像画だ。立派な額に入れられたそれには、今より少し幼かった頃のクラウディオとアマンダの姿が、今にも動きだしそうなほど活き活きと描かれている。

絵の隅に慣れない筆致で綴《つづ》られているサインは『イサーク』。あの河原で出会った少年のものだ。

宮殿にひと悶着起こした画家の卵は、あれから一年をかけて肖像画を完成させた。その出来栄えは初めてまともな画材を使ったとは思えないほど見事なもので、クラウディオとアマンダは自分たちの慧眼《けいがん》が外れていなかったことを、手を打ち合って喜んだ。

豪奢な額に入れてもまったく見劣りしない肖像画はクラウディオの私室に飾られ、イサークは約束通りクラウディオの推薦と援助で帝立美術アカデミーに通っている。数年後に卒業し、さらに腕を上げた暁には、クラウディオは彼のパトロンになるつもりだ。

「イサークは元気にやっているかしら」

肖像画を描いてもらっていた日々を懐かしむようにアマンダが言えば、クラウディオは再び身を起こした。

「きっとやっているさ。あいつが卒業したらまた俺たちの絵を描いてもらおう。うんと大きくて立派で、宮殿の玄関ホールに飾れるようなものを」

「わあ、楽しみだわ」

目を細めたアマンダの無垢《むく》な笑顔を、クラウディオは満ち足りた気持ちで眺める。

彼女がこの宮殿に来てからもう四年が経つ。すっかり親友になり、楽しいことは共にやり尽くし、たくさんの時間を一緒に過ごした。ふたり揃って笑い転げることもあれば、ときには喧嘩《けんか》をしたことだってあった。真剣に国や将来について語り合ったこともある。

クラウディオにとってアマンダは、今や家族より近しい存在だ。彼女に隠していることなんてひとつもないし、クラウディオもアマンダのすべてを知っているつもりでいる。

クラウディオはずっとこんな日が続けばいいと思っている。戦場に出るようになってからは共に過ごす時間は減ってしまったが、それでも帰還すれば真っ先にアマンダの顔を見にいった。クラウディオにとって国中からあがる歓声より、アマンダが笑顔で迎えてくれる「おかえりなさい」のほうが十倍も百倍も心安らぐのだ。

(アマンダといる時間はどうしてこんなに楽しいんだろう。彼女は……特別だ)

アマンダを見つめながらクラウディオが密かに胸を熱くしていると、開け放たれていた扉から侍従が一礼して入ってきた。

「殿下。そろそろ夜宴のお時間です。お支度を」

それを聞いたクラウディオが「ああ」と返事をして椅子から立ち上がると、侍従の後ろから身支度を手伝う従者らがやって来た。

「……それじゃあ、私は行くわね。またね」

クラウディオが着替えを始めようとしたのを見て、アマンダが身を翻《ひるがえ》し部屋から出ていく。その横顔が一瞬悲しそうな表情をしていたように見えたのは、気のせいだろうか。

「待ってくれ、アマンダ」と呼びかけるが、もう彼女は部屋から出ていってしまっていた。

クラウディオは小さくため息をつく。じつは、アマンダがあんな表情を見せるのはこれが初めてではない。二、三ヶ月前からだろうか。別れ際に時々悲しげな目をするようになった。理由を聞いたこともあったが、『そんなことない、とても元気よ』と返されただけだった。

(俺がそばにいないときに、何かあるんだろうか)

そんな考えが浮かぶ。戦場に出るようになってから、以前ほどそばにいてやれないのは確かだ。

けれど戦地に出ることは、ヒスペリア皇子の責任として避けられない。それに自分が勝利を収めれば収めるほど、アマンダが故郷へ帰れる日が近づいてくる。一日でも早くアマンダの願いを叶《かな》えるために、クラウディオは休息もそこそこに戦場を駆け回っているのだ。

それなのに、何故アマンダはあんなに悲しそうな顔をするのだろう。

(何か困っているのなら、俺を頼ってほしいのに)

夜宴に出るための儀典装は、派手な襟《えり》がついて首もとが締まっていて窮屈だ。鏡を見ながら軽く襟元を緩めたが煩《わずら》わしさは消えず、クラウディオは窮屈なのは自分の胸の内のような気がした。

今夜の宴はクラウディオと士官たちの勝利を祝い労うものだった。とはいっても、三日前に凱旋してきたときから、毎晩宴が開かれている。クラウディオは少々げんなりしていた。宴には戦場に出ていない貴族や宮廷官、聖職者らもいる。彼らがクラウディオを褒め称えながら飲み食いしているご馳走《ちそう》は、すべて国庫からの出費だ。戦地では戦費不足から給金が滞っている傭兵団もあるというのに、こんなことをしていていいのだろうかと思わざるを得ない。

こうして貴族や宮廷官や聖職者らを優遇することもまた、皇族の務めなのだとはわかっている。皇族にとって直接的な味方になるのは、庶民でなく彼らなのだから。

けれど戦場に出て様々な身分の者と接しているクラウディオには、呑み込めない理屈であった。

「殿下。凱旋おめでとうございます。素晴らしい勝利だったとお聞きしましたわ。よろしかったら戦場でのお話をお聞かせ願えませんこと？」

複雑な気持ちでワインを手にしたまま長椅子に座っていたクラウディオに、年若い娘が声をかけてきた。その周囲にも、四、五人ほど同じような年頃の娘らがいて頬を染めている。

「どうもありがとう、オルランド侯爵令嬢。戦場の話か……では活躍してくれた第五部隊の話でも」

「違いますわ。私どもはクラウディオ殿下のご活躍が聞きたいのです」

「俺は陣を敷いて兵士たちを指揮しただけですよ」

クラウディオは戦ってくれた兵士たちの勇敢さを称えつつ、令嬢たちが喜びそうな話題を選んで話した。人好きなクラウディオは会話術に長けており、誰とでも楽しく喋ることができる。

　長椅子の周りにはあっという間に、若い女性を中心にした人の輪ができた。

　帝国の英雄クラウディオ皇子は、今や老若男女から大人気だ。特に、見目も良く性格も明るい彼は、女性から絶大な人気を集めた。

クラウディオとて馬鹿ではない。うっとりとした眼差しを向けてくる女性の幾人かは、自分と結婚を望んでいるだろうことぐらいわかっている。けれど結婚など十六歳のクラウディオにとってはまだまだ先の話だし、幾らうっとりされたところで皇子が国内の有象無象の令嬢と結婚することはないだろう。

中には〝ひと晩だけの恋〟を望む女性もいたが、なおさら問題外だった。クラウディオの肉体は健全だが、肉欲に溺《おぼ》れる惨《みじ》めな魂は持っていない。爛れた夜を過ごすくらいなら、アマンダとお喋りをしているほうが百倍はいいと思えた。

つまり、身も蓋もない言い方をしてしまえば、クラウディオにとっては女性からどんな眼差しを向けられたところで関係ないのである。もちろん、憎まれるよりかは好意的な眼差しのほうがいいけれど。

「クラウディオ殿下は軍事の才能がおありになるだけじゃなく、お喋りもお上手ですわ。多才なお方なのですね。乗馬もお得意と聞きました、よろしかったら今度一緒に遠乗りをいたしませんこと？」

いつの間にか隣に座り、腕に手を絡めてくるこのオルランド侯爵令嬢ナディアもそうだ。彼女とは二、三度会ったことがあるが、向けられる好意はとてもわかりやすかった。

彼女の父パブロ・デ・オルランド侯爵は外交官のひとりであったが、二年前に参議官のポストに就いてから宮廷内での権力が増し、今や一大派閥を有している。その影響からか娘のナディアも社交界では若い貴族令嬢たちのリーダー的な立場にあり、常に数人の令嬢が彼女を取り巻いていた。

自分とそう変わらない年齢でありながら、貴族令嬢たちを取りまとめていることには、クラウディオは素直に感心する。しかしできることなら、彼女とはあまり深く関わりたくない。何故なら彼女の父オルランド侯爵が娘を大層猫可愛がりしているのは、もっぱらの評判だからだ。お喋りをするぐらいならば問題はないが、こんなふうにベタベタされて妙な噂でも立ったらオルランド侯爵を怒らせるだろう。

「ご令嬢はもうすぐ婚約されると聞きましたよ。遠乗りなら婚約者殿と行かれるといい」

摑まれた腕をさりげなく外そうとすると、逆に強く搦《から》め捕られてしまった。

「婚約者なんて！　父が勝手に言っているだけですわ！」

「ではお父上からサイン入りの許可書をもらってきてください。そうすれば遠乗りに同行しましょう」

自分がオルランド侯爵にあまり好かれていないことを、クラウディオは知っている。出世欲が強く計算高い彼は、今からディエゴに擦り寄っているのだ。そんな彼が愛娘とクラウディオを近づかせるわけがない。

　絶対に許可書などもらえないことがわかっていて言ったクラウディオに、ナディアは恨めしそうな目を向ける。そろそろ面倒くさくなってきたクラウディオは椅子から立ち上がると、令嬢たちの輪を掻き分けて、士官らと会話をしにいった。


　その数日後のこと。

　飽きもせず開かれる祝宴に、クラウディオがあまり気乗りしないまま向かっているときだった。会場の大広間への近道に中庭を突っ切っていると、ひと気のない回廊のほうから声が聞こえた。内容までは聞き取れなかったが、明らかに刺々《とげとげ》しい声音に、クラウディオは気になって近づいてみる。すると。

「誤解なさらないでくださいね、カラトニア公女様。私どもはあなたの身を案じて、教えてさしあげてますの」

「公女様は聡明なお方ですから、ご自分の立場というものがおわかりでしょう？　カラトニア公爵はサンゴラ国王の命令で、いつヒスペリア帝国を裏切るかもわからない。そのようなおうちのご令嬢がクラウディオ様と親しくされるのは、皇帝陛下も宮廷の者たちも快く思わないのは当然だと思いませんこと？」

「クラウディオ殿下にご迷惑をかけていると、自覚なさってます？」

数人の貴族令嬢に囲まれ、辛辣《しんらつ》な言葉を浴びせられているのは、なんとアマンダだった。

令嬢たちは今日の祝宴に来た客たちだろう、中央にナディアの姿が見えた。

「お、お父様を侮辱しないで！　お父様はヒスペリア帝国を裏切ったりしないわ！　それに……クラウディオ殿下だって、そんなふうには……」

まだ十四歳のアマンダは他の令嬢より頭ひとつ分、背が低い。自分より年上の令嬢たちに囲まれて萎縮しながらも手を強く握りしめ、悔しさを滲《にじ》ませて反論した。

しかしそんな必死な姿は、令嬢たちに嘲笑されてしまう。

「落ち着いてくださいな、公女様。子供じゃあるまいし、そんなにムキになってはしたない」

「私どもは侮辱しているんじゃありません、教えてさしあげてるだけですわ。何事も『もしも』はあります。そのときのことを考えて、クラウディオ様と親しくされるのはおやめになったほうがいいと――」

「では俺も教えてやろう。いらぬ心配だ。カラトニア公爵のことも、俺のことも」

ナディアの言葉を遮って登場したクラウディオに、令嬢たちの顔色が一瞬で変わった。

女性同士のいざこざに首を突っ込むべきではない、などという宮廷の掟《おきて》はクラウディオには通用しない。彼は今、ここ数年で一番憤慨していた。こんなに抑えきれない怒りは、アマンダがマジュリート宮殿へ人質として連れてこられたとき以来かもしれない。

「ク……クラウディオ殿下……！　これは、その……」

あたふたとする令嬢どもの顔が、醜悪に見える。『教えてさしあげている』という大義名分はどうした。アマンダのためを思って言っていたのなら、堂々とその理屈を通せばいいだけだ。

クラウディオは悪徳の中でも、卑怯《ひきょう》な人間が大嫌いだ。悪いことをしたとしても、そこにその者なりの正義や筋道があるのならまだ歩み寄れる。けれど弱きを虐《しいた》げ、強い者に媚《こ》び諂《へつら》い保身を図る卑怯者とは、絶対に相容《あいい》れられない。

もっとも忌み嫌う卑劣な悪意が、よりによってアマンダに向けられたのだ。しかも彼女が一番傷つく家族への中傷でもって。

クラウディオはアマンダを背に庇いながら、手が剣の柄にかからないよう、奥歯をきつく噛みしめた。

いつもは太陽のように明るく清々しいクラウディオに、仄暗さを纏《まと》った厳しい目で見据えられ、令嬢たちはガタガタと震えだす。

「アマンダはカラトニア公爵と我がヒスペリア帝国との友情と忠誠の証としてマジュリート宮殿へ来ている大事な客人だ。公爵が裏切ることは決してない。それを信じぬ者はヒスペリアも、サバス一世皇帝をも信じぬのと同じだ。恥を知れ」

「は、はい……。申し訳ございません……」

すっかり身を縮めて俯いてしまった令嬢たちに、クラウディオは冷たく言い放つ。

「謝罪ならば俺ではなく、アマンダにするのだな」

一瞬ナディアをはじめ令嬢たちの顔が引きつったが、皆唇を震わせながら引き結ぶと、アマンダに向かって頭を下げた。

「カラトニア公女アマンダ様……ご無礼をお許しください」

アマンダはとても困った顔をしていた。胸の内は複雑なのだろう。謝られたところで彼女たちの本心が変わるわけでもなし、腹の虫は治まらないし、クラウディオに迷惑をかけてしまったいたたまれなさも大きい。

けれどここで頷かなければ事態の収拾がつかないのはわかっているので、アマンダは沈んだ声のまま「許します。これからは父のことを侮辱しないでください」とだけ伝えた。

令嬢たちも形だけでも謝罪したことで、一刻も早くこの険悪な場所から逃げだしたいと顔を上げた。しかし。

「それから、オルランド侯爵令嬢」

令嬢たちにとって最悪な事態はまだ続いていた。

クラウディオに名指しされたナディアは驚きに目を見開いたあと、怒りと悔しさを混ぜて涙をこらえているような表情を浮かべた。

「俺はあなたに失望した。あなたは上級貴族という立場から他の令嬢の愚行を窘めるべき存在のはずだ。それが窘めるどころか率先して大勢でひとりを虐《いじ》めるなど、卑劣甚《はなは》だしい。立場を弁えるのはあなたのほうだ。ヒスペリア帝国の貴族令嬢であるなら、相応《ふさわ》しい美徳の心を持て。今回のことは大事にはしないでおいてやる、精々自省するんだな」

クラウディオの厳しい叱責に、ナディアは悔しさに震えながらついに涙を零した。そして消えそうな声で「……はい」と小さく答えると、もう耐えられないとばかりに踵《きびす》を返してその場から走り去った。他の令嬢たちも「ナディア様！」と口々に叫んで、彼女を追いかけ去っていく。

「……大丈夫かしら……」

しばらく黙ってその様子を見ていたふたりだが、アマンダがぽつりと呟いた。クラウディオが振り返ると、アマンダは不安そうな顔をしていた。

「あれだけきつく言ってやったんだ、もうアマンダを虐めたりしないよ。大丈夫、オルランド令嬢もそれくらいは弁えてるさ。万が一またきみを傷つけたりすることがあったなら、そのときは俺から直接オルランド侯爵に話を――」

アマンダを励まそうとしたクラウディオだったが、彼女はますます眉を顰めて首を横に振る。

「そうじゃないの。彼女の父親は宮廷で権力を拡大しているって聞いたわ。もしこのことが原因でクラウディオが恨まれたりしたら……」

「馬鹿だなあ。幾らオルランド侯爵が力をつけようと、皇子である俺を上回るとでも？」

アマンダの不安をクラウディオは笑い飛ばす。クラウディオにはそれだけの自信があった。単純に皇子という身分だけでなく、帝国の英雄である彼は宮廷のみならず国内で絶大な影響力を持つ。いや、国内どころか今や従属国にまでその評判は轟《とどろ》き、ヒスペリア皇室の支持率が上がっている状況だ。そんなクラウディオを、誰が敵に回したいなどと思うだろうか。

もっとも。皇子という身分や英雄という肩書がなくとも、アマンダを傷つける卑怯者をクラウディオは絶対に許さないが。

「それより、アマンダ！」

急に眉を吊り上げたクラウディオに、アマンダは驚いた様子で肩を竦める。クラウディオは腰に手をあて大袈裟に怒ったそぶりを見せると、自分より背の低いアマンダの顔を覗き込んだ。

「俺は怒ってるんだぞ！　最近きみに元気がなかった原因はこれだろう？　いつからこんなふうに虐められていた？　そして、どうして俺にすぐ言わなかったんだ？　俺はきみの一番の友達だろう！　相談してくれないなんて、あんまりじゃないか」

怒られたアマンダは萎縮はしなかったが戸惑った表情を浮かべた。そしてスカートの裾を握りしめ、「ごめんなさい……」と小さく呟く。

「クラウディオを巻き込みたくなかったの。私はマジュリート宮殿に来てから、あなたに助けてもらってばかりだから。だから、たとえ困難に遭ってもひとりで立ち向かえるように、強くならなくちゃと思って……。私、あなたに甘えるだけなのは嫌。私だって強くなって、クラウディオが困っているときに助けられるようになりたい！」

初めは俯きがちに話していたが、最後のほうはしっかりと視線を合わせてアマンダは言いきった。今度はクラウディオが驚いて目を丸くする。

彼女が頼ってくれなかったことに不満を抱いていたはずなのに、クラウディオは自分の頬が勝手に緩んでいくのが抑えられない。胸の内から込み上がってくる熱いものに促されるままに、クラウディオは目の前のアマンダをギュッと抱きしめてしまった。

「十分だ、十分だよ、アマンダ。きみは世界で一番強い女の子だ。きみは知らないだろうけど、俺は戦場で敵の前に立つたびにきみの笑った顔を思い出すんだ。それだけでどんな戦いも恐れないほど勇気が湧いてくるんだよ。きみはもう十分俺を助けてくれている。だからお願いだ、俺にきみを守らせてくれ。きみの笑顔が曇ることだけは、俺は絶対に許せない」

抱きしめたアマンダの体は、折れてしまいそうなほどに華奢なのに、ふんわりと柔らかかった。重なり合った胸から、鼓動が響いてくる。自分のものか彼女のものかわからないけれど、そのことにクラウディオは不思議な高揚感を覚えた。

鼻先をくすぐるアマンダの髪からは、オレンジの香油の爽《さわ》やかな匂いがする。暮れかけている陽射しが反射して、瞳の色とよく似た琥珀色に輝いていた。

アマンダの何もかもが素晴らしいと、クラウディオは思った。純粋で気高い魂も、それを包む頭から爪先までの肢体のすべても。

アマンダは固まったようにおとなしくしていたが、やがてクラウディオの胸をそっと押して体を離した。白磁《はくじ》のような頬が、薔薇《ばら》色《いろ》に染まっている。

「クラウディオってば。こんなところを大人に見られたら、叱られてしまうわ。さあ、もう行って。今日もあなたの勝利を称える宴でしょう？　きっとみんな主役の登場を待っているわ」

どこか落ち着かなさげに視線を逸らしながら、アマンダは言った。彼女の言う通り、宮殿の大広間では今頃出席者たちがクラウディオを待ち侘《わ》びていることだろう。

「そうだな。行かなくちゃ……」

大広間へ向かいながらも、クラウディオはアマンダと別れがたくて何度も振り返った。明日になればまた会えるというのに、どうして今はこんなに離れたくないのだろうと不思議に思う。

廊下の角を曲がる前に見たアマンダは、眩《まばゆ》い夕焼けを背にはにかんだ笑みで手を振ってくれていて、黄金色に輝くその姿をクラウディオは目に焼きつけた。

クラウディオに叱責されて以来、オルランド侯爵令嬢ナディアは社交界から姿を消した。噂によると部屋に閉じ籠もり、誰とも会わなくなってしまったのだという。

ナディアはオルランド侯爵夫妻が結婚十年目にして授かった、待望の子供だった。まさに目に入れても痛くないほど両親は娘を溺愛《できあい》し、彼女はその身に肯定だけを受けて育った。

そんなナディアにとって、仄かに憧れていた相手に人前で強く非難されたことは、この世で最大ともいえる屈辱だっただろう。

悔しいだけではない、今まで自分を支えてきた自信が木っ端微塵《みじん》になるほどのショックに耐えられず、彼女は人前に出ることができなくなってしまった。

ナディアがクラウディオに叱責され心を病んだという噂は、瞬く間に社交界に広まり、ますます彼女を追い詰めた。そのうえ、それが原因で決まりかけていた縁談まで白紙になったというのだから、オルランド侯爵の怒りと悲しみは計り知れない。

もとはと言えば、娘を甘やかしすぎた両親に責任があるのは明白である。しかしオルランド侯爵にとってはどんな美徳よりも、娘が正義なのだ。

「オルランド侯爵令嬢が大変傷つき、屋敷に籠もってしまっているという噂はお前も聞いているだろう？　手紙を書いてあげてはどうだ？　少し強く言いすぎたことを詫び、励ましてやるといい。優しいお前のことだ、令嬢へ慈悲を与えてやりなさい」

ある日、クラウディオにそう提言したのは兄のディエゴだった。

おそらく、オルランド侯爵からそういった相談を持ちかけられたのだろう。ディエゴとしてはナディアの傷心や噂などどうでもいいが、将来的に宮廷で大きな派閥を持ちそうなオルランド侯爵からの頼みならば無下にできない。

しかし当然、クラウディオは首を縦になど振らない。

「お断りします。兄上は何故俺が令嬢を叱責したのかご存じないのですか？　我が国にとって大切な客人であるアマンダを侮辱されたからです。俺は何ひとつ間違ったことはしていません。謝罪などしない」

弟が簡単に折れるとは思っていなかったが、想像以上の取りつく島のなさに、ディエゴは呆れたため息をつく。そして人払いをすると、少し声を潜めて言った。

「お前にもカラトニア公女にも非がないのはわかっている。しかしオルランド侯爵の機嫌を損ねたままだと、色々と厄介だ。心の中ではどう思っていてもいい、形だけでも和解するべきだよ」

クラウディオももう十六歳だ。貴族との関係の重要性もわかっているし、本音と建て前を使い分けることぐらいできないわけではない。

けれど、これればかりは譲れなかった。

「——嫌です。ここで俺が令嬢に謝ったら、彼女がアマンダを傷つけたことを許してしまうことになる。それだけは絶対に嫌だ。アマンダは何も悪いことをしていない」

青い瞳に決して揺らがない信念が宿っているのを見て、ディエゴは再びため息をついて肩を竦めた。

「クラウディオは公女のことになると、てこでも動かなくなる。少し冷静になりなさい」

「兄上こそ、本当にそれでいいのですか。アマンダを妹のように思っているのでしょう？あなたの正義はどこにあるのですか」

思わぬ反撃だった。ディエゴは柔和な面差しを、刹那《せつな》しかめる。

ディエゴも、アマンダと出会ってから四年以上になる。クラウディオほどではないが、顔を合わせれば声をかけ、親切にしてやった。三人で共に散歩をしたり、ゲームをしたこともある。それなりに情が湧いていても不思議ではなかった。

　オルランド侯爵とアマンダ、どちらがディエゴにとって心地好い人物かと尋ねられたら間違いなく後者だろう。しかし、どちらが大切かと問われたら答えは難しい。ディエゴは善人で情深いが、臆病なほど思慮深いのだから。

「……僕の正義は、このマジュリート宮殿が平和で、皇帝陛下が心身共に健やかに過ごされることだよ」

　立場の難しい兄に酷な質問をぶつけてしまったことを反省して、クラウディオは口を噤んだ。そしてディエゴの手を両手で摑むと、幼子のようにギュッと握った。

「迷惑をかけてごめん、兄上。けど俺は自分の正義を曲げたくない。……令嬢に謝罪はできないけど、励ましの手紙はいつか書くよ。それでいいだろう？」

　重なるふたりの手は、今やクラウディオのほうが硬く男らしい。剣を握り、槍を握り、銃を握ってこの国のために戦ってきた、立派な男の手だ。それなのに縋《すが》るように兄の手を握る手は、やっぱり〝弟〟のそれで。ディエゴの目には幼かった頃のクラウディオと、今、目の前にいるクラウディオの姿が、重なって見える。

「敵わないな、クラウディオには」

　ディエゴはそう言って、困ったように笑った。

　――結局。この件についてはディエゴが間に入り、これ以上表立って話題になることはなかった。

クラウディオは宣言通り、謝罪はしなかったがナディアを励ます手紙は書いた。ナディアは帝都を離れ、オルランド侯爵の持つ田舎の領地で穏やかに過ごしているという。オルランド侯爵はディエゴにもう何も言わなかったが、クラウディオに対してこう零していたと、彼の知人が語った。

「クラウディオ皇子はまごうことなき正義の人だ。しかし正義とは歪《いびつ》で愚かなものだ。戦争はいつだって正義の名のもとに起こる。彼の正義はいつか己の身を亡ぼすだろう」と。

ナディアの件で珍しくゴシップの対象となったクラウディオだったが、そんな卑俗な噂は彼が戦場に出ると瞬く間に吹き飛んだ。

今度の出陣は、属国のとある市街地への遠征。そこで起きている新教の反乱を潰すのが、課せられた使命だった。敵の数は約四千。多くはないが、長年この地に潜伏して反乱の準備を進めてきた者たちだ。地の利は大きい。しかも市街戦ともなればなおさらだった。

そんな敵に対して、クラウディオがとった作戦は驚きのものだった。なんと五十門ものカノン砲を持ち込み、市街地で放ったのだ。

カノン砲は通常、広い平野で戦う野戦や要塞戦などで使われる。民家の建ち並ぶ市街地で使うなどあり得なかった。

しかしクラウディオは戦いが長期化して住民が巻き込まれることや、敵兵による略奪行為が起きて街が廃墟《はいきょ》化することより、多少手荒でも短期決戦でかたをつけたほうがリスクが少ないと読んだのだ。

市街地でのゲリラ戦を目論《もくろ》んでいた新教側は、まさか大砲を持ち込まれるなど夢にも思っておらず、最初のアジトを吹き飛ばされただけで総崩れとなった。

戦いはわずか三日で決着がついた。

住民に被害が出ないよう全員を避難させ、家屋の損害は補償するつもりではいたが、想定以上に街への被害が少なかったことに、クラウディオは安堵の息を吐いた。

「やったな、クラウディオ。さすがは俺の親友だ！」

司令部となっている館で、反乱軍と条約文を交わし終えたクラウディオに、ひとりの青年が声をかける。黒髪の青年は雄々しい顔立ちを破顔させ、豪快にクラウディオの肩に腕を回してきた。

「お前がカノン砲を街でぶっ放すなんて言ったときには正気を疑ったが、まさかこうもうまくいくとはな！　新教の奴らの驚いた顔といったらなかったぜ」

「だろう？　敵の裏をかいた作戦ってのは、成功したとき最高に愉快なんだ！」

青年の不躾《ぶしつけ》な馴れ馴れしさに怒ることもなく、クラウディオも白い歯を見せて豪快に笑う。愉快そうに笑い合うふたりの姿は皇子と将校ではなく、誰の目から見ても年若い無邪気な友人同士にしか見えなかった。

黒髪の青年の名はフェリペ・デ・モンタニエス。ヒスペリア帝国の貴族モンタニエス伯爵家の長男で、クラウディオよりふたつ年上の将校だ。

　彼の母は昔、宮廷で教育係をしており、幼いクラウディオとディエゴの面倒を見ていた。年の近いフェリペは彼らの遊び相手として宮殿に招かれ、三人は揃って遊んだり読書をしたりしたものだった。幼なじみとでもいうのだろうか。アマンダが宮殿に来るずっと前、クラウディオがまだ少年でもない幼児の頃の話だ。

　当時から元気の有り余っていたクラウディオと、男らしい遊びが好きで面倒見のいいフェリペは仲が良く、揃って教育係の手を焼かせた。そんな彼らが十年以上の時を経て、軍人として再会したのは半年前のこと。気質の変わっていないふたりはたちまち昔のように意気投合し、あの頃と同じ友人に戻ったのだった。

　フェリペは軍人としての才能も豊かで、今や戦地に於いてはクラウディオの右腕ともいえる。ふたりは戦史や戦術学について話しだすと止まらず、何時間も盛り上がることも珍しくなかった。

　今日もふたりは、クラウディオの奇想天外な作戦が見事に成功したことに興奮し、手を叩き合って喜んでいた。すると。

「兄様。廊下にまではしゃぐ声が聞こえていますよ、少しは控えてください」

　フェリペと同じ黒色の髪を持つ小柄な男が、部屋に入ってきた。

「そう固いことを言うな、フェルナンド。街への被害もほとんど出さず、わずか三日で決着だぞ。こんな見事な勝利、ヒスペリア史始まって以来だ。お前も喜べ！」

　フェリペの言葉に呆れたように頬を膨《ふく》らませたフェルナンドは、フェリペの弟だ。まだ十五歳で戦地に出るには早い年齢だが、大好きな兄の役に立ちたい一心から衛生兵の見習いとして戦場へついてきている。逞しい体軀《たいく》のフェリペに似ず小柄で細身だが、だからこそ男らしい兄に強く憧れているのだろう。

　フェルナンドは無言のままクラウディオに向かって一礼すると報告書を渡し、それから振り返って兄を上目遣いで見た。

「兄様。戦場へ出てもモンタニエス家の子息として品格を保つようにと、父上に言われています。兄様はヒスペリア一の優秀な軍人なのですから、憧れている兵卒たちをガッカリさせないでください」

　フェリペにそう訴えるフェルナンドの瞳は、憧れと崇拝が混じったものだ。クラウディオは密かに苦笑いを浮かべる。老若男女誰からも好かれるクラウディオだが、フェルナンドからはいまいち好かれていないようだ。嫌われているというよりは、嫉妬《しっと》されているのだ。大好きな兄の〝親友〟という位置にいるクラウディオは。

　しかしクラウディオとて、稀代の人たらしだ。親友の弟で、自軍の兵士に嫌われたままというのは、どうも据《す》わりが良くない。

「フェルナンド！　きみの言う通り、きみの兄上はヒスペリア一の軍人だ。だが確かに少々品性に欠ける。この間も祝勝会で令嬢らに熊のようだと囁かれていた。困ったもんだ、これではきみの兄上は一生未婚かもしれないな」

　フェルナンドの肩に腕を回し、大袈裟に嘆くふりをしながら言えば、フェルナンドはすぐに顔を真っ赤にして眉を吊り上げた。

「なっ……！　兄様は熊じゃない！　体格が立派で髭《ひげ》が濃いだけで、品格だってあるし教養だってあるし……社交界では十分紳士だ！　結婚相手なんて掃いて捨てるほどいる！」

ムキになって反論するフェルナンドに、クラウディオは大笑いしながらその頭をクシャクシャと撫でた。

「あっはっは！　きみは本当にフェリペが好きだなあ！　弟の鑑《かがみ》だ！」

からかわれたのだと気づいたフェルナンドはクラウディオの腕から抜けだそうともがくが、がっしりと摑まれていて逃げられなかった。

「なあ、フェルナンド。きみの大好きな兄上は本当に素晴らしい将校だよ。兵卒も俺も、みんなフェリペが好きだ。……俺にはこの大陸で長年続いている戦争を終わらせるという目標があるんだが、そのためにはフェリペの力が必要だ。彼の協力なしには、きっと成し得ない。だからきみも協力してくれ。ヒスペリア帝国の栄光と、平和と、きみの大好きな兄上のために」

最後は真摯《しんし》な口調で紡がれて、フェルナンドはもがくのをやめた。そしてフェリペが深く頷くのを見ると、唇を尖《とが》らせながら「……わかっております、殿下。ヒスペリア帝国に栄光のあらんことを」とぼそぼそと告げた。

「悪いな、クラウディオ。フェルナンドは昔から俺以外になかなか心を開かないんだ」

その日の深夜。クラウディオとフェリペは宴の酔いを醒ましがてら、街の様子を見て回った。敵の残党や、略奪を試みる兵士の姿がないことを確認し、この分ならば住民らを明日には街へ戻してやれるだろうと思った。

「それだけきみへの憧れが強いってことだ、いいことじゃないか。それにまるっきり開いてくれないというわけでもないさ。さっきの宴で俺の杯に酒を注ぎにきてくれたぞ。友人になれる日は近いかもな」

「本当か！　さすがはクラウディオ、帝国一の人たらしだな」

戦いが終わった安堵と心地好い酔いの名残に、すっかり気分を良くしたふたりはお喋りを弾ませながらひと気のない街を歩く。――すると。

「……おい、クラウディオ。あれを見ろ」

薄暗い路地の陰に、何やら怪しい人影をふたつ見つけた。クラウディオたちは足音を忍ばせそっと人影に近づくと、背後から剣を突きつけた。

「何者だ。所属と名を名乗れ」

外套の頭巾を目深にかぶっていたふたり組は、驚いた様子で振り返る。彼らは咄嗟に帯刀していた剣を抜いたが、クラウディオとフェリペは容易くそれを打ち払った。

ふたり組は這《ほ》う這うの体《てい》で路地から逃げだしたが、クラウディオたちはすぐに追いついて回り込んだ。

「空き巣か？　この街の住民たちは明日には戻ってくる。住民の生活の場を荒らすんじゃない」

剣を突きつけながら、クラウディオが言う。そのときだった。雲間から月が覗き月光がクラウディオの顔を照らした瞬間、ふたり組のうちのひとりが「あぁっ!!」と叫んで前のめりになった。

「あなたは……クラウディオ皇子か!?」

その声は恐怖や警戒などではなく、陽気な興奮に満ちている。クラウディオとフェリペは思わず眉根を寄せた。

「見ろ、アルマン！　本物だ！　本物のクラウディオ皇子だぞ！」

その男は高揚した様子で頭巾を外し、まだ幼さの残る顔を露《あら》わにした。年の頃は十三、四くらいだろうか。手入れの行き届いているプラチナブロンドと白い肌から、ひと目で上流階級の少年だとわかった。彼は一片の警戒心すら抱いていない様子で、緑色の瞳をキラキラさせながら近づいてくる。

「いけません！　危険です、ジョエル様！」

「ジョエル？」

もうひとりの男が口走った名前に、クラウディオは聞き覚えがあった。まさかとは思いつつ剣を構えたまま、見据えて尋ねる。

「ジョエル……ガリア王国のジョエル王太子、か？」

敵国ガリア王国に、ジョエルという名の王太子がいることは知っていた。姿を見たことはないが、プラチナブロンドで緑目と聞いている。それに年齢も確か、これくらいだったような。

ガリア王国の王太子と聞き、さすがにフェリペも驚いたようで、「え!?」と素っ頓狂《とんきょう》な声をあげてクラウディオを見る。

少年は目をまん丸くしたあと、ますます興奮したように頬を染めて、折り目正しく頭を下げた。

「クラウディオ皇子……いや、クラウディオ将軍。仰る通り、俺はガリア王国王太子ジョエル。不躾な出会いになってしまったことをお許しいただきたい」

すんなりと認めたことに、クラウディオは内心驚いた。周囲にガリア王国の兵士がいないか、素早く辺りを見回す。

しかしそのような気配はなく、もうひとりの男も観念したように頭巾を取って三十絡みと思われる相貌《そうぼう》を現した。

「今回の反乱にはガリア王国が一枚嚙《か》んでたというわけか。しかし王太子様自らのこのこと視察にくるとは、少し警戒心が足りないんじゃねえか」

ジョエルをきつく見据えながら、フェリペが吐き捨てるように言う。フェリペが敵対心を剝《む》き出しにするのも当然のことだった。なにせガリア王国は昔からヒスペリア帝国の不俱戴天の敵、新教側を代表する大国なのだから。

今回の反乱にはガリア王国は絡んでいないものだと思っていたが、どうやらそうではないようだ。間抜けにも自ら尻尾を現したジョエルに、フェリペは口もとに嘲笑を浮かべた。しかし。

「違う！　この街の反乱に我が国は関わっていない！　本当だ！　俺はただ……たまたま近くの国を外遊していたから、クラウディオ将軍の戦いぶりをひと目見たくて……。お忍びで覗きにきただけなんだ」

「は？」

全力で首を横に振りながら意味のわからないことを言いだしたジョエルに、クラウディオもフェリペも怪訝《けげん》な顔をする。ジョエルは焦りながら懐からガサガサと紙の束を取り出すと、それを両手で突き出してきた。

「これはうちの国の戦術研究家たちが記録した、クラウディオ将軍の戦いだ。俺はこれを見て、とんでもなく感動したんだ。こんなに鮮やかで美しい戦術を立てる将官がいるなんて、って。それに、あなたがものすごく兵士たちに慕われていることも知っている。勇ましく情深く強く聡く、大陸中の傭兵があなたの軍に入りたがってるってもっぱらの噂だ。そりゃうちの国はヒスペリアの敵だから、表立ってクラウディオ将軍を称える者はいないけど……でも兵士たちは密かにあなたの鮮やかな勝利に感動し、憧れと敬意を抱いている。俺もそのひとりなんだ！」

ジョエルの熱弁に、クラウディオたちはついにポカンとしてしまった。

連戦連勝を重ね、兵士たちへの待遇もいいクラウディオは、確かにヒスペリア国内では大人気だ。近頃ではクラウディオの軍に入りたくて、他国からヒスペリア国内の傭兵に志願する者もいるとは聞いていた。

しかし、他国の兵士に、ここまでクラウディオ人気が及んでいることは驚きだった。ましてや敵国のガリア王国にまで。

どうやらクラウディオはいつの間にか、大陸中の兵士の憧れになっていたようだ。

「俺はまだ十三歳だから戦場に出れないけど、あと数年で軍を持つ予定だ。俺は、あなたみたいな将官になりたい！　俺も敵があっと驚くような戦術や、芸術のように完璧な陣を敷けるようになりたいんだ。だから――」

「だから、憧れのクラウディオ将軍の戦いを見学にきたってか？」

もはや苦笑を浮かべながら尋ねたフェリペに、ジョエルはしっかりと頷いた。なんとも滑稽《こっけい》な話だが、彼が嘘をついているようにも見えなかった。クラウディオを見つめる緑色の眼差しはキラキラと輝いていて、憧れの気持ちが溢れ出ている。

クラウディオは面映《おもは》ゆいような複雑な気持ちで、構えていた剣を下ろした。

「……それが本当なら、大した王太子様だ。俺も無鉄砲だとよく傅育官に叱られたものだが、さすがに敵のいる戦地へお忍びで行こうとはしなかったぞ。隣で青い顔をしてるあんたの付き人に同情するよ」

クラウディオは剣を鞘に収めた。まだガリア王国の敵兵がこの街に潜伏している可能性は捨てきれないが、それはあとで調べさせればいい。とりあえず、この無邪気が過ぎる王太子を今ここで処分する気はなくなった。

「……どうするんだ、クラウディオ」

剣を収めたクラウディオを見て、フェリペが小声で尋ねる。目の前にいるのは敵国ガリア王国の王太子だ。殺せばガリア王国に大打撃を与えられるし、このまま捕らえて捕虜にすれば幾らでも有利に交渉できる。

しかしクラウディオは肩を竦めて首を横に振ると、「ははっ」と短く笑った。

「俺にこんな子供を殺せって言うのか？　嫌だね。英雄の剣は敵兵以外、殺さない」

「じゃあ捕まえて人質にするか？」

「いいや、それもつまらない」

そう言うとクラウディオはつかつかとジョエルに近づいて、彼の顔を覗き込んだ。

「で、どうだった？　俺の戦いは。今回の市街戦を見てたんだろ」

いきなり近づかれたジョエルは目を見開いて動揺していたが、視線を外すことなく鼻息荒く答えた。

「こ……腰が抜けるかと思ったくらいカッコ良かった……！　市街戦でカノン砲を主力にしたのにも驚いたけど、初日の兵士の配置が斬新《ざんしん》で……どうしてああしたのか、俺にはわからない。諜報兵《ちょうほうへい》はどこまで敵の情報を入手してたんだ？　敵の補給路をどうやって絶ったんだ？　野戦しか経験のない傭兵に、どうやって市街地での戦い方を短期間で仕込んだんだ？」

矢継ぎ早に尋ね返してくるジョエルに、クラウディオはおかしそうにケラケラと笑うと、「宿題だ、自分で考えな」と人差し指で彼のおでこを弾いた。

「ジョエル王太子、あんたはいい将官になるよ。そのときは俺が相手になってやるから、精々早く大きくなるんだな。モタモタしてたら俺がこの戦争を終結させてしまうからな」

ニヤリと口角を上げてみせたクラウディオに、ジョエルは今までで一番興奮した様子で首がもげそうなほど縦に振った。そして自分の手のひらをゴシゴシと服で擦ると、クラウディオに向かって差し出してきた。

「や、約束だ！　俺は絶対将官になって、あなたの軍と戦う。だからそれまで絶対にあなたは負けるな。他の誰にも討たせない。名将クラウディオを討つのは、このジョエルだ！」

敵国王太子の宣戦布告は、夢と期待に満ちていた。クラウディオはその手をしっかりと握り返す。

「楽しみにしてる」

クラウディオは戦争を嫌悪している。アマンダのためにも国民のためにも、一日も早く終わらせなければいけない使命感に駆られている。

しかしそれとはまた別の次元で、将官としての喜びも知っていた。己の持ち得る知識と判断力、兵士の士気の高さ、知略と知略のぶつかり合い。戦場で自軍が勝鬨をあげる瞬間は、まるで自分の手腕を神が称えてくれているような歓喜が湧く。骨のある敵に出会えば、闘争心に火がついた。いつか自分が死ぬときは、自分より優れた猛《たけ》き将官の手で討たれたいとさえ思う。ジョエルとの約束は、そんなクラウディオの軍人としての心に期待を植えつけた。

クラウディオはジョエルと付き人をそのまま逃がしてやった。フェリペは少し戸惑っていた様子だったが、今夜のことは幻だったと思えと口止めした。

翌朝、兵士たちに街を調べさせたが、ガリア王国の兵士も諜者も見つからなかった。どうやらジョエルは本当に、単独のお忍びでやって来ていたようだ。

戦場だった市街地に住民が戻り、クラウディオたちは一路帰国の途につく。マジュリートの街では、人々が英雄の帰還を心待ちにしていた。


凱旋後、ヒスペリア国内は歓喜に沸いた。

英雄クラウディオの連戦連勝記録更新、しかも最速記録だ。クラウディオの名声はますます高まり、マジュリートの広場ではクラウディオの軍に入ることを期待した男たちが、傭兵募集に殺到した。

「大した人気だなあ。報酬は相場の半分でもいいからお前の下につきたいなんて兵士が、わんさかいるらしいぜ」

「そんなのは口だけさ。現実は金がなくちゃ生活できない。そういう奴はすぐに不満が溜まって軍を脱走し略奪行為に走る。それじゃあ本末転倒だ」

昼下がりのマジュリート宮殿の中庭で、クラウディオとフェリペがオリーブの木に寄りかかって話す。その周囲にもクラウディオの指揮下に属する士官たちが座ったり寝そべったりしながら、会話に加わっていた。

「けど今回の戦いは反乱軍の鎮圧だったから賠償金も取れなかったじゃないですか。クラウディオ様はいつも通り報酬を払ってくれましたが、国庫は……」

「ああ、問題はそれだ。父上も頭を悩ませている。国債の発行ももう限界だしな」

「属国の銀行からもっと金を融通させればいいんですよ。なんなら債務の支払いを停止してしまえばいいのに」

「馬鹿。それじゃあ破産宣告と同じだ」

あまり明るい話題でもなかったが、男たちは好き勝手にワイワイと話している。士官の貴族たちとはいえ、宮殿で皇子と会話するにはあまりに砕けた光景だった。それが許されているのは、ひとえにクラウディオの名声のおかげだろう。今やマジュリート宮殿でもっとも影響力があるのは、ディエゴ皇太子でもサバス一世皇帝でもなく、クラウディオ皇子だと囁かれている。もっとも、クラウディオは立場を弁えて政治には口出しをしないが。

うららかな日差しの下で、兵士らがひと時の休息を堪能していると――。

「おや？　……クラウディオ様。愛らしいお客様がお見えですよ」

ひとりの士官が、ニヤニヤしながらクラウディオを肘でつついた。

促されたクラウディオが何かと思って視線を向けると、回廊の陰にパウルスを抱いたアマンダが立っていた。

「アマンダ！」

クラウディオは勢いよく身を起こして、一目散に彼女のもとへ駆けていく。その後ろ姿に、フェリペやお調子者の士官らが楽しそうに口笛を浴びせた。

アマンダはクラウディオが駆けてくるのを見て、一瞬驚いたように立ち去ろうとした。けれど再び「アマンダ！」と呼びかけられて、足を止めてクラウディオと向き合った。

「散歩にきていたなら声をかけてくれればいいのに。ほら、行こう。フェリペのことは知ってるだろう？　他の奴らもみんないい奴ばかりだ、紹介するよ。一緒にお喋りしよう」

ウキウキとしながらクラウディオはアマンダの手を引き、皆の所へ連れていこうとする。しかしどうしたのか、アマンダはそこから動こうとしない。

「アマンダ？」

浮かれていたクラウディオはようやく気づく。アマンダがリスのように頬を膨らませ、拗ねた顔をしていることに。

「どうしたの？　何か怒ってるのか？」

「みんなの所へ行くのは嫌。どうせクラウディオはみんなと戦争のお話をしてばかりだもの」

アマンダは握られていた手を振りほどいて、パウルスを両腕でギュッと抱きしめる。どこか寂しそうなその姿を見て、クラウディオの胸が妙に甘く締めつけられた。

「ごめん、アマンダは戦争の話なんか嫌だよな。じゃあみんなで池へ舟に乗りにいこうか？　今日は暖かいからきっと楽しいよ」

しかしその提案にも、アマンダはすげなく首を横に振った。

「舟の気分じゃないのか？　だったら遠乗りはどうだ、みんな乗馬の腕は大したもんだぞ。競争しよう」

無邪気に言ったクラウディオに、アマンダはついに痺《しび》れを切らしたように「もう！」と怒った。

「みんな、みんなって！　最近のクラウディオは士官のお友達と仲良くしてばっかり！　せっかく宮殿に帰ってきたのに、私とは少ししかお喋りしてないわ！」

「そんなことない！　……いや、ちょっとあったかも……。ごめん、仲間外れにしたつもりはないんだ。これからはアマンダも呼ぶから――」

「違う！　仲間に入れてほしいんじゃないの！　私はクラウディオとふたりだけで過ごしたかったの！」

「ふたりだけで？　どうして？　みんなも一緒じゃ駄目なのか？　そのほうがたくさんの時間を……過ごせるのに……」

言いながら、クラウディオの声は段々掠《かす》れていった。目の前のアマンダの顔が、どんどん赤くなっていったことに気づいたからだ。

ふたりは黙ってしまった。どうしたらいいのかわからない、不思議な空気が流れる。対人関係は器用にこなすクラウディオにとって、こんなに緊張する沈黙は初めてだった。

やけに顔が熱い。手には汗が滲む。何かうまいことを言いたいのに、ちっとも頭が回らない。耳まで真っ赤になって俯いてしまったアマンダを見て、このままどこかへ連れ去りたいようなムズムズする衝動が湧いた。

火照った頬を冷やすように、爽やかな風が静かに吹き抜ける。ふわりと揺れてアマンダの顔にかかった亜麻色の髪を、クラウディオは優しく指先で払ってあげた。

「……南の庭園に行こうか。あそこなら、誰も来ない」

囁くように告げたクラウディオの声に、アマンダは小さく頷いた。差し出した手に、華奢で滑らかな手がおずおずと乗せられる。

クラウディオは柔らかにその手を握って歩きだした。何度も握ったことのある親友の手に触れて、どうしてか鼓動が速まるのを止められなくなった。

（……そうか。これが……。……そうか……）

アマンダといるときにだけ感じる多幸感に、クラウディオはこの日ようやく名前をつけることができた。

第二章　結婚

時は流れ、アマンダは十六歳の春を迎えた。

はっきりとした定義はないが、十六歳の貴族女性ならば社交界に出てもよい年頃だ。それは同時に、将来の伴侶を探し始める頃合いでもある。

アマンダもまた、少しずつ社交の場に出るようになった。正直なところあまり乗り気ではないが、公爵令嬢という身分でヒスペリア帝国の宮殿にいる以上、引き籠もっているわけにもいかない。カラトニア公爵の名代として、マジュリート宮殿で行われる晩餐会《ばんさんかい》や夜会に出席せざるを得なかった。

今夜も、宮殿ではディエゴ皇太子の婚約を祝う宴が開かれる。アマンダは王侯貴族の間で主流になっている黒色のドレスに身を包み、リボンと真珠のヘッドドレスを髪に飾った。

十六歳のアマンダはまさに花の蕾《つぼみ》が膨らみ始めたような、うぶで清純な魅力に溢れていた。ほんのりと赤みを帯びた頬は少し幼げだけれど、肌はきめ細かく真っ白で、琥珀色に輝く瞳は惹き込まれるほど魅力的だ。睫毛は長く上向きに揃っていて、小さいけれど形のいい鼻は芯の強いアマンダの内面を表している。もちろん体も女性らしさを帯びてきて、ドレスの深い襟ぐりからは蠱惑的《こわくてき》な谷間が覗くようになった。

女中らの手を借りて身支度を整えたアマンダは、部屋を出て会場の正餐室《せいさんしつ》へと向かった。

すると。

「アマンダ。一緒に行こう」

廊下の先で待っていたクラウディオに声をかけられた。

十八歳になったクラウディオは、どこからどう見ても立派な青年紳士だ。美しい金髪を夜会用に後ろへ撫でつけ、黒を基調とした上着に、豪奢な刺繍の入ったダブレットを着ている。スラリとした長身にそれはこの上なく似合っており、まるで童話に出てくる王子様のように、彼は美しかった。

相変わらず戦場で連勝を重ねており名将として大陸中にその名を轟かせているが、ここ最近は雄々しさだけでなく紳士としての気品や色気もグッと増してきたように見える。わんぱくの代名詞だった少年期が嘘のように、今のクラウディオにはこの宮殿の誰よりも品格が感じられた。

そんな彼の凛々しく上品で整った顔が、アマンダの姿を見て無防備に綻ぶ。昔からよく知る飾り気のない笑顔を向けられて、アマンダの胸が甘く疼いた。

「ありがとう、クラウディオ」

アマンダは礼を言って微笑み返したが、エスコートのために差し出された手を取るのは躊躇《ちゅうちょ》した。

クラウディオもアマンダも、もう子供ではない。ふたりでいれば好奇や嫉妬の目が向けられる。二年前のナディアの一件以来、表立ってアマンダに嫉妬をぶつける者はいなくなったが、陰で広まる噂や評判はどうしようもなかった。

クラウディオも、もう縁談が持ち上がってもいい頃だ。ふたつ年上の兄ディエゴも、最近婚約が正式に決まった。次は弟の番だと言わんばかりに注目が集まっているクラウディオに、良くない評判が立つことをアマンダは避けたかった。

しかし。ためらうアマンダの手を、クラウディオは強引に握る。

「いいドレスだね、とてもよく似合っている。少し胸が出すぎてるのが気になるけど」

手を握られたことと、彼の言葉に、アマンダの顔がすぐに赤く染まった。クスクスと笑いながら歩きだしたクラウディオに引かれ、アマンダは頬を膨らませて歩いた。

「変なこと言わないで。そんなところを見てるのはクラウディオだけよ」

「そうかな。そうだといいんだけど」

包むように手を取っていたクラウディオの指が、そっとアマンダの指に絡められる。長く骨ばった指の感触に、アマンダの胸が痛くなるほど高鳴った。これではエスコートではなく、ただ手を握り合っているだけだ。

アマンダは困ってしまう。もう自分の気持ちはとっくに自覚している。これ以上、胸をときめかせることはやめてほしいのに。

（クラウディオの馬鹿……）

アマンダにとってクラウディオは希望そのものだ。十歳のとき、手を摑んで絶望的な孤独から引き上げてくれたあの日から、アマンダの世界の中心はクラウディオになった。

自分よりふたつ年上の少年皇子は太陽のように明るく、共にいれば自然と心が弾んだ。屈託のない笑顔は天使のようで、その心は清廉潔白《せいれんけっぱく》。友愛も憧れも尊敬の感情もみんな、クラウディオが教えてくれた。

彼といてワクワクと弾むような胸の高鳴りは、成長と共にいつしかとても自然に甘いものになっていった。

繫《つな》がれた手が段々と硬さを帯びていくたびに、少しずつ開いていく身長差に気づくたびに、愛らしかった声が色香を感じさせる低いものに変わったときに。アマンダはクラウディオが異性なのだということを強く意識し、そのたびに胸が甘く痺れた。

それでもまだ曖昧《あいまい》だった友情と恋心の境目がハッキリとしたのは、彼が戦場に行くようになってからだった。

帝国の英雄となったクラウディオに女性たちが黄色い声をあげるたび、喉の奥に何かが詰まったような不快感を覚える。士官たちが何時間もクラウディオを囲んでお喋りをしているのを見て、背中を丸めて座り込みたくなるようないじけた気持ちが湧いた。

その気持ちが嫉妬と独占欲だと気づき、己の心の狭さに打ちのめされた夜を経て、アマンダはようやく自分の恋心と向き合うことができたのだった。

けれど王侯貴族にとって恋とは必ずしも幸福なものではない。彼らにとって結婚とは国や家同士の結びつきであり、想い合う相手と結婚できることのほうが稀《まれ》なのだ。

それはもちろんアマンダにとっても同じである。アマンダの嫁ぎ先は、父であるカラトニア公爵が決めるだろう。

結ばれない相手のそばに恋心を抱えたまま居続けるというのは、なかなかつらいものだ。

そう遠くない将来やって来る、自分か、或いはクラウディオの婚約の報せ。そのとき恋心が散った悲しみに打ちひしがれないように、アマンダはこれ以上クラウディオを好きになりたくないと思う。

それなのに、クラウディオときたら子供のときと同じような距離感で接してくるのだから、アマンダは困ってしまうのだ。

今日も会場の大広間に着くまで手を握られっぱなしで、アマンダは胸のときめきが止まらない。おまけに人目も気になってハラハラして、会場前に着く頃にはすっかり神経がくたびれてしまった。

正餐室の近くまで来ると人も増え、さすがにアマンダは慌てて手を振りほどいた。クラウディオは刹那、拗ねた表情を浮かべたが、すぐに冷静な顔つきになると再び手を礼儀正しく差し出してきた。どうやら手繋ぎではなく、きちんとエスコートするつもりらしい。

「……駄目よ。あなたのエスコートで会場に入ったら、パートナーだと誤解されるわ」

「それの何がいけない？」

こんなとき、アマンダは少し腹が立ってしまう。クラウディオはその誤解の面倒くささが、わかっていないのだろうか。それとも誤解されようが噂が立とうが気にしないという、傲慢《ごうまん》だろうか。

「あなたは皇子よ。誤解されたら、縁談に響きかねないわ」

そう言ってアマンダはクラウディオの手を取らず、そのまま会場へ入っていった。

こんな突き放すような真似はしたくないが、変な噂が流れればいずれ困るのはクラウディオだ。それでも彼はなんともないと言うかもしれないが、いつか彼の妻となる人が傷つき、温かい家庭が築けなくなってしまったらと思うと、アマンダは耐えられない。クラウディオがアマンダに笑っていてほしいと思うように、アマンダも彼の幸福を願っているのだ。

アマンダは部屋に入って人混みに紛れてから、そっと振り返る。クラウディオが大臣たちと何か会話しているのが見える。やがてその周囲に令嬢やら将官やらがちらほら寄ってきて会話が盛り上がるのが見えて、アマンダはホッとしたような、どうしようもなく胸が苦しくなるような、複雑な気持ちを抱えた。

豪華な晩餐のあと、宮殿の広間では皇太子の婚約を祝うための演劇が始まった。

適当な席に座ったアマンダの隣に、やたらと派手な付け襟をつけた青年貴族が腰を下ろす。

「今宵は良い月夜ですね」

声をかけてきた青年貴族に、アマンダは「そうですね」と笑顔で返す。彼は確かヒスペリア帝国の従属国の公爵家嫡男だ。外見の年齢から察するに、彼も結婚適齢期で花嫁候補の偵察をしているのだろう。

話しかけてくる青年に、アマンダは愛想が良くも悪くもない程度に返した。この男から縁談話が来るかはわからないが、冷たくあしらって自分の評判を落とす必要もない。それに青年は特に馴れ馴れしくするでもなく、いかにも花嫁候補の品定めのように、無難な質問や会話を淡々とするだけだった。

ところが。演劇が始まりステージ以外の蠟燭が消され、観客が皆舞台に注目すると、隣の青年はアマンダが膝の上で重ねていた手にさりげなく触れてきた。

なんだか薄気味悪い気がしてアマンダは体ごと青年から少し離れたが、彼の手がアマンダの手の上から退くことはなかった。

（この人、気持ち悪い。まだ会ったばかりなのに、暗闇に乗じてさわってきたりして……）

抑えきれない嫌悪にアマンダが席を立とうかと思ったとき。

「――失礼。その席を譲ってくれないか。俺の席はどうも舞台が見えづらい」

隣の青年に声をかける者があった。

姿を見なくても声と気配でわかる、クラウディオだ。

青年は皇子に声をかけられたことに驚き、慌てて一礼すると席を譲って去っていった。

空いた椅子にどっかりと腰を下ろしたクラウディオに、アマンダは声を潜めて話しかける。

「皇族用の観覧席が見えづらいなんて、目の検査をしたほうがいいわ」

「最近のアマンダは意地悪だな。俺がどうしてここへ来たか、わかっているくせに」

室内が暗くて良かったとアマンダは思う。耳まで赤くなってしまった顔を、誰にも見られたくない。

けれど、うるさい心臓の音は隣のクラウディオに聞かれてしまっているかもしれないと思った。

「劇が終わったら、部屋が明るくなる前に自分の席へ戻って」

「嫌だ」

「変な噂が立ったら良くないわ」

「じゃあきみは、さっきの男となら変な噂が立っても良かったのか」

アマンダは混乱した。妙な噂が出回って困るのはクラウディオだ。何故そこでアマンダとさっきの青年の話になるのだろうか。

どう答えていいのかわからないでいると、クラウディオに手を握られた。まるで攌まえて放さないとでも言いたいように、力強い。

さっきの青年に触れられたときは怖気《おぞけ》がするほど嫌だったのに、今はときめきと安心で頭がクラクラするほど嬉しくなる。自分の決意とは裏腹な心が恨めしいほどに。

「アマンダ。俺は傷ついてるよ。きみの隣に座るのも、きみの手を握っていいのも、俺ひとりだけだと思ってたのに」

前を向いたままボソリと呟かれたそれに、アマンダは戸惑わずにはいられなかった。

アマンダには、クラウディオの心がよくわからない。彼は子供の頃と変わらぬ大きな友愛から、幼稚な独占欲を抱いて、こんなことを言っているのだろうか。

それともまさか……と考えて、アマンダは唇を噛みしめた。

「もう子供じゃないのよ」

もしクラウディオが同じ想いを抱いていたとしても、現状は何も変わらない。甘い夢を見てしまえば、余計につらくなるだけだ。

クラウディオは大帝国ヒスペリアの皇子。彼の結婚相手には、同盟を結びたい大国の王女が選ばれるに違いない。従属国の公女であるアマンダは結婚どころか、花嫁候補にも挙がらないだろう。

厳しい現実に打ちのめされる前に、アマンダは心を閉ざす。恋などという夢は胸の奥に封印して、クラウディオの幸福を願う友人でいなければ。

握られた手を静かにほどいて避けたアマンダに、クラウディオは小さく「……わかった」と言うと、もう触れてくることも話しかけてくることもなかった。

暗闇の中、アマンダはぼんやりと劇を眺めながら、涙は今夜ベッドに入ってから流そうと思った。


それからクラウディオが、アマンダに触れてくることはなかった。

顔を合わせれば明るく声をかけてくれるが、以前と同じく手を握ったり屈託なく笑いかけたりする親しさはない。

彼との距離が開いたことを痛感して、アマンダは荒野に投げ出されたような深い寂寥感《せきりょうかん》を覚える。しかしこれはアマンダが望んだことだ。この距離感が正しいのだと、自分に言い聞かせるしかなかった。

私室でひとり、アマンダは棚の奥から図鑑大の木箱を取り出し蓋を開ける。中には押し花の栞や金の房の他に、乾燥した木の実やメッセージを書いた紙片、飾り紐《ひも》など、一見するとガラクタに見えるものが詰まっている。これは、アマンダとクラウディオが数年前から集めている〝思い出の欠片〟だ。

もともとはクラウディオが始めたことだったが、ある日この箱が彼の部屋で側仕えに見つかりそうになって以来、アマンダが所持することになった。

他人から見ればなんの価値もないガラクタばかりだが、アマンダとクラウディオにとってはすべてかけがえのない宝物だ。ひとつひとつに輝く思い出が詰まっている。

アマンダは箱を持ってベッドに腰を下ろすと、その中身をひとつひとつ手に取って眺めた。何年も前の物でも、付随する楽しい日々の記憶は、まるで昨日のことのように思い出せる。そしてその記憶の中には、必ずクラウディオの笑顔があった。

生命力に溢れ、太陽の申し子の如く明るい彼が笑いかけるとき、その声はいつもアマンダの名を呼んだ。『アマンダ、こっちへおいで』『アマンダ、手を繋ごう』『アマンダ、ずっと一緒にいようね』と。

　無邪気だった子供の頃に戻りたいと、アマンダはひと粒涙を零す。

　クラウディオはアマンダにとって世界の中心だった。彼を信じその手を取りさえすれば、願いが叶い憂《うれ》いはすべて消えると思っていた。いつか戦争が終わり、愛する家族と再会し、クラウディオとの楽しい日々もずっとずっと続くのだと。

　けれど現実はそうではないと、成長と共にアマンダは知った。

　戦争を終わらせるためにはクラウディオは危険な戦地へ何度も赴かねばならず、彼のいない長い時間、アマンダは胸が潰れそうになりながら無事を願った。戦地へ行き名将となったクラウディオの世界はどんどん広がり、彼の名声を喜ぶ気持ちと裏腹に、置いていかれるような寂しさが募った。戦争が終わり家族のもとへ帰れる日を心待ちにしているのに、それはこのマジュリート宮殿を去り彼と離れ離れになることだと思うと、いつしか帰郷を素直に願えなくなっていた。

　そして何より、ふたりは近い将来それぞれ伴侶を見つける。クラウディオさえそばにいれば心が晴れた幸福な時間は、永遠には続かないのだ。

「クラウディオ……」

　誰にも聞こえない小さな声で呟き、アマンダは静かに涙を流す。

　泣くのを我慢することは得意だ。物心がついてから人前で泣いたのは、クラウディオが誓いを紡いでくれた六年前のあの日だけで、それ以来アマンダは誰かの前で泣いたことはない。家族に会いたくて寂しくなったときも、ナディアや取り巻きに虐められたときも、泣きたいときは必ずひとりで部屋で泣いた。他人に涙を見せないことが、アマンダの矜持《きょうじ》でもあった。

そして今も、アマンダはひとりきりで涙を流す。困ってしまうのは、最近その頻度が高くなったことだ。クラウディオへの恋心が募れば募るほど、どうにも泣き虫になる。

「ああ、クラウディオ……」

アマンダは両手で顔を覆って、さめざめと泣く。

いつかクラウディオと決定的な別れが来たときに泣かないで済むように、今ここで涙が出尽くしてしまえばいいのにと思いながら。

大陸での新教と旧教の戦いは、相変わらず一進一退を繰り返していた。

それゆえに、サバス一世皇帝は皇子たちの婚姻に頭を悩ませていた。どの国のプリンセスを娶《めと》ることが国力の増大に繋がるか、慎重に見極めねばならない。

幸い、長男で皇太子のディエゴには良い相手が見つかった。ガリア王国の東側に位置する国の王女だ。国内の信仰に対して比較的自由な国だったが、ヒスペリア皇太子ディエゴとの婚姻を機に旧教派となった。これでガリア王国は、東西を旧教国家に挟まれた形になる。相当な痛手だろう。

そうなってくると次はクラウディオの結婚が重要だ。新教派の国と婚姻を結んで旧教派に改宗させるか、それとも持参金目当てで財力のある国の王女を娶るか。友好国と縁を結んで影響力を強めたいという思いもある。

クラウディオの結婚に関して、宮廷では皇帝をはじめ大臣らが喧々囂々《けんけんごうごう》と意見を述べ合った。

——と、同時期に、宮廷ではもうひとつの結婚問題が浮上していた。それは。

「カラトニア公爵令嬢も十六歳ですか。思っていたより人質の期間が長くなったとはいえ、面倒なことになってきましたな」

大臣のひとりが、届いたばかりの書簡《しょかん》を広げながらため息をつく。その隣では別の大臣が「この大事な時期に令嬢を手放すわけにはいかんだろう」と苛立たしげに首を横に振った。

最奥の席に座っていたサバス一世皇帝も、新たに増えた問題に頭を抱えていた。

皇帝と皇太子、皇子、それに大臣らを集めた会議室では議論に飽和した空気が流れる。

先日、カラトニア公爵からヒスペリア帝国へ届いた書簡。それは、アマンダを結婚させたいから家族のもとへ帰してほしいという訴えだった。

王侯貴族の結婚に年齢制限はないものの、十六歳は決して焦る必要のない年だ。それなのにカラトニア公爵が性急にことを進めようとしているのは、ひとえに娘を早く人質の身から解放してやりたいという親心からだった。これは実に正当で有効な手段である。幾ら宗主国とはいえ、ヒスペリア帝国にカラトニア公爵家の縁談と発展を阻止する権利はない。

この訴えに、ヒスペリア側は頭を抱えるばかりだ。

戦況は緊迫している。今ここで、防衛の要であるカラトニア公爵領への支配を弱めるわけにはいかない。なんとかうまい理由をつけて、アマンダをマジュリート宮殿へ留まらせなければならなかった。

「こうなったらヒスペリア国内の適当な貴族と結婚させてしまいましょう。宮廷官がいい。要は、令嬢がこちらの手の内にいればいいのです」

「いや、もう令嬢は公爵領に帰したほうが良いでしょう。あと数年して公爵の爵位が子息に継がれれば、令嬢は人質としての価値を失くします。そろそろ次の手を考えなければ」

「その数年が問題なのではありませんか。ああ、もどかしい。何故あの地がよりによってサンゴラ王国の支配下なのか」

会議室には意見と嘆きの声が飛び交う。なかなか良い案が出ないまま皆がうんざりしだした頃、ずっと口を噤んでいたクラウディオが口角を上げた。

「父上。俺に考えがあります」

まるで満を持していたようなクラウディオの発言内容に、大臣らは揃って顔を見合わせた。サバス一世皇帝は顎を撫でさすりながら「ふむ……」と考え込んでいたが、やがて感心したように「我が息子は本当に面白いことを考える」と目を細めた。

それからしばらくの月日が流れ、季節は間もなく冬を迎えようとしていた。

早くなった日没の空は澄んでいるが冷え冷えとしていて、もの悲しさを感じさせる。晩秋の夕暮れを見るたび、アマンダは胸の奥が小さく痛んだ。

七年前の秋の日、ちょうどこんな夕暮れだった。父と母に呼び出され、年が明けたらヒスペリア帝国のマジュリート宮殿へひとりきりで行かなければいけないと告げられたのは。あのときは驚きと悲しみで大泣きし、泣き声に驚いた弟が部屋に入ってきて、窓から差し込む夕日に赤く照らされながら抱き合って泣き続けたのを覚えている。

「キケは元気かしら……」

故郷を発ったとき、弟のキケはまだ八歳だった。甘えん坊で可愛いキケ。アマンダがマジュリートへ出発した日も、転ぶまで走って馬車を追いかけていた。

数ヶ月ごとに来る故郷からの便りには、キケは心身共に立派に成長し勉学に励んでいると書いてあった。時々はキケ本人の執筆で、愛する姉の健康と幸福を祈っていると綴られた手紙が同封されていることもあった。弟の健やかな成長を嬉しく思うと共に、やはり直接会いたいとも思う。黄金のそばかすが愛らしいおチビちゃんは、どんな立派な青少年に育ったのだろうか。

自室の窓辺に立ち、アマンダは茜色《あかねいろ》の空に家族の顔を思い浮かべた。

秋はどうも郷愁の念が強くなる。毎年この時期を悲嘆に暮れることなく乗り越えられたのは、クラウディオがそばにいてくれたからだ。彼は秋が深くなるとアマンダが元気を失くすのを知っていて、この季節はいつも以上に寄り添ってくれていた。

『大丈夫だよ。必ず故郷へ帰れるから』と繰り返し励まし、肩を抱いてくれた手を思い出す。あの手の温かさがどれほど自分の心の支えになっていたのかを、今のアマンダは痛感せざるを得ない。今年の秋はひとりぼっちだ。自分がクラウディオを遠ざけてしまったせいで。

家族からは引き離され、クラウディオとも離れなくてはならない。孤独に苛まれる自分の運命に、切なく胸を押さえたときだった。

「失礼いたします。アマンダ様、皇帝陛下がお呼びです」

「……陛下が？」

ノックの音と共に呼びかけた侍従の言葉に、アマンダは驚きで目をしばたたかせた。

呼び出されたのは、謁見室でも執務室でもなく、応接室だった。ここは皇室の者が人払いをして客人と談話するときに、よく使われる。アマンダは子供の頃にクラウディオと忍び込んだときを除いて、この部屋に入るのは初めてだった。カラフルなタイルの床に、捺《なっ》染《せん》の生地を張った華美な長椅子、壁一面の宗教画。あの頃と何も変わっていない。

室内にいたのはサバス一世皇帝とクラウディオだった。皇帝に呼び出された理由もわからないのに、どうしてクラウディオまでいるのかと、アマンダは内心戸惑いつつも平静を装って挨拶をした。

「陛下。皇子殿下。アマンダ・デ・カラトニア、参りました。お呼びでしょうか」

スカートの裾を持って軽く膝を曲げれば、サバス一世は「畏《かしこ》まらなくても大丈夫だ」と片手で宥めて椅子から立ち上がった。

サバス一世とクラウディオの表情は、やや緊張を帯びているが暗くはない。悪い報告ではないようだとアマンダが少し胸を撫で下ろしたとき、耳を疑うような話が始まった。

「カラトニア公爵令嬢。留学とはいえそなたは六年間も家族と離れ離れになり、さぞかし不便で寂しい思いをしたことだろう。そこで、だ。我が国はカラトニア公爵と話し合い、両国とそなたにとって最善の将来を考えた。国や家が平和的に絆《きずな》を結ぶために、婚姻が何より有効なことは令嬢も知っているだろう。カラトニア公爵令嬢アマンダ。我が国とカラトニア公爵家の平和と発展のために、ヒスペリア帝国第二皇子クラウディオと婚姻を結んでほしい。そなたたちは旧知の仲だ、夫婦になってもうまくやれるだろう」

サバス一世が何を言っているのか、アマンダはしばらく理解できなかった。頭の中を整理しても信じられない思いでいっぱいで、感情が追いつかない。

呆然《ぼうぜん》としたまま立ち尽くしていると、厳粛《げんしゅく》にしていることについに耐えきれなくなったように破顔したクラウディオが、勢いよく抱きついてきた。

「カラトニア公爵令嬢殿！　目をまん丸くしたまま立ち尽くしていないで、早く答えを聞かせてくれ。さあ、このクラウディオの妻になり一生そばにいると誓ってくれるか？」

クラウディオにこんなふうに抱きしめられたのは、いつ以来だろう。自分から手放した彼のぬくもりが愛おしくて懐かしくて、涙が込み上げてくる。

（……いいの？　クラウディオとまた、こんなふうに触れ合って。これからもずっと、一生、一番そばにいて……いいの……？）

頭の中はまだ混乱している。どうしてそんな経緯になったのか、もっと詳しい話を聞かなければとわかっている。けれど今はただ、クラウディオの腕に抱かれることが嬉しくてたまらなかった。

涙が溢れないようにギュッと唇を噛みしめ、アマンダはゆっくり彼の背に手を回す。喜びを爆発させるようにますます強く抱きしめてきたクラウディオのぬくもりと香りに包まれ、アマンダはこらえきれない涙をひと粒だけ零した。

ヒスペリア帝国とカラトニア公爵の交渉は、数ヶ月にわたって書状で行われていた。

ヒスペリア側が提示した条件は、アマンダを皇子妃とすること。持参金代わりに、カラトニア公爵領の相続権を長男キケからアマンダへ移すこと、であった。

これはクラウディオの案だった。ヒスペリア帝国が欲しているのは、カラトニア公爵領に対する支配力だ。今はアマンダを人質に取ることでそれを維持しており、だからこそアマンダがどこかの誰かと結婚してヒスペリアの手中から脱してしまうことを危惧《きぐ》している。ならば。カラトニア公爵領ごとアマンダを手に入れてしまえばいいではないかと、クラウディオは提案した。

稀なケースではあるが、女性が爵位と領地を継ぐことをサンゴラ王国は禁じていない。

相続の指名は家長に委ねられている。カラトニア公爵は長男のキケに継がせるつもりだったが、ヒスペリア帝国から結婚の話を持ちかけられ、相続権をアマンダに移すことに決めた。

大帝国の皇子妃というのは、それほどまでに魅力的だ。家柄の良さが結婚の絶対条件である貴族社会に於いて、皇室というのはその頂点にある。しかもアマンダは王女ではなく従属国の公爵令嬢だ。本来なら宗主国の皇子妃候補になれる身分ではない。これ以上の良縁は、まずないだろう。

一族から皇子妃が排出された記録は、この先もカラトニア家の偉業《いぎょう》として残るはずだ。そのうえ相手は今をときめく帝国の英雄である。アマンダはきっと、大陸中の令嬢から羨望の目で見られるに違いなかった。

もちろん、カラトニア公爵が結婚を了承したのは、一族の名誉のためだけではない。アマンダの身の安全を思ってのことでもあった。

カラトニア公爵とて馬鹿ではない。この結婚の目的が公爵領の支配にあることくらいわかっている。だとすればこの結婚を断った場合、ヒスペリア帝国があらゆる手を使ってアマンダを手中に留めておこうと画策するのは容易に想像がついた。最悪の場合、アマンダの心身を害してでも人質でいさせようとするかもしれない。ならば、互いに最良であることの縁談を呑むことが、娘を守る最適な手段でもあった。

ヒスペリア帝国は相続権を得たアマンダを娶ることで実質的にカラトニア公爵領を手中

に収め、カラトニア公爵家は娘の安全を守りつつ一族から皇子妃を出したという名誉を得られる。まさに利害の一致した政略結婚計画であった。

応接室を出て私室に移ったアマンダは、ことの詳細をクラウディオから聞いて、しばらく目をパチクリとしばたたかせていた。

「……じゃあ、ずっと前からクラウディオはこの結婚話を知っていたということなの？」

「知っていたも何も、俺が考えたことさ。完璧だろう？　誰も損をしない、そしてアマンダと俺は結婚できる！　最高だ！」

薔薇色に頬を染めた喜色満面のクラウディオは、いかにも幸せそうだ。アマンダも気持ちは同じだが、この数ヶ月ひとりで泣いていた日々を思うと、どうしても頬を膨らませ上目遣いにクラウディオを睨みつけずにはいられなかった。

「私にも教えてくれたっていいじゃない。もう子供じゃないから、いつまでも一緒にいられないと思って……私……すごく寂しかったのよ」

いじけた言い方をしてしまったアマンダに、クラウディオは正面に立つとそっと顔を両手で包み、額を合わせてきた。

「わかってる、きみが周囲の目を気にして俺を避けてたこと。……俺も寂しかった。だからこの結婚を計画したんだ。きみが言った通り、俺たちはもう子供じゃない。だから大人のやり方でそばにいることにした。アマンダ。これはきみをかけた、俺の戦いだったんだよ」

間近で見る青い瞳は深い海のようで、その奥に静かな情熱が揺らめいているように見えた。頬を包んでいる彼の手が熱い。

「きみが欲しかった。誰にも渡したくなかった。……多分きみはわかってないよ。俺がこの数ヶ月間、どんな思いでいたかなんて」

利害一致の婚姻とはいえ、宮廷には様々な派閥がある。クラウディオに他のプリンセスを娶らせたかった大臣らもいただろう。きっと、ことはアマンダが思うほど容易に進んだわけではない。クラウディオはその道をひとりで切り拓き、強固な意志を貫いて勝利を収めた。アマンダには戦場に立たせず、ただ勝者である己の手を取らせるためだけに。

「クラウディオ……」

頬を包む彼の手に、自分の手を重ねた。いつだってアマンダに元気を与えてくれた優しい手は、いつの間にかこんなに大きくて逞しい。この国のために戦い、アマンダのために戦う彼を心から頼もしく思うと同時に、少しだけ切なくもなる。微力だとわかっていても、もっと彼の力になりたい。

だからアマンダは、瞼を閉じた。これからの長い人生を、伴侶としてずっと寄り添う覚悟を籠めて。いつか彼に救いが必要なときが来たら、命を賭《と》してまっとうすると誓って。

熱い吐息が近づく気配がして、次の瞬間、唇が重なった。

閉じた瞼の裏に、窓から差し込む夕暮れの濃い赤が微《かす》かに映る。

優しい口づけだった。柔らかに押しつけられたそれは、角度を変えて深く重なり合ったあと、悪戯っぽくアマンダの唇を舐《な》めて離れた。

瞼を開けば、はにかんだクラウディオの顔が瞳に映る。

「愛してる、アマンダ。世界でただひとり、俺に勇気をくれる女の子。俺と結婚してください」

彼を知ってから、今まで一番幸せそうな笑顔だと思った。アマンダは自分の顔が勝手に綻んでいくのを感じながら、彼を見つめ返す。

「そのプロポーズ、お受けします。世界でただひとり、私に希望をくれた皇子様。私もあなたを愛してるわ」

ふたりは微笑み合い、どちらからともなく再び唇を重ね合った。

アマンダは幸福に酔いしれる。七年前の秋の日に、大泣きをした女の子に教えてあげたい。何も心配しなくていいのよ、これから向かう国にはあなたを守ってくれる皇子様が待っているのだから、と。

昔を思い出して小さく笑ったとき、クラウディオの顔がそっと離れた。彼はアマンダの頭を二、三度撫でると、照れたように笑って一歩後ずさった。

「どうしたの?」と不思議そうな顔をするアマンダに、クラウディオは軽く肩を竦めた。

「嬉しすぎて、自分が止められなくなりそうで……。今日はここまでにしておこう。……クラウディオ皇子は誠実なんだ」

まるで自分に言い聞かせるように咳払いをして畏まった顔をしたクラウディオに、アマ

ンダは思わずクスクスと笑ってしまった。そして悪戯っぽく「明日からよろしくね、婚約者様」と彼の頬に口づければ、「こちらこそ」とお返しの口づけをされて、いつまでも子犬のようにじゃれ合った。

◆

ヒスペリア帝国第二皇子クラウディオと、サンゴラ王国カラトニア公爵令嬢アマンダの婚約が正式に発表された。ふたりの挙式は約一年半後、アマンダが十八歳を迎えてから執り行うこととなった。これは、皇太子ディエゴも今現在婚約中の身であり、挙式の時期が被ってしまうことへの配慮だった。

どちらにしろ、アマンダはまだ幼いと言っていいほど若い。十八歳になってからの結婚に、クラウディオもカラトニア公爵も異存はなかった。

翌年、春。予定通りに皇太子ディエゴの結婚式が執り行われ、国は久々の吉事に沸いた。

しかしその一方で、ヒスペリア帝国の戦況には暗雲が漂い始めていた。

その年は皇室の慶祝《けいしゅく》に伴い、皇子であるクラウディオは戦地に出られなかった。だからといって容易くヒスペリア帝国や旧教国が劣勢になるものではないが、タイミングが悪かった。ガリア王国が多大な戦費を投入したことで、戦場での戦い方が一変したのだ。

今までは長槍部隊の密集陣形と軽騎兵が主力で、高価なマスケット銃を使う銃兵はあくまで補助的なものだった。しかしガリア王国は銃兵の部隊を長槍部隊と同等に揃え、主力としたのだった。

戦争というものは、新しい武器や戦術の登場と共にセオリーが変わる。まさにその転換期に稀代の名将クラウディオが不在だったのは、大きな痛手だった。

しかもヒスペリア帝国は相変わらずの財政難だ。皇太子妃の持参金も、国を挙げての祝宴と国民への下賜《かし》などで、大体底をついた。何事にも金がかかるのが、大国のやっかいなところだ。この長い宗教戦争に於いても、ヒスペリア帝国は初期から参戦し、数多《あまた》ある属国を維持するために派兵を繰り返している。一方でガリア王国はあとから参戦したこともあり、まだ戦費をかける余裕があった。

――もしかしたら、この戦争は潮目が変わるのではないか。

そんな予感をヒスペリア帝国民のみならず、戦争に関わる国々が予感し始めた頃だった。

皇太子の結婚式からわずか半年後の秋。ヒスペリア帝国皇帝サバス一世が狩猟中の事故で急逝《きゅうせい》した。

戦争の要となっていた大帝国の皇帝逝去に、大陸は震撼《しんかん》する。サバス一世は称えられるほどの賢王ではなかったが、大陸の重鎮国としてつつがなく舵を取ってきた。次にこの座に就くのは、若き皇帝ディエゴだ。宗教の対立によって混乱を極める時代の荒波を制することができるのか、大陸中の人々が新帝ディエゴに注目していた。

ディエゴが皇帝に即位すると、マジュリート宮廷での人事が一新された。皇帝の寵臣《ちょうしん》ともいえるポジションの首席大臣に就いたのは、大方の予想通りオルランド侯爵だった。

オルランド侯爵はディエゴが皇太子のときから擦り寄っていた、ディエゴ派貴族の筆頭だ。そして彼がクラウディオを嫌っていることも、周知の事実だった。これにより宮廷では、ディエゴ派とクラウディオ派の派閥争いが顕著となる。

もともと、宮廷での人気はクラウディオが圧倒的だった。戦場での活躍だけでなく、彼には大衆が導かれたくなる傑物的な魅力がある。それに対しディエゴは善良ではあるが、あまりに平凡であった。宮廷では新帝ディエゴに対する不安の声が絶えず囁かれ、それと共に必ず「クラウディオ様が国を治められたほうがよいのでは」という声が聞かれた。

しかし、その声に一番反発を強めたのは、他ならぬクラウディオ本人だった。

「馬鹿馬鹿しい。俺は皇帝の器なんかじゃない、精々戦場を駆け回ってるのがお似合いだ。幼少から帝王教育を受けてきた兄上こそ、ヒスペリア帝国の皇帝の座に相応しい。そうだろう、兄上？」

ディエゴの戴冠式《たいかんしき》も終わった年の瀬のある晩、クラウディオは兄の私室でワインを呷《あお》りながらそう言った。

周囲がどんな目を向けようと、兄弟の仲は昔と変わっていない。成長してからもクラウディオはこうして兄の部屋へ時々遊びにきていたし、それは兄が皇帝になっても同じだった。

世間の噂など鼻で笑って一蹴したクラウディオに、ディエゴは眉尻を下げて目を細める。

「周りが何を言おうと、この国の帝位は長子が継ぐ伝統だからね。僕が先に生まれてしまった以上、僕が皇帝の椅子に座るしかない。大抵の国がそうさ。王になる人物が有能かどうかなんて関係ない。皇帝や王なんてそんなものだと、みんなが思ってくれると楽なんだけど」

暖炉の前に立ち、ワインの入ったグラスを揺らすディエゴに、クラウディオは不服そうな視線を向けた。

「そういう言い方はやめてくれ。兄上は皇帝に相応しい。あなたは父上の背中を見てきたはずだ。この先あなたが皇帝として選ぶ道は、間違いなく帝国を繁栄へと導く。俺はあなたの決断に従い、どこまでも支え、ついていくよ。だから自信を持ってほしい」

弟の激励に、ディエゴの口もとがわずかに綻んだ。暖炉の炎に照らされた顔が、柔らかさを帯びる。

それを見てクラウディオはパッと破顔すると、グラスを持ったまま椅子から軽やかに立ち上がってディエゴのそばまでやって来た。

「というか、兄上が早く子供を作ればいいのさ！　そうすれば継承権一位はその子に渡るし、跡継ぎができれば周りも俺なんか眼中からなくなる。皇妃殿下は綺麗なお方だし、兄上は家長としても立派で優しい。帝国中が皇帝夫妻を愛し、世継ぎの誕生を待ってるんだ。もちろん、俺も」

兄の肩に腕を回し、クラウディオは楽しそうに語る。ディエゴは「そうだね」と小さく笑って、肩に回された腕をほどくと手近な椅子に座った。

「……ところでクラウディオ。お前の結婚だけど……」

少し改まった様子でこちらを見上げながら言ってきたディエゴに、今度はクラウディオが眉尻を下げて笑う。

「わかってる。父上の喪が明けるまでは延期だろう？　数ヶ月先延ばしになるくらい、なんてことないさ。アマンダを妻にできるなら幾らだって待てる」

厳格な旧教国家であるヒスペリア帝国では、君主の死後一年は結婚式など皇族の慶事は避けることとなっている。来年の春に予定していたクラウディオの結婚式は、サバス一世の喪が明ける十一月まで延期されることとなった。

「すまないね」と申し訳なさそうに言ったディエゴに、クラウディオは「兄上のせいじゃないさ」と首を振る。それから少し黙って肩を竦めると、兄に小声で耳打ちした。

「ここだけの話、本当はガッカリしてる。俺は紳士だけど〝精力的〟な男なんだ。早くアマンダと床を共にしたい」

頬を染め悪戯っぽく笑ったクラウディオに、ディエゴも吹き出した。そしてひと笑いすると、「兄上もそろそろ寝室へ向かったほうがいい。きっと皇妃殿下がお待ちだよ。おやすみ」と言い残して、クラウディオは部屋から出ていった。

賑やかなクラウディオが出ていくと部屋はたちまち静かになる。ディエゴは椅子の背に凭れ、静けさに酔うように瞼を閉じた。

『ご兄弟の仲が良ろしいのは喜ばしいことです。しかし陛下、弟ぎみの威光が増せば増すほど、あなたのお足もとが脆《もろ》くなっていくことだけは、ゆめゆめお忘れになりませんように』

戴冠式のあと、オルランド侯爵に囁かれた言葉が頭をよぎる。ディエゴはぼんやりと瞼を開き手もとに残っていたワインを飲み干すと、考えることをやめて寝室へ向かった。

◆

年が明け、本来挙式予定だった春が去った。

結婚式が延期になったことについて、アマンダは不満を抱いてはいない。いずれクラウディオと結ばれるだけで十分幸せだと思っていた。

しかし、目まぐるしいほどに変わっていく世界情勢には、不安を抱かずにはいられなかった。

長い間どうにも優劣のつかなかった戦争は、少しずつ、けれど確実に旧教側が追い詰められていっている。ヒスペリア帝国と同盟を結んでいた旧教国が新教側に寝返り、従属国の主要都市の幾つかがガリア王国率いる新教軍に制圧された。負けが込めば当然、さらなる財政難に陥り、軍事力は衰退していく。

日に日に沈んでいく宮殿の空気は、誤魔化しようもない。それでも宮廷は予定と伝統に則り、クラウディオとアマンダの結婚準備を進めていた。

「とてもお似合いです、アマンダ様」

その日アマンダは、花嫁衣裳《いしょう》の試着をしていた。レースと刺繍がたっぷりあしらわれたドレス。袖と裾には真珠が飾られ、スカートは豪奢に膨らんでいる。

お針子の女中たちが裾や腰回りの調整をしながら、口々に褒めそやした。皇太子妃の晴れ着に相応しいドレスに身を包んだ自分を姿見に映して、アマンダは恥ずかしそうにはにかむ。

衣装と装飾品はすべて、故郷から送られてきたものだ。領地の相続権をアマンダに移すのが持参金代わりという話だったが、カラトニア公爵なりに娘を最大限に祝ってやりたかったのだろう。たくさんの衣装や装飾品、支度金まで送られてきた。

アマンダは父の愛を嬉しく思う。やはり離れていても、家族は家族だ。大切なことに変わりはない。

アマンダにとって家族との思い出は、十歳のときで止まっている。長年、手紙のやり取りをし、家族の肖像画も送ってもらったが、実際に過ごした記憶には敵わない。アマンダの中で父と母はいつまでも若く優しい笑顔のままで、弟のキケは小さな少年のまま甘えた顔をしている。

家族の顔を思い浮かべて、アマンダはドレスを試着した自分をそっと抱きしめた。

「このドレスにはお父様やお母様やキケの思いが詰まっているわ。私、家族に恥じないような皇弟妃になってみせる」

国が大変なときだからこそ、気を強く持って夫を支えねばと思う。

改めてクラウディオの良き伴侶になることを決意したアマンダの瞳は、曇りなく、まっすぐ前を向いていた。


――それから、たった数ヶ月後のことだった。

キケ・デ・カラトニアが新教側と通じていたとの嫌疑がかけられ、アマンダとクラウディオの結婚が保留になったのは。

その報せがアマンダとクラウディオにもたらされたのは、結婚式まで一ヶ月を切った、ある雨の日のこと。

最愛の弟であるキケが領地に潜む新教の過激派に与《くみ》していたと聞かされ、アマンダは目の前が真っ暗になった。

アマンダには知らされていなかったが、キケは領地と爵位の相続権を姉に奪われたことに相当憤っていたらしい。今回の背信行為はその恨みから、父とヒスペリア帝国へ反旗を翻したものとみられる。彼は今行方不明とのことだが、おそらく新教派の仲間に匿《かくま》ってもらっているのだろう。

弟からの祝福を疑わずにいたアマンダにとって、そのショックはあまりにも大きすぎた。

何百何千の「どうして」が頭の中を埋め尽くし、思い出の中のキケの姿が歪《ゆが》んでいく。

顔から血の気が引き、意識を失いそうになったアマンダを、咄嗟にクラウディオが支えてくれた。しかし彼の顔も真っ青だ。困惑と怒りを滲ませた表情のままアマンダを抱きしめ、目の前のディエゴに向かって口を開く。

「何かの間違いじゃありませんか。キケはアマンダと仲が良かったんです。泣き虫だけど素直な良い子だって、アマンダはいつも言っていた……。きっと何か事情が」

信じたくないとばかりに首を横に振るクラウディオの言葉を遮ったのは、ディエゴの隣に立つオルランド侯爵の咳払いだった。

「殿下、それはいつのことを仰っているのです？　まさか、令嬢が子供の頃の話ではありますまいな。どんな悪人だって子供の頃は無邪気なものです。令嬢にはお気の毒ですが、綺麗な思い出はお捨てになったほうがいい。今起きているのは、戦争の要であるカラトニア公爵領がひとりの裏切り者によって、敵に侵略されつつあるという危機です！」

叱責するように強く言いきったオルランド侯爵に対して、クラウディオは何かを言おうとしたが言葉が出てこなかったのか、そのまま口を噤んだ。

朦朧《もうろう》としているアマンダの意識の中に、オルランド侯爵の突きつけた事実が木霊《こだま》する。

(裏切り者……キケが、私の弟が……公爵領とヒスペリア帝国を危機に……)

弟の背信が事実であることへの悲しみと共に、大きな罪悪感が湧いてくる。

「ああ……、ごめんなさい、ごめんなさい、クラウディオ。申し訳ございません、ディエゴ陛下……。私の……私の弟が……」

まだ足に力の入らないアマンダは、クラウディオの腕に縋りながら謝罪を繰り返した。こんなはずではなかった。妻としてクラウディオを生涯支えると、心に誓ったばかりだったのに。誰よりも迷惑をかけてしまったことに、申し訳なさで消えたくなる。

「落ち着きなさい、令嬢。今のところ大きな実害は出ていない。……クラウディオ、令嬢を部屋で休ませてあげるといい」

ディエゴがそう言うとクラウディオは黙って頷き、アマンダの体を支えながら謁見室から出ようとした。その背に、オルランド侯爵が非情な報せを浴びせる。

「この件が解決するまで、おふたりの結婚は保留でございます。場合によっては白紙になることも、あり得ますが」

クラウディオは振り返りオルランド侯爵を睨みつけると、「白紙になんてならない。俺がさせない」と残して、震えているアマンダの体を支えて出ていった。


どれくらいの時間が流れただろうか。

あれからずっと、アマンダは部屋に籠もっている。

食事も喉を通らず、眠ることもできずにいると、段々と昼夜の感覚すらなくなって、今が何月何日なのかもわからなくなってきた。

カーテンすら閉めきった部屋で、アマンダはただぼんやりと椅子に座っていた。

（ああ、キケ。あなたに会いたい。あなたを抱きしめたい。きっとキケは昔のように「お姉ちゃん」って、嬉しそうに私を抱きしめ返してくれるわ。……そうして、この悪夢から覚めればいいのに）

無意味だとわかっていても、頭の中では同じことばかり考えてしまう。あの可愛い弟が謀反《むほん》を企てたなどとは信じられない。けれどそれが本当だというのなら、どこで間違ってしまったのだろうかと思う。彼が相続権を奪われることに反対していたと知っていたなら、何か励ましの言葉をかけてやれただろうか。それとも、公爵領の相続権を条件にしたこの婚約を、取り消すべきだったのだろうか。それ以前の問題で、相続権に執着するような性格に何故育ってしまったのだろうか。悔やんでも悔やみきれず、後悔と自責の念ばかりが浮かぶ。

そして頭が割れそうなほどキケのことを考えたあとは、圧《お》し潰されそうなほどの罪悪感に苛まれた。

人質として連れてこられたとはいえ、アマンダは八年間もマジュリート宮殿で育った。前帝のサバス一世はアマンダに十分な教育環境を与えてくれたし、現皇帝であるディエゴだって親切にしてくれた。恩義を感じているし、この地を第二の故郷と思えるくらいには馴染んでいる。それらを裏切る形になってしまったことが、とてもつらい。

そして何よりも、クラウディオに対して合わせる顔がなかった。

今回の件で、クラウディオの面目は丸潰れだ。婚約者の家族が背信行為に走っただけではない。この婚姻を提案し押し進めてきたのは彼だ。アマンダを娶ろうとしたばかりに愚かな政策を提案し、挙句失敗したと、ディエゴ派の宮廷官たちは揃って笑っている。

誰より正しく光り輝いている彼の名誉に、醜い傷をつけてしまった。そのことがアマンダは許せない。

(ごめんなさい、クラウディオ。ごめんなさい。ごめんなさい)

彼はアマンダがマジュリート宮殿へ来た日から、数えきれないほどの優しさと希望とときめきをくれた。いつか必ず同じだけの幸福を返そうと思っていたのに、こんな結末はあんまりだった。

クラウディオはこの婚約を白紙にさせないと言っていたけれど、彼の妻になる資格などないのではないかと思う。もう共に未来を歩めないどころか、そばにもいられなくなる日が来るだろうと思うと、アマンダは心臓が止まりそうなほど胸が苦しくなった。

毎日泣き続けているというのに、涙は涸《か》れることなくハラハラと零れる。部屋に閉じ籠もっていないで何かできることをしなくてはと思うのだけれど、今はショックと悲しみに打ちひしがれていて、まともに考えることもできなかった。涙が止まらない以上、迂闊《うかつ》に部屋の外にも出たくない。

あれからクラウディオは毎日部屋を訪ねてくれていたが、今はどうしていいかわからず、扉の鍵を開けることができないでいた。

それから数日後。アマンダは再びディエゴ皇帝に呼ばれた。まだ気持ちの整理はついていないが、皇帝に呼び出されたのならば断わるわけにはいかない。血色の悪い顔を俯かせたまま、アマンダは重い足取りで謁見室へ向かった。

そこでディエゴから告げられたのは、弟へ向けた手紙を書いてほしいという話だった。キケの情に訴える作戦なのだろう。これ以上新教派に与し背信行為を続けるのなら、姉の身に何が起こるかわからないという脅しでもある。もともとそのための人質だ、アマンダにはしっかりと家族の情を利用し、弟を諭してもらわなければならない。

「けど、キケは現在どこにいるのか不明なのでは？」

「新教派の者に匿われているのは間違いない。新教派の教会に届ければ、彼のもとに届くだろう」

「……わかりました。私でお役に立てることでしたら、なんでもします」

弟の過ちを正せる機会を与えられたことは、ありがたかった。現状がどうしようもないことに変わりはないが、真っ暗だった世界で道標を示されたような気分になる。

キケの心に届くようにしっかり思いを綴ろうと決意して、アマンダは謁見室をあとにした。しかし、廊下を歩くアマンダに浴びせられるのは、冷ややかな視線と無情な陰口だ。

「長年ヒスペリア帝国に育ててもらったというのに、恩を仇《あだ》で返すとはこのこと」

「あの女、本当は弟と通じているんじゃないのか。一族揃って新教派の間者かもしれない」

「クラウディオ様に酷い恥をかかせた。縛り首にしてしまえばいいのに」

「カラトニア一族など信用できない。あの女も追放して、領地も力ずくで奪ってしまうべきだ」

耳を塞いで走りだしたくなるのを、アマンダはこらえて唇を噛みしめる。

マジュリート宮殿に於いて、人質という自分の立場がとても微妙なものだと自覚していたが、それでも考えが甘かった。弟の裏切りによってアマンダは今、敵を見るような目で見られている。ディエゴ派の宮廷官らはもちろん、クラウディオを支持する者たちからも、彼の顔に泥を塗ったという非難を向けられていた。

直接糾弾されないのは、アマンダがまだクラウディオの婚約者に留まっているからに他ならない。けれどそれさえも、彼の加護を利用しているみたいで心苦しかった。

足早に廊下を過ぎ、自分の部屋の前まで辿《たど》り着いたときだった。

「アマンダ！」

呼びかけられた声に振り返ると、クラウディオがこちらへ走ってくるのが見えた。

アマンダは肩をビクリと跳ねさせる。彼に合わせる顔がないと思っていたが、いつの間にか会うこと自体に怯《おび》えていたようだ。

「クラウ……ディオ……」

たくさん謝らなくてはいけないことがある。キケのことも、迷惑や心配をかけ続けていることも。それなのにすべてに萎縮しているアマンダの口からは言葉がうまく出ず、視線をさまよわせたうえに俯いてしまった。

そんな彼女を見て、クラウディオも言葉を失くす。彼は複雑そうな表情で眉根を寄せたあと、「来て」とアマンダの肩を摑むと、そのまま部屋の中へ入った。

部屋に入ってふたりきりになった途端、クラウディオはアマンダを強く抱きしめる。

「心配した」と零した彼の声に、アマンダは涙が込み上げそうになった。

「クラウディオ……ごめんなさい。ごめんなさい。私、キケを止めるためならなんでもするから。弟の代わりに、どんな罰を受けたっていい。あなたに、ヒスペリア帝国に迷惑をかけてしまって、本当にごめんなさい」

クラウディオの背にしがみつくように抱きしめ返して、アマンダは声を震わせた。クラウディオは抱きしめていた腕にますます力を籠めて、首筋に顔をうずめたまま頭を横に振る。

「何故きみが謝る。きみは何も悪くないだろう。アマンダはこの宮殿に来てからずっと、ヒスペリア帝国に尽くしてくれた。十歳の女の子がたったひとりで遠い国まで連れてこられたのに、俺たちを恨むこともなく、明るい笑顔を見せてくれたじゃないか。お願いだ、自分を責めないでくれ。きみにはなんの咎もない」

クラウディオの言う通り、アマンダ個人が何か罪を犯したわけではない。けれどアマンダはカラトニア公爵家の家紋を背負ってここにいる。一族の犯した罪に責任を問われる立場なのだ。そんなことはクラウディオももちろんわかっているだろうが、あまりに憔悴《しょうすい》しているアマンダを見て言わずにはいられなかったのだろう。

「でも……でも……私のせいであなたの名誉に傷がついた。私があなたの婚約者でいるせいで、今もあなたの評判を貶めている……。私自身がどれだけ責められても構わないけど、クラウディオが悪く言われるのは耐えられないの。私は、あなたを守りたかった。あなたを支える良き伴侶になりたかったのに、こんな真逆の事態になってしまって……。私にあなたの妻になる資格なんて、ないわ……」

アマンダの震える唇から、本当の思いが漏れる。何より憂慮しているのは、クラウディオに迷惑をかけることだ。誰より尊敬し愛する彼の栄光に、一片の瑕《きず》もつけたくはないのに。

するとクラウディオは抱きしめていた腕を勢いよくほどき、アマンダの肩を摑んだ。そして険しい顔でアマンダを正面から見据える。

「誰がそんなことを言った？　アマンダに俺の妻になる資格がないだと？　そんなことを言う奴がいるなら連れてこい。教えてやる、アマンダが俺の妻になれないというのなら、それはそいつが――いや、世界のほうが間違っているんだと。愛し合う俺たちが結ばれない世界など、絶対に間違っている」

アマンダを映す青い瞳には、強い炎が揺らめいている。それは、正義。クラウディオが信じ貫く穢《けが》れなき刃。そして今その刃は、愛という影に鈍く光っている。

静かに紡がれた彼の言葉に、アマンダは気圧されて動けなくなった。

クラウディオは摑んでいた肩を放し、指の背でそっとアマンダの頰を撫でると、険しかった顔を和らげる。

「俺の名誉や評判なんて、どうだっていいさ。そんなのは守るものじゃない、行動した結果にあとからついてくるものなんだから。そんなことを気にしてアマンダが悲しむほうが、俺はずっと嫌だよ。ね、だから笑って。誰に何を言われようと、俺たちの結婚は邪魔させないから」

　それはいつもの天使のような笑顔だった。温かく、アマンダのことを心から思ってくれているのが伝わる。昔からこの笑顔に何度救われてきただろうか。

　クラウディオは再びアマンダの体を抱きしめると、今度は励ますようにポンポンと背中を叩いてきた。

「大丈夫だよ、アマンダ。きみの弟ならば、すぐに自分の過ちに気づいてくれるさ。それにきみのご尊父だって、領地を一生懸命に平定してくださっている。すぐに事態は収まるよ」

「……うん……」

　アマンダは、自分の心が安らいでいくのを感じた。クラウディオの言葉は不思議だ。本当に不安がなくなり、明るい未来を約束されたような気がする。

「ありがとう、クラウディオ。私落ち込んでばかりいないで、自分にできることを精一杯やるわ。キケに改心するようお手紙を書いて、お父様とお母様にも励ましのお手紙を書く。

それから……あなたと伴侶になることを、あきらめたりしない」

　体をほどいたクラウディオは目をキュッと細めて子供のように嬉しそうに笑うと、チュッとアマンダの唇を啄《ついば》んだ。

「うん、天地がひっくり返っても絶対にあきらめちゃ駄目だよ。約束」

　そう言ってクラウディオはもう一度唇を重ねてくる。今度は先ほどの悪戯みたいなキスよりも、ゆっくりと唇が重なり合った。

　突然のキスにアマンダが目を丸くしたあと、はにかんで笑うと、クラウディオはますます嬉しそうな顔をする。

「やっと笑ってくれた。やっぱりきみには笑顔が似合うよ、アマンダ。……可愛いね。世界一素敵な笑顔だ」

「大袈裟だわ。子供の頃から見てる顔じゃない」

「何年見てても ちっとも飽きないよ。俺は昔からきみの笑った顔が大好きなんだ。もしかしたらきみが初めて笑ってくれたときには、もう恋に落ちてたのかもしれない」

　マジュリート宮殿に来てから初めてアマンダが笑ったときはいつだっただろうと、ふたりは思い返して、そして揃って吹き出した。クラウディオが調子に乗って舟から池に落ちたときだ。

　ふたりでひとしきり笑ったあと、クラウディオはうっとりとした眼差しでアマンダの髪を撫でると、耳もとに近づいてそっと告げた。

「……ねえ、アマンダ。結婚しようよ。今すぐに」

驚いたアマンダがパッと顔を上げて「え？」と聞き返すと、クラウディオは瞳を覗き込みながらゆっくりと告げた。

「今から大聖堂へ行って、神様の前で愛を誓うんだ。誰にも秘密で、ふたりきりで。けれど、本物の誓いを」

アマンダは大きく目を見開いたまま、パチパチと瞬きを繰り返す。そんなアマンダの手を取って指に口づけながら、クラウディオは視線を逸らさずに言葉を続けた。

「国とか家とか皇室とか、関係ないよ。俺たちは互いを愛してるから結婚するんだ。ねえ、アマンダ。きみが欲しい。きみの愛も人生も、全部俺にちょうだい？　きみが永遠の愛を誓ってくれたら、俺はこの世界で何も怖くなくなる」

指に触れるクラウディオの吐息が熱い。まっすぐに見つめられながら告げられる情熱の言の葉に、アマンダの頭がぼうっと熱くなった。

「で、でも……勝手にそんなことをしたら、ディエゴ陛下やヒスペリア帝国に迷惑が……」

アマンダの白い薬指に、カリッと甘く歯が立てられた。

「今は他の男の名を口にしないで。……大丈夫。誰にも内緒だ。正式な結婚はもちろん事態が収まってからする。記録も残さない。今はただ、神様に誓うだけ。それだけでいい」

情熱を灯した青い瞳に乞われて、気がつくとアマンダは頷いていた。結婚を心待ちにしていたのは、クラウディオだけではない。アマンダとて彼と永遠の愛を誓い人生の伴侶になれる日を、指折り数えて楽しみにしていたのだ。

摑まれていた手をほどいて、指を絡め握り合った。ぬくもりが伝わって、命が繋がっていることを実感する。それだけで悲しみや不安に揺れていた心は安らぎ、生きていく勇気が湧く。――ならば。愛を誓い人生を繫げたら、どれほどの勇気が湧いてくるのだろうか。

きっと自分も、この世界で何も怖くなくなると、アマンダは思った。

「私も、あなたと結婚したい」

もう一度、深く頷いたアマンダに、クラウディオも力強く頷き返す。

窓の外では、暮れなずむ空に一等星が輝いていた。


深夜。日付が変わる、少し前。

マジュリート宮殿はすっかり静まり返り、廊下の所々にある燭台だけが、仄かに周囲を照らしている。聞こえてくるのは遠くで鳴く梟《ふくろう》の声か、見張りの兵士の欠伸《あくび》の音か。

そんな暗闇と静寂の中、闇に紛れるような黒い外套を頭まで被った人影がみっつ、足音も立てずに宮殿内にある大聖堂へと入っていく。

三人は無人の大聖堂に入ると持っていた手燭で室内の蠟燭に火を灯し、扉に鍵をかけてから外套を脱いだ。

「すまないね、ロドリゴ。こんな時間にお願いして」

「なあに、クラウディオ様のお願いなら喜んでお引き受けしますよ。しかもこんなに素晴らしい誓いに立ち会えて、私は幸せ者です」

「ありがとうございます、司教様」

大聖堂に忍び込んだのは、クラウディオとアマンダ、そして司教のロドリゴだ。宮殿の祭事に関わることの多いロドリゴは昔からクラウディオをよく知っており、年は十歳も上だが親しい友人のような関係だ。今回も、アマンダとふたりだけで結婚の誓いをしたいというクラウディオの突飛《とっぴ》な頼みを、快く引き受けてくれた。

三人は外套の下に、それぞれ正装をしていた。ロドリゴは祭服を、クラウディオは儀典装を、そしてアマンダは父から贈られた花嫁用のドレスを身につけていた。

「ひとりで身支度したから、あまりうまく着れなくて……」

今夜のことは誰にも秘密なので、女中らの手を借りて準備するわけにはいかなかった。複雑な装飾の花嫁衣装は着るのが難しく、少し省略してしまった箇所もある。髪もひとりでは編んでまとめることができず、下ろし髪にヘッドドレスを飾っただけだ。

けれどそれでも、クラウディオは花嫁姿のアマンダに目を輝かせていた。

「綺麗だよ、アマンダ。……すっごく綺麗だ」

いつもは饒舌《じょうぜつ》に気持ちを伝えてくるクラウディオの口数が少ない。言葉が出てこないまま、ひたすらうっとりとアマンダを見つめ続ける姿は、まさに〝見惚れている〟としか言いようがなかった。

「……ええと、いい雰囲気のところ悪いんですが、そろそろ始めてもいいでしょうか」

見惚れ続けているクラウディオと、照れくさそうにはにかんでいるアマンダに、ロドリゴが所在なさげに声をかけた。ふたりはハッとして、「ああ、よろしく」と祭壇の前まで歩いていく。

天使の像が施された高い神殿柱の間を縫うように、聖人の描かれたステンドグラスが嵌《は》められている。昼間は太陽光を受けて色鮮やかな光を降り注ぐそれは、今は月明かりに柔らかく光っているだけだ。

祭壇の前に立ったアマンダの真珠の髪飾りに、仄かな明かりが反射している。下ろしたままの髪に光る真珠は、まるで星屑《ほしくず》を散らしたみたいに美しかった。

ロドリゴがふたりの前に立ち聖書を読み上げ、祈りを捧げた。そして結婚の契約文を述べて問う。

「クラウディオ・デ・ヒスペリア。汝《なんじ》はアマンダを妻とし、生涯を共にすることを誓いますか」

「はい」

「アマンダ・デ・カラトニア。汝はクラウディオを夫とし、生涯仕えることを誓いますか」

「はい」

結婚証書も指輪も、見届ける客もない、ただ神に誓うだけの結婚式だ。

けれどアマンダの心は、今を境にクラウディオの伴侶となった。優しい月明かりの下で誓いの口づけを交わしながら、彼も同じ思いだと感じる。

命も、人生も、運命も。すべて捧げ、すべて分け合おう——神聖な口づけからは、彼のそんな言葉が届いた気がした。


アマンダは今夜、もうひとつ心を決めていた。

それはある意味、秘密の結婚をしたことより罪深い行いであり覚悟が必要だった。何故なら万が一ふたりの婚約が白紙になった場合、秘密の結婚は隠し通せても、その行いの跡は隠せないからだ。

それでもアマンダの決意は固かった。クラウディオと人生を共にすると決めたのだ、何があってもそれ以外の運命など絶対に受け入れはしない。

「……クラウディオ」

無事に神の前での誓いが終わり、大聖堂を出ようとしたとき、アマンダは小さくクラウディオを呼び止めた。振り返った彼が足を止め、アマンダを見つめる。

ふたりの雰囲気を察したロドリゴが、「私はお先に失礼いたします」と、来たときと同じようにフードを目深にかぶり大聖堂から出ていった。

薄闇の中、アマンダとクラウディオの瞳には手燭の炎と互いの姿だけが映っている。

「私、今夜は……あなたと……」

震える唇をそっと押さえたのは、クラウディオの人差し指だった。

「駄目だよ、アマンダ。きみの口からそんな言葉を聞いたら、俺は今すぐここでケダモノになってしまいかねない」

困ったようにはにかむ彼の言葉を聞いて、アマンダは頬を真っ赤に染めた。

頬を撫でてくる彼の手つきからは、少しだけ戸惑いが感じられる。葛藤《かっとう》しているのだろう、アマンダのすべてを渇望する気持ちと、彼女に婚前性交の禁忌を破らせる罪悪感との間で。

何があっても人生を共にすると決めたのはクラウディオも同じだが、性交に伴うリスクは女であるアマンダのほうがずっと大きい。婚前の処女性を求められるのはもちろんのこと、もしも今子供ができたりしたら宮廷中から非難される。それどころか、カラトニア公爵家に反感を持つ者からは、堕胎を強要されかねない。クラウディオはそんなことは絶対にさせないつもりだが、彼が戦場に出ているときまで守りきれるかは不明だ。

そんな彼の心の内を悟って、アマンダは気丈に微笑んでみせる。

「ねえ、知ってる？　私は勇気があって世界一強い女の子なのよ。かの有名な帝国の英雄がそう称えたのだから間違いないわ。私を信じて、クラウディオ。私は自分で自分を守れる。この先何があったって絶対に負けない。……今夜のことを、一生後悔なんかしない」

そう紡ぎながら、アマンダは自分の言葉が自分の胸に沁《し》み込んでいくのを感じた。

もっと強くなりたい。彼を、自分を、この愛を守るために。もっともっと強く。そんな勇気が湧いてくる。

クラウディオは驚いたように一瞬目を大きくしたあと、「ああ」と感嘆に呻いた。そして手燭を床に落とし、勢いよく両腕でアマンダを抱きしめる。

「神よ。どうかアマンダをお守りください。どうか、俺の愛するこの女性を。俺の命と引き換えでも構わない。手足を失っても目が光を失っても構わない。神よ、どうかアマンダを……アマンダをお守りください……」

悲痛な祈りが、夜の大聖堂に静かに木霊する。

アマンダは手燭を近くの台の上に置くと、クラウディオの背を抱きしめ返した。耳のすぐそばで、張り詰めた声が囁く。

「アマンダ。俺はすべてを引き換えにしても、きみが欲しい」


大聖堂では大規模な神事を執り行うことが多いため、幾つかの控室が備えられている。

そのうちのひとつへ入り、ふたりは燭台の蠟燭に火をつけた。

部屋の中は広く、テーブルとソファー、それに寝椅子や姿見などの家具が置かれている。

室内の装飾は大聖堂と同じく厳かで、金の縁で囲まれた壁にも天井にも宗教画が描かれていた。

「ねえ。あれ、覚えている？」

薄灯りに照らされた天井を、アマンダが指さす。それを見てクラウディオは肩を竦めて

「もちろん」と笑った。

マジュリート宮殿のほとんどは、かつてクラウディオとアマンダの遊び場だった。隅から隅まで遊び尽くしたふたりは当然この大聖堂にも忍び込んだことがあり、控室にも入ったことがあった。

「懐かしいね。きみはあのとき、すっかり怯えてた」

「でもクラウディオが励ましてくれたわ」

ふたりが見上げているのは、神の姿が描かれた天井画だ。聖典の一幕らしいが、異教徒が罰せられている場面らしく、アマンダは昔この絵が怖かった。

ふたりは思い出す。天井画を恐れて部屋に入りたがらなかったアマンダに、クラウディオが『何も怖くないよ。神様は悪者に罰を与えているだけだ。俺たちは敬虔《けいけん》な教徒なんだから何も恐れることはないよ』と胸を張って言ったことを。

「今でも怖い？」

険しい顔で異教徒に雷を放つ神を見上げながら、クラウディオが尋ねる。

「ちっとも。だって私たち、神様の前で愛を誓ったばかりだもの。怖いなんて言ったら叱られてしまうわ」

「そうだね」

ふたりは顔を見合わせ小さく笑うと、そのまま身を寄せて抱き合った。

「クラウディオ。あなたがいれば、何も怖くない」

「俺もだよ、アマンダ。きみがいれば、俺は誰にも負けない」

ふたりが出会ってから、もうすぐ九年になる。色々なことがあった。アマンダの涙で始まった関係は数えきれないほどの笑顔で彩られ、振り返れば宝石のように煌めく思い出ばかりになった。

アマンダはクラウディオの体をしっかりと抱きしめながら思う。これからどんな苦難があったとしても、自分はこの人生を幸せだと言えるだろうと。

どちらからともなく唇を重ね合ったキスは、今までで一番情熱的だった。角度を変え重ね合うたび、クラウディオの昂る気持ちを表すように深く、貪欲になり、気がつくとアマンダの口内は彼の舌に余すところなくねぶられていた。

「ん……、ん」

不思議な気分だった。互いに恋心を抱いていることも、今は性的に触れ合う時間であることもわかっているのに、あの太陽のように天真爛漫《てんしんらんまん》なクラウディオと目の前の情欲を露わにしている彼が、うまく重ならない。

「ん……っん」

あまりに彼が夢中で口づけてくるものだから、アマンダは体がよろけそうになる。するとクラウディオは支えるようにアマンダの背と腰を抱き、そのままゆっくりと寝椅子へと押し倒した。

「アマンダ……」

クラウディオは少しもアマンダと触れ合うことをやめたくないようだ。顔にキスの雨を降らせ、頬を撫で回し、髪に指を絡ませる。

「アマンダ、もっと舌を吸わせて」

そう言われておずおずと舌を伸ばせば、すぐに彼の舌が絡みつき、吸われ、甘噛みされた。

息が苦しいほどキスを繰り返され、アマンダは体が熱くなってくる。クラウディオの顔もほんのりと赤らみ、乱れた呼吸からは心も体も昂っていることが伝わった。

クラウディオは手を伸ばしアマンダの白い首筋を撫で、鎖骨まで手を這《は》わせたが、そこから戸惑うように止まった。女性のドレスは着脱が複雑だ。ましてやアマンダの着ている花嫁衣装は装飾が多い。

困ってしまっているクラウディオを見てアマンダはクスリと笑うと、体を起こしてドレスの装飾を外していった。

本来ならひとりで脱ぐのは難しいが、着るときもひとりだったので簡易的な着方にしている。首飾りや袖飾りを外し、ヘッドドレスも外す。ドレスの隠しボタンと紐をほどくと、ようやく複雑なドレスが脱げた。

クラウディオはドレスを丁寧にテーブルに置くと、肌着とコルセット姿になったアマンダを見て「それなら俺にもできる」と子供っぽく笑った。

抱きしめるような姿勢でアマンダの背に手を回し、クラウディオはコルセットの紐をほどいていく。硬いコルセットが外れ肌着越しに豊かな双丘が現れると、クラウディオはしばし釘《くぎ》づけになった。

「……綺麗だな、アマンダは」

熱い吐息交じりに呟いて、クラウディオは肌着の肩紐に手を伸ばす。

するりと肩紐がほどけて滑るように肌着が落ちていく。露わになったアマンダのふたつの膨らみは透き通るように白く滑らかで、先端の実は淡いピンクに色づいていた。

たわわなふたつの膨らみを、クラウディオの手が下から掬《すく》い上げるように揉《も》む。豊満なその感触を堪能するように手を動かし、クラウディオは張り詰めていた息を吐き出した。

「脳が焼ききれそうだ……」

ボソボソと独り言《ご》ちた彼の声は、アマンダにははっきりとは聞き取れない。ただ、彼の顔だけでなく首や耳まで赤くなっているのが見て取れた。

「アマンダ。俺はこの夜を素晴らしいものにするつもりだけど、もし理性を失ってケダモノのようになってしまったら、遠慮なく俺を殴ってほしい」

そんなことを大真面目に言って、クラウディオは再びアマンダの体を寝椅子に押し倒した。大袈裟だわ、と思ってアマンダは笑いそうになるが、覆い被さってきた彼の瞳が情欲に濃く色づいているのを見てドキリとする。

クラウディオはアマンダの瞼や鼻先にキスを落としながら、手で胸を捏《こ》ね続けた。やがて人差し指が中央へ伸びて、先端の実を撫でるように転がす。くすぐったさにも似た不思議な感覚に、アマンダは小さく「ぁ……っ」と上擦った声をあげた。それを聞いたクラウディオの指先が、ますます乳頭を虐める。

「あ、ん……や、ぁ」

恥ずかしい場所を弄《もてあそ》ばれているようで、アマンダは顔が熱くなってくる。羞恥《しゅうち》でクラウディオの顔が見られない。

やがて彼は指先だけでなく舌でも乳頭を弄《いじ》りだした。転がされ、つつかれ、しゃぶられているうちに、得体の知れなかった不思議な感覚は明確な快感になり、アマンダの体へ積もっていく。

「あ、あぁ……っ」

上擦った自分の声が恥ずかしくて口を押さえようとすると、クラウディオに「駄目だよ」と手を摑まれた。両手首を摑まれ身動きの取れないまま胸を舐められ続け、アマンダは下腹に熱が集まってくるのを感じた。

胸をすっかり唾液で濡《ぬ》らし、クラウディオが顔を上げる。彼はそのまま体を起こし乱暴に服を脱ぎ捨て、脚衣だけになった。筋肉を纏った逞しい素肌が、露わになる。

クラウディオはアマンダに覆い被さり、そのまま抱きしめた。何にも隔てられていないふたりの肌が触れ合う。

「温かい……」

アマンダはうっとりとした声で呟いた。張りのある筋肉に、硬さを感じる骨ばった箇所。

アマンダの体がすっぽり隠れてしまうほどの広い肩幅と大きな体。女である自分とは何もかもが違うと、アマンダは改めて感じる。その逞しさが、今はたまらなく鼓動を逸《はや》らせた。

「アマンダ」

低く熱い声で呼びかけて、クラウディオが口づけてくる。甘く舌をねぶったあとは名を呼びながら耳を食み、白い首筋に吸いついて痕を残した。顔と髪と体に口づけ、撫で、抱きしめ、愛でながら、クラウディオは下腹に手を伸ばす。そして少しぎこちない手つきでアマンダの下着を剝ぎ、柔らかな下生えをそっと手で撫でた。

「……っ」

秘部に触れられたことで、アマンダは微かに体を強張らせた。覚悟はできていても、そこをさわられるのはやはり緊張する。

クラウディオの骨ばった長い指が茂みの下にある割れ目に辿り着き、ゆっくりと滑らせる。何度かなぞるように辿ったあと、指はうずまるように割れ目の中へと入ってきた。

「ん……っ」

傷つけないように気をつけているのだろう、クラウディオは指の腹でアマンダの秘裂の中を慎重に探る。やがてその指が敏感な芽に触れると、アマンダの体がビクリと震えた。

「あっ！」

鮮烈な刺激に驚いて、今までで一番大きな声が出た。指先をわずかに揺らされただけで、全身に波打つような快感が広がり熱い息が零れる。

「ここが気持ちいいのか？」

問いかけるクラウディオの呼吸も熱い。アマンダは恥ずかしくて答えることができず、ただギュッと目を閉じた。

クラウディオの指がそこを優しく弄り続ける。同時に胸を愛撫《あいぶ》されるとアマンダは声を抑えることができず、体を捩《ねじ》りながらはしたない声で鳴いてしまった。

「アマンダ。可愛い……。駄目だ、きみを滅茶苦茶にしたくなってしまう」

クラウディオはハァッと嘆息すると、体をずらしアマンダの下腹に顔を押しつけた。アマンダが驚く間もなく彼は下腹や太腿《ふともも》に口づけ、吸いついて痕を残し、秘裂にまで唇を寄せる。閉じようとする腿を強く割り開き、うぶな花弁にむしゃぶりつく。ヌルリとした舌の感触に、アマンダの背にどっと汗が滲んだ。

「いや……！　駄目よクラウディオ、そんな所……」

羞恥のあまりアマンダの目尻に涙が浮かぶ。彼に恋しているからこそ、不浄の場所など舐められたくはない。それなのにクラウディオは夢中で舌を動かし、アマンダの敏感な芽を愛撫した。逃げだしたいほどの恥ずかしさとは裏腹に、全身に鳥肌が立つほどの快感がアマンダを襲う。

「あぁ、駄目……、あ、あぁっ」

積もった快感が下腹の奥で弾けると、体が大きく震えた。いつの間にか握りしめていた手のひらには爪の痕がつき、額に汗が浮かぶ。

アマンダが達したことに気づいたクラウディオが、自分の唾液に濡れた口もとを手で拭いながら顔を上げた。彼の呼吸はすっかり乱れている。

「アマンダ……俺の舌で気持ち良くなったのか？　なんて可愛い……」

クラウディオは「可愛い」「好きだ」を繰り返しながら、顔と体に滅茶苦茶に口づける。そして焦れるような手つきで自分の脚衣を寛がせ、すっかり屹立《きつりつ》している雄の竿《さお》を露わにした。逞しい体に相応しい大きさを持つそれは、今にも爆《は》ぜそうなほど膨張している。先端からは透明な露が糸を引き、幹には血管が浮き出ていた。

クラウディオはアマンダの脚の間に体を収め、雄茎の先で花弁を割り開く。先端を蜜孔にあてがいながら、上体を伏せてアマンダにキスをした。

「愛してるよ、アマンダ。きみとひとつになる日を、ずっと夢見ていた」

彼の青い瞳は燃えるような情熱を宿しているが、その眼差しはこの上なく優しい。一片の曇りもない愛を籠めて、アマンダを見つめている。

「クラウディオ……」

アマンダは胸がいっぱいになる。彼を愛していると、心と体のすべてで感じた。

「クラウディオ。あなたと出会えて良かった」

彼と紡いできた八年間、幸せなことばかりだった。希望も友愛も恋も、ときには切なさも、みんなクラウディオが教えてくれた。世界でただひとり、命より大切な人。そんな彼と身も心も人生さえも結ばれることが、涙が出るほど嬉しかった。

「アマンダ……」

クラウディオの瞳に、言葉にできない感情が浮かぶ。「愛してる」だけでは伝えきれない、大きな想いが。きっと彼の胸にも八年間の思い出と、それが報われる万感の思いが溢れているのだろう。

ふたりは手を握り合い、ゆっくりと体を繋げていった。

体の中が押し広げられる圧迫感にアマンダは恐怖を覚えたが、それは一瞬のことだった。クラウディオが唇の端にキスをし「大丈夫」と目を細めたのを見て、体から緊張が抜ける。

穢れのない乙女の体が初めて異物を受け入れるのに苦痛を伴うのは当然だが、それでもアマンダは自分の中に彼が収まる感覚をとても自然なことのように感じた。

(私の体はきっと、クラウディオとひとつになりたかったんだわ)

アマンダのうぶな蜜道は狭隘《きょうあい》ながらも、抵抗なくクラウディオを受け入れる。痛みより圧迫感より、満たされる悦《よろこ》びのほうが大きかった。

「アマンダ。俺たち、結ばれたよ」

端整な顔を幸福と感動に綻ばせ、クラウディオが言う。蠟燭の火が映り込んだ瞳が、煌めいていた。

「うん」

互いに頬は紅潮し顔は汗だらけだ。その雫《しずく》には涙が混じっていたかもしれない。

ふたりは昂る思いのままに何度もキスをし、それからクラウディオはゆっくり腰を動か

しだした。

「痛かったら言ってくれ」

時々苦しそうに眉根を寄せる彼からは、もっと欲望のままに雄茎を穿《うが》ちたいことが窺えた。けれどそれを留めているのは、アマンダの体を気遣っているのと、この幸福な時間を一秒でも長く味わいたいという思いの表れなのだろう。

しかし徐々に体が慣れてきたアマンダが時折「あっ」と艶めいた表情を見せると、クラウディオの理性が少しずつ剝がれ落ちていった。彼の手が抽挿《ちゅうそう》に合わせて揺れる胸の実を摑まえ、指先で挟んで弄ぶ。

「ひゃ、あっ、あぁんっ」

アマンダの声が甘く上擦っていくにつれて、腰の動きは激しく、深くなった。

やがてクラウディオは全力疾走したように顔を赤らめ息を乱し、「アマンダ。少しだけ……我儘《わがまま》を許してくれ」と告げると、嚙みつくように荒々しい口づけをしながら、夢中で腰を振った。

「んっ、んんぅ、ふ、ぁっ！」

口が塞がれ息が苦しい。朦朧としていく頭に、肌のぶつかり合う音だけが響く。口の中も蜜孔もクラウディオでいっぱいで、アマンダは眩暈がするような多幸感に溺れた。

「アマンダ……！」

最後に己の肉塊をすべてアマンダの中にうずめて、クラウディオは吐精した。

ふたりとも体を震わせ息を乱し、それから脱力する。クラウディオはアマンダに体重をかけないように覆い被さり、汗だらけの顔で微笑んだ。

「幸せすぎて、天に召されてしまいそうだ」

冗談にも聞こえるその言葉が、嘘でも大袈裟でもないことは表情を見ればわかる。けれど幸福にとろけている彼の姿があまりにも可愛らしくて、アマンダは小さく笑った。

「結婚したばかりで寡婦《かふ》になるのはごめんだわ。もっとたくさん一緒に生きて、もっと幸せになりましょう」

そう言って頬を撫でるアマンダの手に自分の手を重ね、クラウディオはさらに頬を緩ませる。

「確かに。一回きみを抱いたくらいで天に召されたらもったいない。俺はあと百年は生きて百万回はきみを抱きたいんだから」

途方もない数字にアマンダは思わず吹き出す。つられてクラウディオも笑いだして、ふたりは額をくっつけ合ってクスクスと笑った。

「アマンダ。……この命尽きるまで、俺の愛とすべてをきみに捧ぐと誓うよ」

囁いて、クラウディオは優しいキスをした。アマンダは瞼を閉じてそれを受け入れる。

夜の空気は冷たかったけれど、互いの肌は温かかった。

それは、命のぬくもり。今ここに、ふたりが生きて愛を重ねている証。

そのことをつくづくと感じながら、アマンダは閉じた瞼の裏で幸福の涙を滲ませた。

大聖堂を包む、清冽《せいれつ》な空気。季節はもうすぐ冬を迎える。

◆

翌年一月。

クラウディオに出陣命令が下った。

戦地はヒスペリア帝国内のとある地域で、ガリア王国に奪われた砦を奪還するのが目的だった。――つまり、ヒスペリア帝国はすでに国内の領地をガリア王国や新教派の国に侵略される状況まで追い込まれているということだ。ガリア王国が銃兵を増やし戦争の形態が大きく変わったことと、ここ二年ほどクラウディオが国の祭事や弔事であまり戦場に出られなかったことが響いていた。

そんな中、クラウディオの責任は重大である。ヒスペリア帝国民の誰もが英雄の活躍を待ち望んでいた。ところが。

「俺が戦地に出ている間、アマンダの身の安全と待遇を保証してください。でなければ俺は出陣できません」

クラウディオはディエゴにきっぱりとそう申し出て、宮廷をざわつかせた。

アマンダの立場は相変わらず危うい。カラトニア公爵は精一杯領地の新教派を弾圧しているが、相変わらずキケの行方は摑めず、新教派の勢いも衰えぬままだ。マジュリート宮殿ではもはやアマンダとクラウディオの婚約は白紙も同然だという風潮が漂い、アマンダは宮廷の晩餐会などに招待されなくなっている。ヒスペリアの貴族から夜会や茶会の誘いもなくなり、アマンダはこの冬ほとんど社交界に出なかった。

クラウディオは、そんなアマンダを宮殿に残していくことが不安でたまらないのだ。万が一カラトニア公爵領の状態が悪化すれば、アマンダへの冷遇が加速することは間違いない。自分がいない間に婚約を解消されたり、アマンダがマジュリート宮殿を追い出されるような事態になったらと思うと、とても彼女のもとから離れられないのだった。

「クラウディオ。我が国は今、重大な局面を迎えているんだ。僕に言われなくとも、お前ならそれくらいわかっているだろう」

窘めるディエゴの顔には、疲労の色が滲んでいる。ここ数ヶ月、戦地から届く報告といえば良くないものばかりだ。皇帝として心労が尽きないのだろう。

そんな兄に同情もするが、クラウディオは歯がゆさを覚える。

「わかっています！　わかっているに決まっているじゃないか！　兄上と違って俺はずっと戦地に出ていたんだ。今の我が国がどれほど危機的か、痛いほど肌で感じている。……けど！　俺にとってアマンダがどれだけ大切か、兄上だって知っているだろう？　俺は難しいことは言っていない。ただアマンダの無事を保証してほしいだけなんだ。それさえ約束してくれれば、明日にだって戦地へ発つさ」

何よりもアマンダを守りたい一方で、クラウディオには皇子としてこの国を守る使命感もある。自分が行かなければ家族も友も民も、愛すべきこの国が蹂躙《じゅうりん》されてしまうのだ。ヒスペリア帝国の皇子としてこの国に愛されて育ってきたクラウディオにとって、それは耐えがたい。

どちらも守りたい。その思いを切々と訴えるクラウディオに、奇妙に優しい声をかけたのはオルランド侯爵だった。

「クラウディオ殿下、どうぞご心配なさらず。あなた様なら四ヶ月もあれば砦を奪還できるでしょう。たった四ヶ月なら公爵令嬢の周りもそうそう変化はありますまい。サッと行って、砦を奪い返し、パッと帰ってくればよいのです」

クラウディオは一瞬我を忘れて、醜悪な笑みを浮かべるオルランド侯爵に殴りかかるところだった。一度も戦地に立ったことのない彼は、戦争をチェスのゲームとでも思っているのだろうか。そこでは本物の血が飛び交っているというのに。

こぶしを握りしめ怒りの形相を浮かべるクラウディオに、ディエゴは一度深く息を吐いて言った。

「クラウディオが戻るまで公爵令嬢の身に危険が及ばないよう、約束する。ただし、そう言うからにはお前もなるべく早く戻ってくれ。カラトニア公爵領にもしものことがあれば、令嬢への風当たりは強くなる。国務院の反発を抑えきれるかどうか……」

戦争に『なるべく早く』などという便利な言葉はない。クラウディオの実力を過信しているのかもしれないが、あまりに楽観的な兄の言葉にクラウディオの苛立ちはますます募る。

しかし、それでも兄が多少は譲歩してくれたのだと思い、ここを落としどころにするしかなかった。

「……わかりました。陛下のご厚意に感謝いたします。必ず砦を奪還して参りますので、お約束を違えぬようお願いいたします」

胸に手をあて一礼したクラウディオの眼差しは鋭かった。誓いを破ることを決して許しはしないと訴えてくる青い瞳に、ディエゴは気圧されて一瞬言葉を失くす。

「……よろしく頼む」

謁見室から去っていくクラウディオの背を見ながら、オルランド侯爵が密かに鼻白んだ表情を浮かべる。

「こんなときに女にのぼせ上がりおって。英雄の肩書が聞いて呆れる」

小声で呟かれたそれを、ディエゴは聞かなかったことにした。


アマンダは自室で手紙を書いていた。届くかもわからない、キケ宛てのものだ。

今、アマンダにできることはそれしかなかった。故郷のために、ヒスペリア帝国のために、そしてクラウディオのために、できることが限られている自分がもどかしく情けない。

（私が公爵領の相続権を放棄したら、キケは戻ってきてくれる？　けどそれは私が決められることじゃない……）

アマンダ自身は、公爵領の相続など眼中にない。もともと弟が継ぐものだと思っていたのだから。しかしこの問題に、アマンダの意志など関係ないのだ。

アマンダが継いだところでクラウディオと結婚すれば、ヒスペリア帝国が公爵領を実質支配することになるだろう。なんだかんだと理由をつけてアマンダの身はマジュリート宮殿に置いたまま、領主の代理としてヒスペリアから総督を出し監督させるのだ。ヒスペリア帝国としてはそれが狙いだ。〝アマンダが相続権を持っている〟ということだけが重要で、そこにアマンダの意志が介入する隙はない。すべてはヒスペリア帝国とカラトニア公爵が決める。

また、逆も然りだ。なんらかの事情で相続権が取り上げられることを、アマンダは拒めない。そしてそのときは、ヒスペリア帝国にとってアマンダの価値がゼロになるのと同義だ。

今アマンダがマジュリート宮殿にいられるのは、相続権が命綱になっているからに過ぎない。失えば当然クラウディオとの婚約は破棄され、宮殿にいる意味もなくなる。カラトニア公爵領の現状を考えれば、人質としての価値さえないも同然だろう。

アマンダは深くため息をつく。

強くあらねばと思うけれど、どこへ向かって頑張ればいいのかわからない。いっそ男に生まれて自分も戦場に立てたなら、クラウディオやヒスペリア帝国の役に立てたのにとさえ思う。

書き終えた手紙を封筒に入れトレイに載せたときだった。部屋にノックが響き、「アマンダ、俺だ」とクラウディオの呼びかける声がした。暗い顔をしていたアマンダはパッと表情を明るくし、扉へと駆け寄る。

「クラウディオ、来てくれたのね」

今の生活の中で、彼と一緒にいるときだけが心安らげる。

アマンダは部屋にクラウディオを招き入れたが、彼はいつものようには「元気かい？」と朗らかな笑みを見せず、心配そうに口もとを引きしめていた。

「……何かあったの？」

不安のよぎる胸を手で押さえながら、臆《おく》さず尋ねる。するとクラウディオは、アマンダを強く胸に抱き寄せた。

「三日後、遠征に発つことが決まった。俺の留守中、アマンダの身の安全は皇帝に約束させた。だから俺が帰るまで……待っててくれ」

戦場に行くのを告げられたのは当然これが初めてではない。けれどアマンダの胸は、今までで一番切なく締めつけられた。

秘密の結婚をし、体も心も結ばれてから、これが初めての出陣だ。愛も情も深くなった分、寂しさが一層増す。

しかも以前と違って、今のヒスペリア帝国は劣勢だ。彼の身を案じる気持ちも、今までより遥かに強い。

普通の恋人のように「行かないで」と言えたら、どんなにいいだろう。それが叶わなくとも、口に出して腕の中で泣くだけで気持ちが少しは軽くなるはずだ。けれどアマンダにそれは言えない。

帝国の栄誉のため、大陸の平和のため、民の幸福のため、そしてアマンダとの約束のため。クラウディオは戦う。皇子としての重責を抱え正義の刃を振るう彼に言えるのは――。

「……どうかご無事で。クラウディオに神様のご加護がありますように」

戦地へ送り出す祈りの言葉だけだ。

淡く微笑んだクラウディオは、手でアマンダの頬を包み優しく唇を重ねる。

「なるべく手紙を書くから、きみも返事を書いてくれ。何か困ったことがあったら必ず報せるんだ。必ず」

「ええ、毎日だってお手紙を書くわ。でもそんなに心配しないで大丈夫よ。言ったでしょう？　私は強いって。私のことよりもクラウディオは自分のことを心配して。必ず、生きて帰って」

「わかってる。俺だって死ぬのは嫌だ。まだまだきみを抱き足りないんだから」

「もう、クラウディオったら」

ふたりでクスクスと笑い合い、戯れのように何度も口づける。アマンダは今この瞬間が、泣きたくなるほど愛おしい。

眩しい彼の笑顔が、かけがえのないぬくもりが、必ずまた戻ってくることを信じて唇を重ねた。

——五月。

戦地から勝利の報告は、まだない。

包囲戦はクラウディオの得意とするところだった。わずか三週間で要塞を落としたこともある。

ところが今回思いも寄らぬ長期戦となってしまったのは、ヒスペリア帝国軍が奪還にくることを想定した敵が、あらかじめ砦周辺の森を焼き建物を徹底的に壊してしまったからだ。

半径二キロがほとんど更地になってしまい、包囲軍は身を隠し駐屯する場所もない。砦からは狙われ放題だ。そうなると包囲軍は塹壕《ざんごう》を掘って身を隠すしかない。だが塹壕の開《かい》削《さく》には多くの物資も費用も、何より長い時間がかかる。長引けば兵士の間で疫病《えきびょう》が出ることもあり、クラウディオは非常に苦しい戦いを強いられていた。

マジュリート宮殿で戦況を聞いたアマンダは、毎日胸が潰れそうな思いで祈る。

今まで戦地から届くクラウディオの報告といえば、華々しい勝利の報せばかりだった。

彼が苦戦しているという報せは初めてだ。

彼がなるべく書くと言っていた手紙は、ここ一ヶ月途切れている。書く余裕がないのか、それとも届けるような人手すら割けないのか、それはわからない。今のところクラウディオが負傷したという報せはないので、それが原因でないことは良かったが。

アマンダには祈ることしかできない。それこそ大聖堂に一日中籠もって祈った。彼に届くかわからないが、手紙は書き続けた。自分がお守り代わりに持っていたロザリオも同封した。

しかしなんの進展もなく良い報せも届かぬまま、さらに二ヶ月が過ぎた。

ヒスペリアの爽やかな夏に似つかわしくない鬱蒼《うっそう》とした雰囲気が、マジュリート宮殿に漂っている。無敗の英雄クラウディオの苦戦は、それほどまでに人々の心に不安を与えた。彼の活躍こそが、国民の希望で心の支えだったのだ。

こんなときこそ皇帝は人々に前を向くよう呼びかけねばならないが、残念ながらディエゴにそれほどの求心力はない。それどころか宮廷ではこれを機にディエゴ派の廷臣たちが勢力を伸ばそうと画策し、クラウディオ派との対立を深めて険悪な状態になっている。

まるで太陽が沈んでしまったように、ヒスペリア帝国は陽気さと希望を失っていた。

そんなある日のことだった。

アマンダはディエゴに呼び出された。クラウディオから何か連絡があったのだろうかと足早に謁見室へ向かったアマンダは、ディエゴから思いも寄らぬことを命じられた。

「住まいを西の離宮に移してほしい。……これは公女を守るためでもある」

言いづらそうにそう伝える姿からは、彼の本来の人の良さが窺えた。ディエゴはアマンダにそれだけ伝えると、横目でオルランド侯爵を見て説明するよう求めた。

「公女殿もご存じの通り、宮殿は今、大変ピリピリとした状態でしてな。あなたに向けられる視線も厳しいものになっております。宮殿に居られては公女殿の身に危険が及ぶかもしれません。皇帝陛下はあなたの御身を心配されているのです。離宮に移り、目立たぬよう暮らすのが賢明でしょう」

もっともらしい理屈をつけているが、宮廷のクラウディオ派が劣勢になりアマンダの扱いが粗雑になっただけである。要は陰湿な虐めだ。

国が苦境に立たされている今、宮廷内で諍いをしている場合ではないとアマンダは歯噛みする。しかし窮地に追いやられれば追いやられるほど、己の身を守ろうと大局を見失って我田引水に走るのも人間の持つ業《ごう》である。

アマンダは呆れと憤りを押し込め、強くディエゴを見据える。鼻の穴を膨らませて嘲笑しているオルランド侯爵を一瞥《いちべつ》もせずに。

「陛下のご命令とあらば、従いましょう。私は九年間ヒスペリア帝国に育てられた身。そのご恩に報いる思いが、国家元首たる陛下への忠誠の理由です。……ただしどうかお忘れなく。私は皇弟クラウディオ殿下の婚約者。陛下の正義が弟ぎみに誇れるものかどうか、その胸に常に問われますことを」

その言葉に、ディエゴの顔色が一瞬変わった。何か言いたげな口もとが結局開かれなかったのを見届けて、アマンダは一礼をしてから出ていく。

アマンダはディエゴが悪人でないことを知っている。子供の頃にアマンダの孤独を気遣って、優しくしてくれた彼の真心は本物だ。けれどまた、彼が勇敢でないことも知っている。

今のディエゴの姿を、アマンダは少し悲しく思う。善良で臆病な彼に皇帝の座は重荷だ。その座を継いだときから戦争という国難に襲われ、財政難に喘《あえ》ぎ、熾烈《しれつ》な派閥争いに巻き込まれている。最近では跡継ぎもできていないのに皇妃が病に倒れ、継承問題まで抱えそうだ。そんな彼に、クラウディオのような強い心を持って正義を貫けというのは酷かもしれない。けれど日に日に己の意思を失くし廷臣らに逆らえなくなっていくディエゴの姿は、幼なじみとして胸が痛むものだった。

アマンダが出ていったあと、オルランド侯爵はフンと大きく鼻から息を吐き出した。

「まったく、鼻っ柱の強い小娘ですな。正義などとのたまいおって、クラウディオ殿下の猿真似のつもりか。公爵領の相続権さえどうにかなれば、さっさと宮殿から追い出せるというのに」

遠慮なく悪態をつくオルランド侯爵に、ディエゴは眉を顰める。

「やめろ。婦人の悪口など聞くに堪えない」

しかしオルランド侯爵は肩を怒らせると、ますます気を昂らせたように早口で捲し立てた。

「いいえ、陛下。私は昔からあの小娘が気に入らなかったのです。人質のくせにクラウディオ殿下と仲が良いからと大きな顔をして。特に小娘とクラウディオ殿下があの野良犬で遊ぶときなど、実に忌々しい！　『パウルス、パウルス』と宮殿中に聞こえるような大きな声で呼びおって。あれは絶対にわざとです。あの小娘は人を侮辱することに長けた卑怯者です」

憤るオルランド侯爵の話を聞いて、ディエゴはうっかり笑いそうになって慌てて顔を引きしめた。

オルランド侯爵の本名はパブロ・デ・オルランドだ。パブロは聖人由来の名前で、異国語ではパウルスと読む。オルランド侯爵は、クラウディオとアマンダが犬を自分と同じ名前で呼ぶことに長年腹を立てていたのだ。もちろん、クラウディオたちにそんなつもりはない。

なんて馬鹿馬鹿しいとディエゴは思いつつ、恐ろしくも感じる。他人から見れば気づかぬような些細なことでも、本人にとっては心を抉《えぐ》る刃になりかねないのだ。

そして自分にも、そんな刃に抉られた心の傷があることをディエゴは自覚している。

――『クラウディオは必ずやこの太陽の国に栄光をもたらしてくれるだろう』

亡き父の誇らしげな顔を思い出して、ディエゴはふっと瞼を伏せる。

（父上。もしあなたが僕にクラウディオと同じだけの自信を与えてくれたなら、僕はきっと強い皇帝になれたでしょうね）

若き皇帝の口もとに浮かんだ笑みは、皮肉げに歪んでいた。

アマンダの居住が移された離宮は、マジュリート宮殿の敷地内にある。五十年以上前に皇族の療養施設として建てられたもので、華やかさはまったくなく二階建ての小ぢんまりとしたものだ。

二十年ほど前から使われなくなった場所だが、七年前には画家の卵イサークが絵を描くために一時的に開放された。しかしそれ以降は無用の場所として放置されていたため、掃除も行き届いておらず、家具さえろくなものが揃っていなかった。

(住む場所なんて、マジュリートでクラウディオの帰りを待てるならどこだって構わないわ。それにここはクラウディオと一緒に肖像画を描いてもらった思い出の場所だもの。嫌いじゃない)

アマンダは側仕えの女中たちに掃除を頼むと、自らも過ごしやすいように部屋を整えた。

しかし埃《ほこり》は掃除でなくなっても、内装と家具がみすぼらしいのはどうしようもない。壁紙は所々剝がれ、カーテンの生地は劣化し、テーブルも椅子もガタガタと軋《きし》んでいる。修繕や買い替えをしたいが、当然そんな予算をもらえるはずもない。もっとも、ヒスペリアの国庫を思えばとても予算の申請などできないが。

アマンダは自分の宝石箱から幾つか装飾品を売ることにした。故郷の父が誕生日などに贈ってくれた、アマンダの貴重な私財だ。手放したくはなかったが、ベッドの脚が折れていたので仕方なかった。さすがに寝床の確保は最低限必要だ。

秋になり風が冷たくなってくると、窓枠が隙間だらけなことに気づいた。暖炉の煙突には煤《すす》が詰まっている。暮らしているうちに階段の床板も割れた。生活の環境を最低限整えるだけで、アマンダの宝石箱はみるみる払底《ふってい》していった。

十一月。

ディエゴの妻が病死した。後継者を儲《もう》けられないまま、皇帝は寡男《やもお》となった。

この年は作物に病害虫の被害が出て、秋の収穫量は例年より遥かに落ち込んだ。

相次ぐ災難に、帝国内の雰囲気はますます暗くなっていく。

カラトニア公爵領から事態の好転を報せる手紙はなく、クラウディオのいる戦地からも勝利の報告はまだない。

アマンダも、帝国民も、先の見えない闇夜のような秋を過ごし冬を迎えた。

暗雲立ち籠めるヒスペリアにひとすじの光が差したのは、年が明けた一月だった。

――クラウディオ殿下、砦の奪還に成功。まもなく凱旋。

その報せに国中が沸き、アマンダも涙を流して喜んだ。約一年。予想を大きく超える長期の包囲戦だった。誰もが苦しい戦いを乗り越えたクラウディオを称え、国民には活気が戻るはずだった。

――しかし。

「何故支援物資を送らなかった！　食料も薬もなく、どれだけの兵士が死んだかわかっているのか!?　戦いで死んだんじゃない！　兄上が見殺しにしたんだ!!」

帰還したクラウディオは沿道に立ち並んで英雄の勝利を祝う人々の声も無視し、馬で一目散に宮殿へ向かうと謁見室のディエゴのもとへ怒鳴り込んだ。

弟の凱旋を出迎える準備をしていたディエゴは、儀典を無視して乗り込んできたクラウディオに驚き立ち竦む。周囲の宮廷官や聖職者たちも、唖然《あぜん》としたまま固まっていた。

「……っ、ろくな戦費も出ないとわかっていながら、みんなヒスペリアのために戦ってくれた！　そんな兵士らを兄上は……皇帝は救わなかったんだ……！」

怒りと悔しさと、深い悲しみと。顔を歪ませ訴えるクラウディオの言葉からは、戦地でどれほど悲惨に仲間が死んでいったかが窺えた。その気迫と悲壮さに、謁見室はシンと静まり返る。

砦の奪還に成功はしたものの、この一戦はまさに辛勝という言葉が相応しい戦いだった。クラウディオの軍勢は一万五千人。途中追加で三千人を雇い計一万八千人となったうち、六千人が飢餓《きが》と病で死んだ。

劣悪な環境下での長期にわたる塹壕開削は病気が蔓延《まんえん》しやすい。それに加え当初の予定より遥かに時間がかかったことで、クラウディオの軍は食料と医薬品の不足に悩まされた。三回連続で物資の救援要請が国から断られたのは、秋の初めの頃だった。飢えれば体力もなくなり、病にもかかりやすくなる。あっという間に死人が増え軍は弱体化し、クラウディオは私費で食料と薬と新たな人手を買って、なんとかこの戦いを乗り越えたのだった。

しかしクラウディオに喜びはない。為す術もなく目の前で命尽きていった多くの兵士たちの姿が忘れられない。彼らの命を奪ったのは敵ではない。国に、皇帝に、殺されたのだ。勝利の喜びより、怒りのほうが遥かに大きかった。

しかし、何も言わないまま立ち尽くしているディエゴに、クラウディオが苛立たしげに顔を背けたときだった。

「……殿下は国内の事情を知らないからそんなことが言えるのだ。こちらはこちらで大変だったというのに」

「帝国の物資すべてが兵士のためにあるわけじゃない。追加支援にも限りがある」

ボソボソと廷臣たちが話す声が聞こえて、クラウディオはそちらを睨みつけるように振り返った。話していた者たちは気まずそうに視線を逸らしたが、今度は他の廷臣が口を開く。

「クラウディオ殿下。昨年は国内の広範囲の畑が病虫害に襲われました。皇帝陛下は飢饉《ききん》対策に追われ、税収も激減しております。陛下も我々もできることを精一杯やっております。殿下のお怒りもごもっともですが、どうか陛下のご苦労もご理解くださいませ」

「……」

クラウディオは奥歯を噛みしめる。国が飢饉問題に直面していることは、戦場にいたときから報告で聞いていた。しかしそれでも、クラウディオは納得がいかない。

ここにいる者らは誰ひとり骨が浮き出るほど痩《や》せこけてはいないし、血色も良く咳のひとつもしていないではないか。彼ら全員がわずかでも慈悲の心を見せてくれていたなら、救われた命があった気がしてならない。

「……俺は飢えた国民から食料を取り上げろとは言っていない。ただ国の上に立つ者として、国のために死んでいく者たちのために、もっとできることがあったのではないかと問いたいんだ」

こぶしを握りしめ冷静にそう訴えたクラウディオに、神経を逆撫でるような口調で話し始めたのは、ディエゴの隣に立つオルランド侯爵だった。

「いやいやまったく、殿下の仰る通り。国のために戦い、また病や飢えで亡くなっていった勇敢な兵士たちに心から哀悼《あいとう》の意を捧げます。……しかし殿下。僭越《せんえつ》ながら申し上げますが、兵士が無駄死にしたのはあなた様にも原因があるのでは？」

火に油を注ぐようなオルランド侯爵の発言に、その場にいた者たちの顔が引きつる。クラウディオは耳を疑うように一瞬表情を失くし、そのあと激しい怒りに眉を吊り上げた。しかしオルランド侯爵は怯む様子もなく続けて喋る。

「戦争は何が起きるかわからない。敵も命懸けなのだから必死です。こちらが包囲戦を仕掛けてくるとわかっていれば、あらゆる手を打ってきて当然。……つまり、敵が周囲を焼き払っていたことや塹壕開削になり得ることを想定せず、十分な備えをしていかなかった最高司令官のあなたにまったく非はないのかと、私はお尋ねしたいのです。そしてそのうえで、宮殿で精一杯国を守ってくださっていた皇帝陛下を責められるのかと」

クラウディオの手が剣の柄にかかる。周囲の宮廷官がどよめいたが、クラウディオは剣を抜くことをこらえ鬼のような形相で叫んだ。

「貴様に何がわかる!?　出陣前に四ヶ月で砦を落としてこいとせせら笑った貴様に！　戦争の何がわかる！」

「おやおや。あれは殿下が公爵令嬢と離れたくないあまり、戦場へ行きたくないと駄々を捏ねられたからではないですか。私は急いで砦を落としてくれば四ヶ月ほどで令嬢と再会できますよ、と申しただけです」

クラウディオはますます激高し、射殺さんばかりに睨みつけた。さすがに見かねたディエゴはふたりの間に立つと、嘆くように首を横に振って言った。

「もういい、もういい。ふたりともやめるんだ。……クラウディオは疲れているんだ。皆、勝利の立役者である彼に労いの心を持ちなさい。クラウディオもまずは疲れを癒やすといい。凱旋式は休んでも構わないから」

皇帝に咎められて、クラウディオもさすがに突っかかるのをやめた。しかし怒りはこれっぽっちも治まらず、「言われなくとも出るつもりはない」と言い捨てると、オルランド侯爵をひと睨みしてから部屋を出ていった。

オルランド侯爵は口を噤みおとなしくなったかのように見えるが、その口もとは嘲笑に歪んだままだ。

ディエゴは大きく息を吐き出すと、玉座に座り直してから、凱旋式で下級兵士にも酒を振る舞うよう指示を出した。

アマンダは驚いた。

クラウディオの出迎えにいこうと離宮を出たら宮殿中が大騒ぎで、何事かと思っているうちに彼がこちらへ向かって歩いてくるのが見えたのだから。

「クラウディオ……！」

いつもなら彼が帝都に帰ってくるときには、馬に乗り将官たちを引き連れ人々の歓声を浴びながらパレードのように華々しく登場していた。それなのにどういうわけか、クラウディオは馬にも乗らずひとりきりで本宮殿から歩いてくるではないか。しかも周囲の者たちは歓声を送るどころか腫《は》れ物にさわるように遠巻きにし、クラウディオ自身もまったく晴れやかな顔をしていない。

これはただごとではないと、アマンダはすぐに悟る。

「クラウディオ、何があったの？」

駆け寄ってきたアマンダを見た彼の表情が変わる。張り詰めていた雰囲気が一瞬緩み、クラウディオは勢いよくアマンダを抱きしめた。

「アマンダ……！　すまない、遅くなって」

「……クラウディオ……」

色々聞きたいことはあったが、約一年ぶりの抱擁がすべてを吹き飛ばす。ただ、ただ、彼の命がここにあることが嬉しかった。世界で一番愛おしいぬくもりをもう一度抱きしめられることを、心から神に感謝した。

しかし。クラウディオの体を抱きしめながら、ふとアマンダは気づいた。

（……クラウディオ……。随分痩せている……）

しなやかで逞しい筋肉の感触は変わっていないが、腕を回した体の厚みが前とは明らかに違っていた。視線を動かして見れば、首筋や輪郭も随分と細くなっている。それに髪や肌にも艶《つや》がなかった。

今回の戦いがとても厳しいものだとは聞いていたが、彼のやつれぶりからその悲壮さがありありと伝わってきた。アマンダは胸が握り潰されたように苦しくなる。

（ああ、クラウディオ。どれだけ過酷な日々を過ごしていたの。それなのに私はあなたに何もしてあげられなかった……）

アマンダの知っているクラウディオはいつだって自信と希望に溢れ、見目麗しく、生命力に溢れた太陽のような人だった。くたびれた軍装のまま笑みを失っている彼に、アマンダはまるで太陽が欠けてしまったような衝撃を受ける。すると。

「アマンダ、本当にすまない。俺が早く戻ってこられなかったばっかりに、きみをつらい目に遭わせて……。すぐに本宮殿へ戻してやるからな」

「え？」

自分の身を案じられて、アマンダは驚いて顔を上げた。

「西の離宮に追いやられていたんだろう？　さっき宮廷官に聞いた。兄上に今すぐ取り消すよう訴えにいったんだが逃げられてしまって……。なに、兄上の許可がなくても構わない。きみは俺の妻なんだ、離宮なんかにいるほうが間違っている。すぐに戻ろう」

謁見室を出たあとアマンダに会いにいこうとしたクラウディオは、そこで初めて彼女が離宮に移されたことを知った。激怒したクラウディオは兄に約束が違うと謁見室へ踵を返したが、それを見越していたのか誰かの入れ知恵なのか、ディエゴはすでにどこかに行ってしまっていて、そこでまたひと悶着が起きた。宮廷官らがクラウディオを遠巻きにしていたのはそのせいだ。

手を引いて本宮殿に戻ろうとするクラウディオに、アマンダは「待って」と足を止める。

「私のことはいいの。それよりも今はゆっくり休んで。あなた、戦地から帰ったばかりなのよ。食事をとって、汚れを落として、それからしっかりと眠って。お願い」

言いながら、アマンダは涙が込み上げてきそうになる。身支度を整えるどころか、戦地からろくに休憩も取らずに帰ってきたのだろう。服も手や顔も煤で汚れたままだし、彼の顔には酷い隈《くま》ができている。どう見ても満身創痍だ。それなのに彼は一瞬も休もうとせず、アマンダのことを心配している。優しさと呼ぶには何かが歪んでいる、その想いがつらい。

クラウディオは「そんなこと――」と言いかけてからハッとして、自分の体を見回した。そしておどけ気味に、苦笑いを零す。

「……ごめん。汚いままきみを抱きしめてしまった。着替えている暇がなくて」

苦笑いとはいえ、ようやく彼の顔に浮かんだ笑みに、アマンダは安堵のあまり鼻の奥がツンと痛くなる。

「馬鹿ね、気にしていないわ。汚れていようと、あなたに抱きしめられて嬉しかった。それよりあなたの体が心配なの。私のことは大丈夫だから。古い離宮でも住んでみれば案外快適なのよ。ゆっくり休んで元気になったら、あとで遊びにきて。待ってるわ」

アマンダが微笑んで言えば、クラウディオの顔がますます綻ぶ。ようやく肩の力が抜けて、いつもの彼に戻ったような気がした。

「少しだけ待ってて。湯浴みをして着替えてくるから」

「それだけじゃ駄目よ。ちゃんと寝てその目の下の真っ黒な隈が消えなくちゃ、私の離宮には招待してあげないいんだから」

クラウディオは自分の目の下を擦ると、「厳しいなあ」と弾けるように笑った。眩い笑顔につられて、アマンダも笑いだす。

そして再び、けれど今度は優しく抱きしめ合うと、「おかえりなさい」「ただいま」と言葉を交わして、口づけをした。


クラウディオが休むために本宮殿へ戻っている間に、アマンダは今回の戦いがどれほど悲惨なものだったのかを士官たちから聞いた。

宮廷官はアマンダに冷たい者が多いが、士官らは違う。派閥や権力に関係なくクラウディオを慕っている彼らはアマンダにも親切で、戦地であったことを色々と教えてくれた。

想像以上の悲惨さに、アマンダは言葉を失くす。

飢えと病で兵士たちが次々と亡くなっていく中、クラウディオは皆を励まし鼓舞《こぶ》し続けたという。しかし宮殿から支援物資が届くことはなく、クラウディオが私財をなげうって食料と薬を掻き集めたのだとか。

士官らは口々にクラウディオの心の強さと慈悲深さを称えたが、アマンダの背には冷たいものが走った。

(嫌がらせを受けていたのは私だけではなかったんだわ……。確かに国は飢饉だったけれど、宮殿にはこんなときのために備蓄の食糧もあるし、宮廷では普段通り晩餐会が開かれていたじゃない。第一、病気が蔓延している戦場に救援物資を送らなければ全滅しかねないのに……。皇帝たちはクラウディオを見捨てるつもりだったの!?)

クラウディオの留守中にディエゴ派の宮廷官たちが勢力を強めていることは、ひしひしと感じていた。しかしここまで残酷なことをしていたとは思わなかった。彼らはクラウディオの名声を貶めるだけでなく、命を落としてしまっても構わないと考えているのだろうか。

(……許せない。クラウディオは国のために最前線で戦い続けているのに。そんなに自分たちの立場が大事なの？　たかが宮廷の地位のために、国そのものを危機に陥らせてるなんて愚劣だわ！)

士官らの話を聞いたあとアマンダは離宮に戻り、ひとりで激しく憤った。こんなに怒りを燃やしたのは初めてだ。黒く濁った感情が、心の奥底から湧き出てくる。

（……こんな国をクラウディオが命懸けで救う必要がある……？　彼らはクラウディオを見捨てようとしたのよ。だったらクラウディオが彼らを見捨てたって……許されるわ）

窓辺に立って考え込んでいたアマンダは、自分の手が窓の木枠を強く摑んでいたことに気づいていなかった。腐りかけの木枠に食い込んだ爪に棘《とげ》が突き刺さり、その痛みにアマンダはハッと我に返る。

「痛い……。私ってば何を考えて……」

自分がとんでもなく不敬なことを考えていたと気づいて、アマンダは恐ろしくなった。頭を振って奇妙な考えを追い出し、胸の前で手を組んで懺悔《ざんげ》する。

「ああ、神様。私は旧教守護国のヒスペリア帝国に対し、思ってはいけないことを……」

棘の刺さった爪の間から血が流れ出し、手の甲を伝って袖を汚す。指先がズキズキと痛んだが、そのおかげで頭が冷静になれた。

（私が憤ったって意味がない。私のできることで、クラウディオを守らなくては）

アマンダは必死に考える。この宮殿で自分ができることは少ない。その中で最善の方法を選び、クラウディオを守りきらなくてはと。

翌朝。クラウディオは朝食を持った侍従と共に離宮へやって来た。

「一緒に食べよう、アマンダ。俺たちは婚約者同士なんだから当然だ」

きっと彼は、離宮に追いやられたアマンダがまともな食事を与えられていないのではないかと心配したのだろう。実際その通りだったので、アマンダは久しぶりに卵の入ったミルク粥《がゆ》やフルーツがたくさん添えられたローストした肉を食べた。この離宮に来てからは食糧難を理由に豆とクズ野菜のスープばかりだったので、本宮殿にはまだこんなに豊かな食事が提供されていたことに驚く。

ふたりは粗末な卓で向かい合い、神に感謝を捧げてから食事をした。

睡眠がしっかりとれたのか、クラウディオは昨日より顔色がいい。風呂に入って身支度を整えたのだろう、髪は輝く黄金色を取り戻し、昨日はあった無精髭も綺麗に剃《そ》られていた。もちろん服も清潔なものに着替えられている。

痩せてほっそりとしてしまった輪郭まではさすがに一日では戻らないが、それでも昨日に比べてだいぶ健康的になったクラウディオの姿に、アマンダは密かに安堵した。

「食事が終わったら一緒に本宮殿へ戻ろう。二度とこんなことがないように、きみの部屋は俺の隣にさせる」

粥を匙《さじ》で掬いながら、クラウディオが言った。古ぼけた卓と椅子しかない食事部屋を目だけで見回し、深く息を吐く。

しかしアマンダは首を横に振った。

「いいえ、クラウディオ。考えたのだけど、私ここにいたほうがいいと思うの。今は宮殿中がピリピリしているでしょう。下手に動いて反感を買うより、ここでおとなしくしていたほうが利口だわ」

それは昨夜アマンダなりに熟考したことだった。本音を言えばこんな所は早く出たい。生活も不便だし、何より自分は曲がりなりにも公女だ。こんな粗末な扱いをされて誇りが傷つかないわけがない。

しかし今、周囲から反感を買うことは得策ではないと考える。アマンダが皇帝の意にそぐわぬことをすれば、ディエゴ派の宮廷官らが攻撃する対象はクラウディオだ。彼をこれ以上窮地に追い詰めたくはない。

だからといってもちろん、不遇な扱いを享受し続けるつもりもなかった。準備を整え、反撃するのだ。そのためにはクラウディオの味方を増やす必要がある。宮廷に於いてディエゴ派の攻撃から彼を守れるような味方を。

すぐにでもアマンダを戻すつもりだったクラウディオは、当然納得のいかない顔をした。それに彼は宮廷の派閥争いが大嫌いだ。クラウディオ派の宮廷官らも勝手に派生しただけで、別に彼が率いているわけではない。

「派閥なんて、人の陰に隠れて甘い蜜を吸ってる卑怯者の集まりじゃないか。そんな奴らを幾ら増やしたところで信用なんかできない」

「派閥じゃないわ、味方よ。あなたには人望があるもの。今は風向きが悪いから俯いてディエゴ派に与している宮廷官や聖職者たちの中にも、本心ではあなたの味方になりたい人がいっぱいいいるはずよ。そういう人たちを少しずつ味方につけていくの」

「そんな風見鶏みたいな奴ら、なおさら信用できるものか。大体そいつらをどうやって味方につけるんだ？　オルランド侯爵みたいに宮廷内での便宜を図ってやるのか？　馬鹿馬鹿しい。そんな小狡《こずる》いことを考えている暇があるなら、次の戦いに備えて戦術の研究でもするべきだ」

「どう味方につけるかは、私が考えるわ。だから……」

「もういい。この話は終わりだ。とにかくきみは本宮殿へ戻るんだ。わかったな」

強引に話を打ち切ってしまったクラウディオに、アマンダは悲しい表情を浮かべる。互いが互いのことを思い遣っているはずなのに、すれ違っているのが切ない。

食事の手を止めてしまったアマンダを見て、クラウディオが椅子から立ち上がる。そしてアマンダを立たせ抱きしめると、「ごめん」と優しく背を撫でた。

「ずっと戦場にいたから気が立っているんだ。きみの親切を素直に受けとめられなかった。すまない」

「私こそ、ごめんなさい。クラウディオが私を心配してくれていることはわかっているの。でも私もあなたが心配で……」

アマンダもそっと彼の背を抱きしめ返す。ただこうやって彼のぬくもりを感じていられれば幸せなのに、残酷な現実はふたりを放っておいてはくれない。アマンダはクラウディオの腕の中で、甘い幸福と苦い現実を噛みしめる。溶け合わないふたつの味に泣きたくなったとき、クラウディオの手が幼子を慰めるように頭を撫でた。

「俺のことは何も心配しないでくれ。宮廷官らの嫌がらせくらい、なんてことはない。今回のことは飢饉と重なってしまって運が悪かったんだ。これでも俺は皇弟で英雄だぞ。俺に害を為せば不敬なだけでなく、国益だって損ねることになる。奴らもさすがにこれ以上のことはしてこないさ」

アマンダは「でも」と言いかけて口を噤む。そして少しためらってから、言葉を呑み込んだ。

彼の言葉を楽観的だと思うのはきっと間違いではない。オルランド侯爵はじめディエゴ派の宮廷官らは、本気でクラウディオを排除したがっているように見える。

クラウディオは確かに〝英雄〟だが、その影響力は全盛期よりも随分と縮小している。近年、皇室の慶事や弔事であまり戦場に出られなかったことに加え、今回の苦戦だ。心酔していた者たちの熱が冷め、さらに飢饉ではしゃぐ余裕もなくなったのだろう。兵士たちからの支持は変わらず熱いが、マジュリート宮廷では彼の功績を絶賛する者は今や少ない。

（それに……私との婚約だって……）

クラウディオの言った『国益』には、おそらくアマンダとの結婚も含まれているだろう。ふたりの結婚はヒスペリア帝国がカラトニア公爵領を支配するための、政略結婚でもあるのだ。

しかしクラウディオはきっと気づいていない。同条件でアマンダと結婚できる者がもうひとりいることに。――そう、寡夫となったディエゴだ。

皇帝の結婚相手が公女というのは身分差が大きいが、前例がないほど無理というものでもない。とにかく正当な理由をつけて公爵領さえ手中に収めればいいのだ。

英雄としての影響力は縮小し、国益をもたらす政略結婚も代わりがいる。ならば、ディエゴ派としてはクラウディオがいなくなってくれたほうが都合がいい。本人にそのつもりがなくても、クラウディオは常に兄であるディエゴ皇帝の勢力を脅かすものなのだから。

王皇族の兄弟が権力争いの末に暗殺されることなど、古今東西どこにでもある話だ。

アマンダは恐ろしい。国のために戦っているクラウディオの背後から、味方のはずの宮廷官らが剣を突きつけているように思える。

けれどそれらを口に出せなかったのは、きっとクラウディオの心を乱してしまうからだ。特にディエゴとアマンダの結婚の可能性を知ったら、彼は激高し兄との対立を深めてしまうだろう。まだ心身共に戦場での疲れが癒えていない彼に、そんな惨《むご》いことはしたくなかった。

だからアマンダは不安を押し込めて微笑む。何もかもを正直に話さなくとも、彼を守る術はある。

「そうね、私が心配しすぎているのかもしれない。でもクラウディオ、私やっぱり本宮殿へは戻らないわ」

悪戯っぽく上目遣いに見つめるアマンダに、クラウディオは少し不満そうに「どうして？」と尋ねた。

「実際ここは意地悪な大臣や宮廷官の目もなく、快適なのよ。伸び伸びと自由に過ごせるわ。食事は一日三回ちゃんと運ばれてくるし、身の回りの世話をする女中もつけてもらえている。不便はないの」

アマンダの言い分に、クラウディオは顔をしかめてしまった。大袈裟に室内を見回し

「ここが？　快適？」と詰め寄る。擦り切れているカーテン、壊れかけのシャンデリア、ガタつく椅子とテーブル、軋む床……彼が納得のいかない顔をするのも当然だった。

「確かにここは古くてオンボロだけど、私は好きだわ。だってイサークに肖像画を描いてもらった思い出の場所だもの。あの頃はこの古めかしさが隠れ家みたいで面白いって、あなたも言ってたのに」

「子供の頃の遊び場と、大人になってから暮らす場所じゃ意味が全然違うだろ」

「気の持ちようよ。それに――」

言葉を途切れさせ、アマンダは爪先立ちでチュッとクラウディオに軽く口づける。不意を突かれた彼の目は真ん丸だ。

「ここなら人目を気にせずこんなこともできるのよ」

肩を竦めて笑ったアマンダを見て、ようやくクラウディオの顔が綻んだ。眉尻を下げ歯を見せて笑う彼の顔には、一本取られたと書いてある。

「わかったよ、俺の負けだ。きみがここで暮らすことを認めるよ」

彼が納得してくれたことにアマンダが密かにホッとしていると、「ただし」と指先で鼻

を突っつかれた。

「このままでは駄目だ。俺の婚約者であるきみを、こんなみすぼらしい部屋で生活させられない。そもそも埃っぽくて体に悪そうだし、椅子や床だっていつ崩壊して怪我をすることやら。全部取り替えよう」

図星を指され、アマンダは作り笑いをして唇を引き結ぶ。数ヶ月前に階段の床が抜けて足首を擦り剝いたことは、黙っておこうと思った。

「全部なんて取り替えなくていいわ。壊れたら少しずつ直していけばいいのよ……」

本音を言えばすべてまともな家具に取り替え、あちこちを修繕したいが、なにせ費用がない。大臣らが予算を組んでくれるはずもないし、アマンダの私費はすでにかなり修繕に費やしてしまった。けれどそれを言えばまたクラウディオが憤慨すると思い、アマンダはボソボソと小声で告げた。

しかし言われなくともクラウディオはわかっているようだ。そもそも大臣らが修繕費を出してくれていたら、現状はこんな有様ではないのだから。

そして国庫にいっさいの余裕がないことも、彼はわかっている。

「心配するな。俺からの贈り物だ。一年もきみに寂しい思いをさせてしまった詫びだと思って、受け取ってくれ」

それを聞いてアマンダは目を丸くした。全力で首を横に振って「駄目よ、そんなの！」と叫ぶ。

「私はこのままでも十分暮らしていける！　だからそんな贅沢《ぜいたく》なことはしないで」

「贅沢？　……アマンダ、悲しいことを言わないでくれ。きみは修道女じゃない、俺の婚約者で公女だぞ。最低限の品位を保つ義務と権利がある。どうか誇りを見失わないで」

悲しげに微笑まれ、アマンダは何も言えなくなってしまった。クラウディオに負担をかけたくないと思うあまり、確かに己の身分を蔑《ないがし》ろにしていたかもしれない。

黙ってしまったアマンダを見て、クラウディオは子供を慰めるように優しく頭を撫でて言った。

「こんな状況じゃなかったら、俺はきみに夜会のための宝石とドレスをどっさり贈っていたんだ。それを考えればちっとも贅沢じゃないさ」

頭に置かれた手の温かさを感じながら、アマンダは胸がキュッと苦しくなる。本来ならば彼の言うような日常があったはずだった。いったいどこでどうして、自分たちはこんなに耐え忍ぶ道を歩み始めたのだろう。

そんなアマンダの憂いを見通して晴らすように、クラウディオが笑う。

「もっとも、戦争が終わったら俺はきみに溺れるほどプレゼントとキスを贈るつもりだけど」

一ヶ月も経たないうちに、離宮は様変わりした。

とはいっても、もとが酷かったのだ。いつ抜けてもおかしくない床板はすべて張り替えられ、天井の雨漏りも棘だらけの窓枠も修繕され、埃のこびりついていた絨毯も取り換えられた。ガタついていたテーブルセットも、引き出しの開かないチェストも、生地の擦り切れていたソファーも、すべて新品になった。

アマンダが恐縮することに配慮しているのか、家具はどれも豪奢ではない。作りはしっかりしているが、金縁の装飾がついているような無駄に贅沢なものではなかった。そのことにアマンダは少しホッとする。

幾らクラウディオの私費とはいえ、無尽蔵に甘えることなどできない。皇子である彼の私財はアマンダとは比べ物にならないだろうが、それでも今のヒスペリアの状況を考えると明るくはないはずだ。現に彼は先日の戦いで物資を私費で賄うため、個人で所有していたブドウ畑一帯を手放したと聞いている。あまり負担をかけたくないと思うのも当然だった。

彼の重荷になりたくないと思う一方で、ようやく離宮が人の住居として相応しい様相になったことを喜ぶ心もあった。クラウディオに『誇りを見失わないで』と叱られたが、その意味がわかった気がする。整った環境に囲まれていると、自然と背筋が伸び自分が公女である自覚が強く湧いた。

クラウディオは、ほぼ毎日離宮にやって来ている。アマンダが人目を憚《はばか》らずキスできるなどと言ってしまったせいだろうか。朝食と共にやって来ては、夕方まで過ごす有様だ。

彼は婚約者なのだし、今は戦争での疲れを癒やすための休暇中なので問題はないのだが、なんだかふたり暮らしをしているみたいだとアマンダは思う。

クラウディオは時々は用事で本宮殿へ行ったり、フェリペや士官らが呼びにきてどこかへ連れ出されたりする以外は、アマンダにくっついて回った。

アマンダが書斎にいれば近くで本を読み、広間に行けばソファーの隣に座り、花壇の様子を見にいけば一緒についてきた。そして隙あらば手を繋ぎ、膝枕をねだり、キスをしてくるのだ。

最近ではすっかり大人っぽくなったと思っていたが、離宮にいるときの彼は少年に戻ったみたいだ。屈託のない笑顔も増え、凱旋したときよりだいぶ雰囲気が柔らかくなった気がする。

「アマンダ、きみの言う通りだったね。ここならば存分にふたりきりになれる。古くてもオンボロでも、俺にとっては天国より素晴らしい場所だ」

ある日クラウディオは、心からの感嘆を籠めてそう言った。

春にはまだ少し早いが、離宮の小さな庭には午後の暖かい日差しが降り注いでいる。マグノリアの木陰で本を読んでいたアマンダに、隣に座っていたクラウディオは甘えるように寄りかかってきた。アマンダは本を閉じ、柔らかな金色の髪をそっと撫でる。

（クラウディオったら、なんだか本当に少年に戻ったみたい。……先の戦いで疲弊した心を、無意識に癒やそうとしているのかもしれないわ。ならば私はクラウディオの心も体も、たくさん抱きしめてあげよう）

心地好さそうに目を閉じた彼を見て、アマンダはそう決意した。

穏やかな時間はゆっくりと流れ、時折、小鳥の囀《さえず》りが遠くから聞こえる。麗らかな空気にまどろんでいるうちに、クラウディオは眠ってしまった。肩に凭れかかっていた彼から規則正しい寝息が聞こえ、アマンダは小さく笑う。

木陰の間を縫って落ちた光が、クラウディオの美しい輪郭を照らしていた。長い睫毛は呼吸に合わせ、微かに揺れている。薄く開いた唇は仄かな桜色で、アマンダはその口もとを戯れに指先でなぞった。

そのとき、寝ていたと思ったクラウディオの目がパッチリと開き、悪戯っ子の色を宿して三日月形に細まる。次の瞬間には押しつけるように口づけされ、アマンダは驚いたまま固まってしまった。

「アマンダってば、俺の顔ジーッと見つめちゃって。そんなに俺とキスがしたかった？」

歯を見せて笑うクラウディオの意地悪な言葉に、アマンダは頬を真っ赤に染めた。

「寝たふりをして私を観察してたなんて、悪趣味だわ！」

クラウディオは大口を開けて笑うと、拗ねたアマンダに勢いよく抱きついて唇を重ねた。体を押し離そうとしていたアマンダもやがて抵抗をやめ、彼の背に腕を回す。口づけながら、ふたりの体は自然と芝生の上に横たわった。芽吹いたばかりの柔らかな草が褥《しとね》のように体を受けとめ、マグノリアの枝葉が天蓋のように優しい影を作る。

「愛してる、アマンダ」

「私も愛してる。クラウディオ」

近い距離で、視線が絡まり合う。彼の青い瞳に、幸せそうにはにかむアマンダの姿が映っている。

横たわった拍子に頬に乗った髪を、クラウディオの指が優しく払った。

「きみの髪はさわっていて心地がいいね。ずっと撫でていたくなる。俺はきみの髪と瞳が夕日に染まっているのを見るのが大好きなんだ」

そう言ってクラウディオは栗色の髪をひと房手に取って、そこへ口づけた。アマンダは手を伸ばし、お返しのように彼のサラサラとした手ざわりの髪を撫でる。

「私はあなたの髪が太陽に煌めくのが好きだし、瞳が青空を映しているのが好きよ。クラウディオにはヒスペリアの快晴の空がよく似合うと思う」

アマンダはそのまま彼の頭を抱き寄せ、ふたりは唇を重ねた。

「……幸せだな、俺たちは。こんなに愛している人と抱き合える」

早春の風はまだ少し冷たかったが、触れ合う手や重なる体は温かかった。

クラウディオはアマンダの首筋にキスを落とし、胸もとにも口づける。広く開いた襟からは双丘の谷間が覗き、その豊かな膨らみに彼の唇が押しつけられた。

「んっ……」

アマンダがくすぐったさに身を捩《よじ》れば、クラウディオの目に宿る情熱の色がさらに濃くなった。彼の手が強引に襟元を下げ、アマンダの胸をまろび出させる。

木陰とはいえ屋外の明るさで見る裸の胸は、淡雪のような白さと健康的な張りを際立たせている。夜の閨《ねや》で感じる淫靡《いんび》さとはまた違う、清々しく、けれど背徳的な艶っぽさがあった。

「……恥ずかしいわ」

離宮の庭にはふたりきりで、誰も訪れることはないとわかっていても、陽光の下はあまりに無防備な気がしてアマンダは羞恥に困惑する。

けれどクラウディオは頬を染めるアマンダにますます喜び、赤裸々に天を向くふたつの膨らみを、やわやわと両手で揉んだ。

「いい光景だな。きみの恥ずかしがる顔も綺麗な胸も、しっかり見える。庭でこんなことをしているなんて、秘密の悪戯みたいでドキドキするよ」

彼の手は柔らかさと大きさを堪能するように両脇から包むように揉み、それから人差し指で薄紅色の先端を押した。乳頭を押し込めるようにグリグリと指を動かされると、アマンダの全身に甘い疼きが蔓延《はびこ》った。

「んっ、駄目、それ……」

「なら、口でしてあげる」

押し込まれた乳頭を、今度は唇で吸われた。さっきとは種類の違う快感なのに、体はますます疼きを強くしてしまう。

「あ、あ……」

肌が火照り、うっすらと汗ばむ。喉の奥から漏れる声は、甘ったるく上擦っていた。

陽光の下のほうが視界がいいのは、アマンダとて同じだ。アマンダからは、クラウディオの綺麗な形をした唇がいやらしく胸の先に食らいついているのがよく見える。乳暈《にゅううん》ごと唇で食み、舌を出して小刻みに舐め、チュッと吸いつく。そのすべてを瞳に映して、アマンダは頭が沸騰しそうなほど熱くなった。

「ん？」

視線に気づいたのか顔を上げたクラウディオと目が合ってしまい、顔がますます赤くなる。

クラウディオはニヤリと口角を上げると、わざと見せつけるように乳頭を指で摘まみ、舌を伸ばして舐めた。

「こうされるのが好きか？　いやらしいね、アマンダは」

妖艶な眼差しに射られて、血液が一気に顔に集まるのをアマンダは感じた。恥ずかしさのあまり咄嗟に顔を手で覆い、「意地悪！」と泣きそうな声で叫ぶ。

クラウディオはクスクスと肩を揺らして笑うと、顔を隠しているアマンダの手を剝がした。

「可愛いアマンダ。照れるきみも可愛いし、いやらしいきみも俺は大好きだよ。俺の前では、すべてのきみを見せて」

まだ恥ずかしがって困惑の表情を浮かべているアマンダの鼻先にキスをして、クラウディオはドレスのスカートにそっと手を伸ばした。ボリュームを出すため三枚重なっているスカートを膝までたくし上げ、下着を剝ぎ、露わになった太腿に触れる。

武骨な手がアマンダの滑らかな内腿をさすり、指先が秘所を掠っていく。焦れるようなくすぐったさに、アマンダは小さく腿を震わせ吐息を零した。

今度はアマンダが見つめられる番だ。クラウディオの指に敏感に反応する姿を、彼の瞳が逸らさず見ている。

「んっ……んっ」

見られていると思うと、やけに体が敏感になった。恥ずかしくて逃げだしたいくらいなのに、彼の眼差しが「逃げないで」と言っているようで、顔を背けることができない。

指はゆっくりと割れ目をなぞり、少しずつ花弁に埋もれていく。そのもどかしい動きが、却って下腹の奥を疼かせる。

すっかり花弁に埋もれた指が、中を搔き乱す。指の動きはやけに滑らかで、微かにクチュッという淫靡な水音が聞こえた。

「あッ……」

思わず上擦った声が出たのは、指が敏感な一点を擦ったからだ。

クラウディオは微かに目を細め、そこを優しく、けれど集中的に指の腹で撫でる。その動きに合わせて、アマンダの口から甲高い小さな喘ぎが漏れた。

「や、ぁ、あぁ」

敏感な粒は段々と膨らみ、滲み出た蜜が指先を汚す。

快感に乱されるアマンダから、クラウディオは目を離さない。彼も興奮しているのか、頬が染まっているように見える。

「も、う……、見ないで」

羞恥に耐えきれず顔を逸らそうとするが、「駄目だよ」ともう片方の手で押さえられてしまった。彼はそのまま手をずらし、指をアマンダの口に含ませる。舌を指でくすぐり唾液を纏わせると、今度はその指で乳頭を摘まんだ。

「ひぁっ」

ぬめりを帯びた指で滑るように摘ままれ、アマンダは喉を反らせる。胸と陰芽の快感を同時に味わわされて、たまらない愉悦が込み上げてくるのを感じた。

「あっ、いや……、そんなにしたら、もう……っ」

クラウディオに見つめられながらはしたない姿を晒《さら》すのは嫌なのに、呼吸が乱れ、無意識に腰が揺れてしまう。胸の実はすっかり勃《た》ち上がって、孔の蜜は内腿を濡らし、淫らなことこの上ない。

「アマンダ。このままきみの――俺だけしか知らないきみの顔を見せて」

「や、ぁあっ、んあぁあっ！」

低く甘い囁きにいざなわれるように、アマンダは絶頂を迎えた。

顔を真っ赤にして目を潤ませ、喘ぎ声をあげながら体をビクビクと震わせる姿を、余すところなくクラウディオに見られてしまった。改めて恥ずかしさが込み上げてきて唇を噛みしめていると、クラウディオが情熱に酔った表情で口づけてきた。

「素敵だったよ。俺の指で乱れるアマンダは最高に可愛かった。……ああ、俺ももう我慢できない」

苦しげに眉根を寄せて、クラウディオは脚衣の前を寛がせる。アマンダのスカートを捲りながら腿の間に体を滑り込ませ、まだ快感の余韻にヒクつく蜜口に雄竿の先端を押しつけた。

「待って、クラウディオ、あ……ああっ！」

疼く蜜道を熱い肉杭《にくくい》で穿たれ、アマンダの全身に鳥肌が立つ。いつまでもゾクゾクと背が戦慄《わなな》くのを止められず、彼の雄を締めつけてしまった。

「すごい……。熱くて、中まで震えてる。そんなに締めつけて、俺が恋しかった？」

蜜道が収斂《しゅうれん》してしまうのはアマンダの意志ではない。けれど体はクラウディオの侵入を確かに喜んでおり、それは心も同じだった。

「……キスして、クラウディオ」

自分を曝《さら》け出せば出すほど、彼への愛しさが募るのは何故だろう。もっと自分を知ってほしい、もっとあなたを知りたい、もっともっとあなたと近くなりたい。そんな思いが湧き上がってくる。

クラウディオは嬉しそうに口角を上げて、アマンダを抱きしめ口づけた。そしてそのまま彼女の体を起こし、胡坐《あぐら》を掻いた自分の下腹に跨らせる。

「ん、ぁ……！」

彼と繋がったまま体勢を変えられ、その刺激にアマンダは喘ぐ。クラウディオはアマンダの後頭部を手で押さえ、離れてしまった唇にもう一度深く口づけた。

「んっ、ん……んぅ」

アマンダの口腔《こうこう》を、大きな舌がねぶっていく。舌をくすぐり絡め合い、混じり合った唾液をコクリと音を立てて飲み込んだ。

息が苦しくなって離れようとするが、すぐにクラウディオは頭を押さえつけて唇を塞いでしまう。そうして口づけをしながら、彼は徐々に腰を揺すり始めた。

漲った雄茎を咥《くわ》えていた蜜孔が、水音を立てて擦られる。彼のそれは硬く大きく、アマンダの敏感な肉壁を突いたり押し広げたりして快感を呼び起こした。

「ふぁっ、あ、あんっ」

アマンダは自分を貞淑な女性のつもりでいた。性の知識は教本に載っていたことしか知らないし、社交界で耳年増な少女たちの猥談《わいだん》に加わることもなかった。もちろんクラウディオ以外の男性と親密になったことなどないし、男性を挑発するような格好やしぐさもしたことはない。

けれど、クラウディオの腕の中にいるときは恥じらいも貞淑さも吹き飛んでしまう。もちろん羞恥の気持ちはあるが、彼に求められると頭が熱くなって抗えなくなってしまうのだ。

　世の男女がどういう性交を行っているかなんて、当然わからない。もしかしたら屋外で睦み合うことも、服を着たまま繋がることも、座っている彼に跨るような体勢も、世間では驚くほどはしたないことかもしれない。気持ち良くて無意識に腰をうねらせてしまう自分は、貞淑どころか娼婦《しょうふ》並みに淫乱なのではないかと思う。

　もし相手が他の男性だったら、アマンダは自分を卑下して自己嫌悪に陥っていただろう。クラウディオだから世間が眉を顰めるような慎みのない行為も、それを喜ぶ自分も受け入れられるのだ。それどころか彼と共に天に昇るような悦楽を、幸せだとさえ思える。

「愛してる、クラウディオ……あぁっ」

　キスの合間に想いを告げ、彼の首に腕を回した。互いに抱き合い体を密着させるが、服のせいで素肌に触れ合えないのが寂しい。

「アマンダ。もっときみを感じたい」

　熱い吐息を漏らしながら、クラウディオがねだる。どういうことだろうとアマンダが思っていたら、彼は勢いをつけて腰を突き上げ、肉杭をさらに奥まで押し入れた。

「ひぁっ……！」

　肉竿の先端が、最奥の壁をグリグリと突き上げる。重々しいその刺激に、アマンダは視界がチカチカと霞《かす》むほどだった。

　クラウディオはすべてをみっちりとアマンダの中に収めたまま、小刻みに腰を揺らしたり、行き止まりの壁を竿の先端で押したりする。そのたびにアマンダの喉の奥から、甲高い悲鳴にも似た嬌声《きょうせい》が漏れた。

「きみの一番奥まで入ってるよ。……気持ちいい。全部きみに包まれているみたいだ」

耳朶《じだ》をねぶりながら囁かれ、アマンダは「あっ、あぁ……」と声を震わせながら目を潤ませた。快感の波が絶え間なく全身に広がり、思考ができなくなっていく。

「俺も、愛してるよ。アマンダ」

スカートの中に手を入れアマンダの尻を摑み、クラウディオは激しく腰を動かしだした。溢れた蜜が脚衣や芝生を汚し、淫らな蜜音が肌に伝わる。

大きくなった快感の波が体に収まりきれなくなったアマンダは、「ああっ、駄目っ！」と涙を零して叫んだ。

巨大な愉悦に怯えるアマンダの口をキスで塞ぎ、クラウディオは容赦なく彼女の中のすべてを穿つ。

やがてアマンダは背を仰け反らせ、激しく体を震わせて絶頂を迎えた。先ほどのものよりずっと大きくて、頭の中が真っ白になる。秘所からは小水にも似た液体が噴き出し、腿までしとどに濡らした。

ほどなくして、クラウディオも絶頂を迎えた。アマンダの中から肉竿を抜きブルリと背を震わせ、愛液に濡れた内腿に精を吐き出す。そしてぐったりと弛緩《しかん》しているアマンダの体を、支えるように胸に抱き寄せた。

アマンダは意識を朦朧とさせたままクラウディオに体を預ける。服も汚してしまったし、このままでは体を冷やしてしまう。起きなくてはと思うのだけれど、体が動かなかった。そんなアマンダにクラウディオは自分の上着を脱いで肩に掛け、ハンカチで汗を拭ってくれた。安堵感と心地好さに、アマンダは刹那、眠りに落ちる。

麗らかな昼下がりの情交は、白昼夢のようだった。

憂い悩み、思い煩うことばかりの現実の中で、クラウディオと溶け合うときだけがすべてを忘れられる。まるでその時間だけ、夢のように。

ゆらゆらと現《うつつ》と夢を揺蕩《たゆた》うアマンダの耳に、クラウディオの語りかける声が聞こえた気がした。

「愛しいアマンダ。俺だけの宝物。きみがいるから世界は美しい。だから俺は戦い続けられるんだ。ああ、早く戦争を終わらせたいな。そうすればきっと、きみはもっと笑ってくれるよね」

その声が夢でも現実でも、アマンダは構わなかった。たとえどちらでも、それはクラウディオの本心に変わりはないだろう。

やがて体が動かせるくらい回復したアマンダは、瞼を開けて彼を見上げる。そして唇に弧を描いて、彼の想いに応えるように口づけをした。

第三章　正義

同年、九月。

ガリア王国の王太子ジョエルは興奮を隠しきれない様子で、王宮の廊下を駆けていた。

そして戦略会議が行われている会議室に飛び込むと、卓に広げられていた地形図を食い入るように見つめた。

「これか、今回の戦況図は？　クラウディオ軍は何人いる？　どんな陣を敷こうとしている？」

頬を赤くし目を輝かせているジョエルは、まるで遊びに夢中な子供だ。そんな彼を側近のアルマンがほとほと困り果てた様子で諌める。

「ジョエル様、落ち着いてください。晩餐会の予定をすっぽかして、また国王陛下に叱られますよ。さあ、すぐに正餐室へお戻りください」

「飯なんか食っている場合か。俺の軍が初めてあのクラウディオ将軍と戦うんだぞ。一挙一動、報告を聞き漏らさずにいられるか」

「『俺の軍』って……。ジョエル様は士官を叙任されただけで、戦いにも戦術にも関わっていないじゃないですか……」

「うるさい！　父上が俺を軍人にしてくれないんだから仕方ないだろ！　……まったく、父上は過保護なんだよ。俺だってもう十八歳なのに。クラウディオ将軍は十六歳のときから戦場に出てたってのに、ああ羨ましいなあ、カッコいいなあ。やっぱり直接クラウディオ軍と対峙《たいじ》したかったなあ」

ブツブツと文句を言いながらも頑として地形図の前から離れようとしないジョエルに、アルマンは説得をあきらめ壁際にひっそりと立った。

会議をしていた将官たちもジョエルが部屋に飛び込んできたことに最初は驚いたが、すぐに（いつものことだ）と気を取り直した。この国の王太子は敵国のクラウディオ将軍を稀代の名将だと崇め称えているのだ。立場上もちろん口には出さないが、クラウディオ軍の情報を逐一見逃さない執着と心酔ぶりを見ていればわかる。

「クラウディオ軍にまだ動きはないとの報告です。こちらの敵情判断と作戦計画を立てるのに手間取っているのでしょう」

将官のひとりがクラウディオ軍の情報が書かれた書面を手渡す。それを受け取って目を通したジョエルは、「……なんだこれは」と呟いて眉間に皺を寄せた。

戦地はヒスペリア帝国が支配下に置いている領国ランデント。ガリア王国軍はおよそ三万人。対するクラウディオ率いるヒスペリア軍は——わずか八千人。

ガリア王国軍の三分の一にも満たないうえに、カノン砲も銃兵の数も少ない。ジョエルは顔をしかめずにはいられなかった。

「……どういうことだ、これは。諜報兵の情報が間違っているんじゃないのか」

今回の戦いはガリア王国側から仕掛けたものだ。迎え討つ側のヒスペリア帝国にはガリア王国軍の情報が摑めているはずなのに、明らかに劣勢な数で挑んできた。どう考えてもおかしい。

すると将官は首を横に振って答えた。

「間違いありません。……諜報兵の入手した情報によると、おそらく軍事費がもう尽きているのでは、と」

その言葉に、ジョエルは目を瞠った。ヒスペリア帝国が財政難に喘いでいることは知っていたが、削るべき予算は絶対にここではない。まともな募兵もできないのなら、皇弟に出陣させるべきではない。これではやけっぱちではないか。

「ディエゴ皇帝は気でも触れたのか？　幾らクラウディオ将軍が傑士《けっし》でも、寡兵にもほどがある。皇帝は実弟を見殺しにしたいのか？」

ジョエルに憤りが湧いてくる。自国軍が有利になる情報だというのに、采配のセンスもなく愚昧《ぐまい》な選択をするディエゴへの怒りが収まらなかった。

部屋の隅に立っていたアルマンは、なんとも言えない渋い表情でジョエルに近づいて言った。

「……マジュリート宮殿では派閥争いが激化してると小耳に挟みました。もしかしたら皇帝派の人間に仕組まれたのかもしれませんね」

　言った直後、アルマンは自分の発言を後悔した。ジョエルは険しい顔をしてこぶしをテーブルに叩きつけ、地図に配置された部隊符号の駒を粉々にしてしまった。

「ふざけるな！　派閥争いだと!?　そんなくだらないことのせいでもしもクラウディオ将軍が粗末な死に方をしたら、俺は絶対に許さないぞ！」

　ジョエルは奥歯を噛みしめる。健康な歯がギリと音を立てて軋むほどに。怒髪が天を衝きそうなほどの王太子の怒りに、アルマンも将官たちも狼狽《ろうばい》し、かける言葉が見つからない。

「……こんな戦いで死ぬなよ、英雄。あなたは俺が討つ。あなたの全身全霊を懸けた戦いで、俺がこの手で華々しく散らせてやる。だから絶対に生き延びろ」

　届かないとわかっていても、ジョエルは遠い戦地にいるクラウディオへの激励を零さずにはいられなかった。

　握りしめられたこぶしの下では、部隊符号の駒が砕け散っている。割れた駒の中に、司令官の記号がついた駒が交じっていた。

◆

　いつからだろう、クラウディオは悪夢を見ることが増えた。

夢の内容はいつも決まっていた。戦地と化し廃墟となったヒスペリア帝国、マジュリート宮殿の焼け跡。何もかもが灰燼《かいじん》に帰《き》した帝都で、クラウディオはただひとり立ち尽くしていた。受け入れがたいその残酷さにクラウディオが絶叫したとき、大体目が覚めるのだった。

悪夢を見たあとはどっと心が疲れた。汗を掻き息も乱れ、体まで重く感じられた。夢だとわかっていても凄惨な光景が頭から離れず、朝日が昇って明るく街を照らすまで妙な不安から逃れられなかった。

悪夢を見るのが嫌で不眠気味になってしまったクラウディオだったが、唯一アマンダと共に寝るときだけは悪夢を見なかった。

とはいっても彼女と夜の寝床を共にすることはない。まだ婚約中という立場だ。昼間は離宮で共に過ごしても、さすがに泊まるというのは外聞が悪い。アマンダの評判にも関わる。クラウディオが彼女の膝枕で安眠を得られるのは、昼間のわずかな休息時間だけだ。

それでもクラウディオにとって、その安らぎは大きな意味があった……。

目の下に濃い隈を作ったクラウディオは、重く冷たく感じる頭を手で押さえながら、つくづくとアマンダとの時間を恋しく振り返った。

「また眠れなかったのか」

卓に肘をつき頭を抱えているクラウディオの背後から、フェリペが声をかけた。手に持っていたふたつのカップのうちひとつをクラウディオに渡し、隣の椅子にどっかりと腰を掛ける。

「寝たさ、少しだけど。けど夢見が悪くて目が覚めてしまったから、朝まで戦術を練っていただけさ」

「で、結局何時間眠れたんだ」

「二……一時間半くらいは」

「それはまともに寝たって言わねえな」

呆れた声を出したフェリペの隣で、クラウディオは苦笑いをしながらまだ湯気の立つカップから白湯《さゆ》をひと口啜った。

ここはヒスペリア帝国が有する領国ランデントの荒野。ガリア王国軍と戦うヒスペリア帝国軍のテントの中だ。総司令官であるクラウディオのテントは広く、会議室も兼ねている。

まだ朝日も昇りきらぬ早朝、クラウディオは卓に広げた状況図を睨み続けていた。

戦地に着き野営の場所を確保して三日が経つ。しかし毎日将官たちと根を詰めて話し合いをしても、なかなか陣を敷けないでいた。理由は単純だ、兵士の数も銃も大砲も少なすぎるからだ。

クラウディオは、ひと月前にディエゴに出陣を命じられたときのことを思い出す。

先の戦いから半年以上が経っていたというのに未だ国から戦費が支払われず、兵士たちは報酬をもらえていなかった。仕方なくクラウディオが私費で肩代わりしていたところに、新たな出陣命令である。クラウディオは当然憤った。ディエゴはいつものように気まずそうに口を噤み、代わりにオルランド侯爵が顎を撫でさすりながら口を開いた。

『誰かさんが先の戦いを長引かせたせいで、国の予算は圧迫どころか枯渇《こかつ》しているのです。戦費にばかり着目しているクラウディオ殿下はご存じないでしょうが、今年も病虫害の影響が残り、農作物の収穫量が芳しくない見通しです。おまけに我が国と交易をしている国が幾つか新教側に落ちて取引できなくなってしまった。もう我が国の破産は目の前です。それでもあなたは金を寄越せと？』

クラウディオは鋭い眼差しでオルランド侯爵を睨みつけた。病虫害のことも交易のこともちろん把握している。しかしその問題解決はディエゴと大臣と諸侯らの役目だ。代わりに、軍事に関する責任はクラウディオがほぼひとりで背負っている。問題を解決できなかった彼らの皺寄せを受けて、不満を抱かないわけがない。

『だが戦費がなければ兵士だって集まらない。無償で命を懸けろと？』

クラウディオのまっとうな訴えに、オルランド侯爵はこれみよがしなため息をつく。

『そんなに金、金と言うのなら、あなた様のその潤沢な懐から出したらいいではないですか。有り余っているのでしょう？　公爵令嬢のために家具をしつらえてやるくらいには。まったく、豪儀なものですな。国も国民も貧しさに頭を悩ませているというのに』

『なんだと!?』

思わずクラウディオは声を張りあげこぶしを握りしめた。アマンダのために離宮を整えてやったのは事実だが、それは決して贅沢などではない。本心を言えばもっと金をかけてやりたかったが、それが彼女の負担になることも周囲からの反感を買うこともわかっていたので控えた。クラウディオは婚約者であるアマンダに、人が暮らす場所として最低限のことをしてやったまでだ。

『そもそもあんな場所へアマンダを追いやったのはお前らだろう！　俺の婚約者を不遇に扱っておいて、よくそんな口が利けたものだな！』

怒りを抑えきれなくなって、クラウディオが吠《ほ》える。すると警戒した衛兵らが体を押さえようとしてきた。そのことにクラウディオは驚いて目を剝く。

『俺にさわるな！　俺を誰だと思っているんだ、無礼者！』

今までこんなことは一度もなかった。クラウディオがおとなしくない性格なのは子供の頃からだし、それでも相手に飛びかかるような節操のない真似はしたことがない。そんなことは宮殿では常識だったし、何より皇弟相手にむやみに取り押さえようとする不敬な兵士などいなかった。

クラウディオは密かに愕然《がくぜん》とした。生まれ育ち愛した宮殿とそこに暮らす人たちが、知らない間に変貌してしまった錯覚がする。

クラウディオを押さえようとした兵士を、ディエゴが『やめなさい』と咎めた。兵士は下がったが、クラウディオはますます表情を険しくさせる。ディエゴはそんな彼から目を逸らし、ぼそぼそと告げた。

『この戦いに勝ったら奪還した土地の幾ばくかをお前にやってもいい。だからなんとか……それまで凌いでくれ』

『……っ兄上!!』

できることならばクラウディオは兄の胸ぐらを摑んで問い詰めてやりたかった。マジュリート宮廷は、ヒスペリア帝国は、これでいいのかと。しかし衛兵たちが再び警戒態勢を取り、部屋にいた廷臣らが皆、冷ややかな目をしていることに気づいて、クラウディオは力なく項垂《うなだ》れた。

(ああ……ヒスペリアは変わってしまった)

異文化の名残がある白い宮殿も、幼い兄弟をにこやかに見守ってくれていた宮廷官たちも、収穫期にオレンジが鈴なりになる果樹庭園も、濃く青い空も、ヒスペリアの象徴である輝く太陽も――まるですべてが幸せな夢だったみたいだ。

クラウディオはもう反論する気もなくなり、踵を返して謁見室を出ていった。腰に下げた剣を投げ捨てて『戦場には出ない』と言いきれたなら、どんなに楽だっただろう。けれど彼にそれはできない。

クラウディオは生まれついての皇子だ。国は自分の一部であり、自分は国の一部である。ヒスペリア帝国の栄光のためにこの命があるのだと、それは生まれたときから定められた皇子の運命だ。そして心身共に育っていく過程で、クラウディオは様々な愛を知ってきた。彼は愛されすぎた。両親にも廷臣にも国民にも。

運命と愛によって作られたクラウディオという人間に、ヒスペリア帝国を見捨てるという選択はない。ディエゴや皇帝派の者たちが自分を窮地に追い込もうとしていることがわかっていても、彼は国のために戦わないわけにはいかなかった。それはもはや骨の髄《ずい》まで沁みついた使命……いや、呪いだ。

大股で廊下を進むクラウディオは呻きそうになり、口もとを手で押さえた。彼の中の正義が、しなり、ひずむ。

視界が揺れて視点が合わなくなりそうになり、人けのない所まで来るとその場に蹲って固く目を閉じた。言葉にできない黒く濁った思いが、口から溢れ出そうだった。

（……考えるな。考えたら戦えなくなる）

柱の陰でしばらく蹲っていたクラウディオは、やがて小さく呟いた。

『……俺が絶対に故郷に帰して、元気な家族と会わせてやる。だから笑って、アマンダ……』

沼のように濁った心の底にある褪《あ》せない光に、クラウディオは手を伸ばす。同じ台詞《せりふ》を何度もブツブツと繰り返して、口もとに弧を描いた。

そしてようやく立ち上がると、クラウディオはまっすぐに前を見つめた。その瞳に、怒りやためらいはもうない。

『戦って、戦い続けて勝ち続けて、俺が戦争を終わらせるんだ。アマンダのために』

迷いのなくなった晴れやかな顔は少年のようで、青い瞳はまるで夢を見ているように虚ろだった。

（アマンダ……会いたい。早くきみを抱きしめて、きみのぬくもりに包まれて眠りたい）

卓に肘をつき頭を抱えながら、クラウディオは愛しい笑顔を思い出す。戦場に着いてから三日、外は雨が降り続いておりただでさえ気が塞ぐ。そんな中、アマンダのことを思うときだけが、彼にとって心安らぐ刹那だった。

「……なあ、クラウディオ。その、言いにくいんだけどよ。兵士たちの略奪行為を認めてやったらどうだ？　そうすりゃ報酬ももっと低くできるし、なんなら無償でも集まってくれる傭兵もいる。戦争に略奪はつきものだ、割り切ろうぜ」

無言のまま状況図の前で項垂れ続けるクラウディオを痛ましく思ったのか、フェリペがそう声をかける。

今回の募兵の報酬は、すべてクラウディオの私費から出ていた。彼は所有していた領地のほとんどを手放し、さらには絵画などの美術品も売りに出した。兵士たちに略奪行為を禁止している分、高額な報酬は、こうでもしなければ支払えないのだ。フェリペの言う通り一般的な募兵と同じように略奪行為を解禁したなら、報酬は半分で済むだろう。しかし。

「駄目だ。それではなんのために戦っているのかわからない」

迷うことなくクラウディオは首を横に振る。

「いつか栄光と平和を勝ち取ったとき、その足もとに罪のない女子供の骸《むくろ》が積まれていることにお前は耐えられるか？　俺は……敵だろうが味方だろうが、弱い者が泣かない世界がいい。戦争のせいで泣く子供を失くすため、俺は戦っているんだ。この戦争を一日でも早く終わらせるために」

窮地に追い込まれているというのに、クラウディオは頑なだ。正義の刃が己を傷つけようとも、彼はそれを握る手を離さない。

フェリペはため息をつくと、すっかり冷めきったカップの中身を飲み干してからクラウディオの肩に腕を回した。

「そうだな、悪かった。お前のその崇高さに、俺も傭兵たちも惹かれてついてきたんだ。信念を曲げちゃいけねえよな」

友人の力強い腕に抱き寄せられ、クラウディオの顔から険しさが抜ける。

味方はまだ大勢いる。クラウディオの正義を信じその刃のもとに集ってくれる者たちが、ここにはいるのだ。その安堵感に胸が熱くなり、冷えきっていた体と頭に血が巡っていくような温かさを感じた。

「ありがとう、フェリペ」

血色の良くなった頬を染め、微笑んで礼を言えば、フェリペは「うーん」と何かを悩んだあと思いきったように懐から一枚の書類を出して卓に叩きつけた。

「使え、クラウディオ！　大した足しにもならんけど、もう五百人くらいは傭兵を増やせるはずだ！」

フェリペが出したのは、彼が所有する船の権利書だった。大型カンパニーのうちの一隻《いっせき》で、売ればそこそこの金になるだろう。

「フェリペ……!?」

驚いたクラウディオが振り返れば、彼は眉尻を下げて肩を竦めて笑った。

「気にすんな、もともと売ろうと思ってたやつだ。嫁さんにちょっと贅沢させてやろうかと考えてたんだけどな、その前に敗戦したら意味がねえもんな。念のため持ってきといてよかったぜ。買人の目処《めど》はついてる。すぐ金になるから遠慮なく使ってくれ」

フェリペは二年前に結婚し、今年一児を儲けた。しかし彼は一年のうちの多くを戦場に出ているうえ、国が出し渋っているせいで報酬をほとんどもらえていない。実家から継いだカンパニー関連の収入が多少あるが、生活は苦しいはずだ。きっとこの船を売って、妻や子の生活費の足しにしようと考えていたに違いなかった。

「駄目だ、フェリペ。きみには散々迷惑をかけている。この金を戦争に使うわけにはいかない。奥方たちを優先してくれ」

クラウディオは書類をフェリペの手に押しつけた。だが逆に手に握り込まされてしまう。

「言ったろ、嫁さんに贅沢させても戦争に負けて国が滅んだら意味ねえって。だから勝つんだよ、クラウディオ。勝ってガリア王国や新教国から賠償金ふんだくって、奪還した土地を復興させれば、ヒスペリアの懐も潤う。そんときゃ国から十倍にして返してもらうから安心しろ」

そう言って気風《きっぷ》の良い笑みを見せる友人に、クラウディオは感激で言葉を失くした。

正直なところ、ここに来るまで後悔や戸惑いもたくさんあった。もっと自分が要領良く立ち回れば、信念を曲げていれば、ここまで追い込まれることはなかったのではないかと。

けれどもフェリペの笑顔がそれを吹き飛ばした。クラウディオの中で揺らぎそうになっていた何かが、力強さを取り戻す。

「ありがとう、フェリペ……」

手の中の書類を、皺にならないよう大切に胸に抱く。フェリペはそんなクラウディオを見て目を細めると、「よせやい、そんな水臭いのお前らしくないぜ！」と力強く肩を叩いた。

「よおし！　そんじゃあ他の将官たちを叩き起こして、早速戦術会議だ！　やるぜ、クラウディオ。俺たちは絶対に勝つ」

口角を上げたフェリペの言葉に、クラウディオはしっかりと頷く。

「ああ。絶対に勝つ。そして一刻も早く、この戦争を終わらせる」

友人と自らに誓うようにそう言ったクラウディオの瞳には、熱い炎が燃えている。彼がずっと絶やさず燃やし続けている、正義の炎が。

守る者がいるから、英雄は強くなれる。最愛の人を、かけがえのない友人を、栄光と平和な未来を守るために、クラウディオの青い瞳は前を向き、その手は剣を握りしめる。

同じ頃。ヒスペリア帝国のとある教会では、アマンダがひとりの青年と会っていた。

「ご、ご無沙汰しております。アマンダ様」

「こんな所に呼び出してごめんなさい。来てくれてありがとう」

聖堂は人払いしてあり、司教とアマンダ、そして素朴な顔立ちをした青年の三人しかいない。

「聞いたわ、隣国の大公に召し抱えられたって。おめでとう、あなたほどの才能なら必ず脚光を浴びるって信じていたわ」

「お、恐れ多いお言葉です。何もかもアマンダ様とクラウディオ様のおかげです。本当に、なんと感謝申しあげたらよいのか……」

「クラウディオもあなたのパトロンになりたがっていたけれど、今の彼には芸術家を支援できるだけの余裕がなくて……」

「……その話は僕も小耳に挟んでおります。国が戦費を出してくれず、クラウディオ様がすべて私費で賄っているって……。ひ、酷い話です」

青年が、手に持っている帽子をギュッと握りしめた。俯きがちな顔からは、何もできない自分に対する歯がゆさが浮かんでいる。

「あ、あの。それで手紙の件なのですが。僕にできることでしたら、なんでも協力させてください。今ならば、す、少しだけど貯めたお金もあります。よければすべて寄付を──」

青年の申し出を、アマンダは首をゆっくり横に振って断った。どうすればいいのかわからず眉尻を下げ続ける青年に、アマンダは彼の手を両手で包んで告げる。

「必要なのは寄付ではなくあなたの才能。クラウディオが導いたこの手を、彼のために役立ててほしいの」

驚いて目をしばたたかせる青年の瞳には、力強い眼差しのアマンダが映る。

「人々の心を動かすのは感動よ。強者が蔓延らせようとする悪意を、あなたの作品ならば吹き飛ばすことができる。どうか人々に伝えて、英雄クラウディオの正義を」

青年はしばらく口をポカンと開けたまま固まっていたが、やがてその頬がみるみる薔薇色に染まり、鼻息を荒くしながら何度も深く頷いた。

「つ、つ、伝えます！　必ず！　僕の生涯で一番の傑作となるものを、絶対に描きます」

青年の瞳は、使命に燃えていた。それから彼は詳細をアマンダと打ち合わせると、興奮冷めやらない様子で帽子を握りしめたまま教会から出ていった。

青年が出ていったあとの扉を眺めながら、司教が目を細めて言う。

「良い作戦だと思います。ただ問題は時間を要することですね。二年……大作ならば三年は待たねば」

「仕方ありません。その間に、他の味方に呼びかけるまでです」

アマンダは司教に向き直ると、深々と頭を下げた。

「ロドリゴ様。いつも教会を使わせてくださってありがとうございます。けど、もしロドリゴ様の身に危険が及ぶことがあったら、どうか私のことは気になさらず振る舞ってください」

アマンダと青年の密会に立ち会っていた司教は、ロドリゴだった。彼は穏やかな表情を浮かべると「アマンダ様」と呼びかけて、彼女の頭を上げさせた。

「これは私が自分の意志で行っていることです。私はクラウディオ殿下の友人です。神は友人に救いの手を差し伸べることを、罰したりはしないでしょう。私はかけがえのない友人であるクラウディオ殿下を救いたいのです」

聖職者は表向きは権力や政治と切り離されているように言われているが、実際はその関わりは深い。帝国内の司教の叙任権は皇帝にあり、聖職者と皇室は持ちつ持たれつの関係を長年続けているのだから。

そんな中でロドリゴが密かに、クラウディオの味方を増やすアマンダの手助けをしていることは、とても危険なことだった。

「とは言っても、私にはこのように密会の場をお貸しすることぐらいしかできませんが」

眉尻を下げて笑ったロドリゴに、アマンダは首を横に振って「他の聖職者の方々に呼びかけてくださっているじゃないですか」と返す。

「微々たるものです。それに私は、彼らに味方になるよう説得しているわけではありません。皆、本当はクラウディオ殿下のことを慕い続けているのです。ただ今は風向きが悪いだけで……。私は彼らに偽りのない心を持ってほしいと語りかけているだけです。彼らがクラウディオ殿下のために行動を起こすのなら、それは心に従っただけのこと。クラウディオ殿下が皆の心に植えつけた愛が花開いただけです」

そう語るロドリゴは、とてもまっすぐな目をしていた。アマンダは体の奥から歓喜が湧き上がるのを感じる。宮廷にいると周りが敵だらけで心が濁りそうになるが、危険を冒してでもクラウディオの味方でい続けてくれる人は確かにいるのだ。

その心強さは、アマンダの戦う勇気になる。

「ありがとうございます。彼に……夫に代わって、感謝申しあげます」

スカートの裾を持ち膝を曲げたアマンダに、ロドリゴは微笑んで頷いた。


――十一月。

ヒスペリア帝国領ランデントを巡る戦いは二ヶ月を過ぎた。

寡兵であったヒスペリア帝国軍であったが、その士気は噂に違わず高く、ガリア王国軍は圧倒された。――しかし、それも初めの数週間だけである。

明暗が逆転し始めたのは十一月に入って間もなくの頃。財政難に陥っていたヒスペリア帝国が破産宣告をしたとの情報が戦場を駆け巡った。当然ヒスペリアの国債は信用を失くし価値は暴落する。結果、周辺の国から補給の武器や食料を買っていたヒスペリア軍は、それらの入手が困難になり……あとは転げ落ちていくだけだった。

気がつけば八千五百人いた兵士は五千人まで減り、総司令官であるクラウディオは撤退の選択を迫られていた。

「……くそっ!! 勝てる戦いだったのに、どうして……!」

クラウディオは卓にこぶしを何度も叩きつける。

会議場のテントでは憔悴《しょうすい》の色を浮かべた将官たちが、やるせない表情で立っていた。

「クラウディオ様、退いてはなりません! ヴァローア将軍さえ討てば我らは勝ったも同然です! まだそれだけの余力はあります!」

「そうです! ヴァローア将軍さえ討てればきっと……」

将官たちは喧々囂々と話し合う。ヴァローア将軍は敵の総司令官だ。名将と謳《うた》われており、今回の戦いでは全権の指揮を担っている。いわばクラウディオと同じ立場だ。もし彼を討てれば、確かに戦況はひっくり返るだろう。しかし。

「私は反対です。もうこちらには銃兵がほとんどおりません。ヴァローア将軍の隊を突き崩すだけの力があるとは思えません」

それがヒスペリア軍にとっての現状だった。若い将官のまっとうな指摘に、他の将官が青筋を立てる。

「弱気なことを抜かすな! クラウディオ軍は神のご加護を賜《たまわ》った無敗の英雄軍だ! 必ず最後は勝利を掴む、今までもそうだった!」

「もう神や英雄じゃどうにもならんのです! 軍を全滅させる気ですか!?」

テントには怒声が響いた。誰の声にも悔しさが滲んでいる。皆、わかっているのだ。もうこの戦いに勝ち目はないと。けれどそれでもあきらめきれないのは、英雄クラウディオ軍の無敗神話が崩れることを恐れているからだった。

英雄クラウディオはヒスペリア帝国の兵士たちにとって、最後の希望だ。その星が落ちることを、ここにいる誰もが認めたくなかった。

「クラウディオ様！　ご決断を！」

その声にクラウディオは唇を噛みしめる。そして一度固く目を閉じたあと、ゆっくりと瞼を開いた。

「……討ちにいく。俺が、ヴァローア将軍を」

テントは一瞬、水を打ったように静まり返った。やがて、英雄が希望を手放さなかったことに将官たちの目が輝きだす。

「ならば俺の隊が援護する」

すかさず挙手したのはフェリペだった。クラウディオは彼の目をまっすぐ見つめ頷くと、すぐさま作戦の共有を始めた。

クラウディオの考えた作戦はこうだ。敵軍の厄介な銃兵隊を自軍の歩兵隊が引きつけているうちに、フェリペの騎馬隊がヴァローア将軍の歩兵隊を撹乱《かくらん》する。そして乗馬したクラウディオが一点突破でヴァローア将軍を討つという算段だ。残り少ない短銃は、クラウディオとフェリペの隊の前衛に装備させる。失敗すればもうあとがない、最後の賭けだった。

生き残っていた兵士たちもみんな満身創痍だったが、クラウディオを信じて最後の作戦に賭けてくれた。

翌日。その日は朝から雨だった。

冷たい雨に視界が遮られる中、クラウディオ軍は最後の作戦に臨んだ。

戦いの幕が切って落とされ遠くに兵士の声や銃の破裂音が聞こえる中、クラウディオは胸甲《きょうこう》と呼ばれる甲冑《かっちゅう》を装着し、手に短銃と剣を持って馬に跨った。同じく銃と剣を持って乗馬したフェリペが近づいてくる。ふたりは騎乗したまま、固く手を握り合った。

「勝つぞ」

「ああ。ヒスペリア帝国に栄光を」

頷き合ってそれぞれ持ち場へ向かおうとするフェリペのもとに、小柄な青年が駆けてくる。

「兄様……どうかご無事で」

泣きそうになりながらギュッと手を組んで祈るのは、フェリペの弟フェルナンドだ。彼も今や立派な衛生兵のひとりである。

フェリペは無言のまま口角を上げて笑うと、馬上からフェルナンドの頭をクシャリと撫でて去っていった。フェルナンドは雨に打たれるのも構わずその場に立ち尽くしたまま、天に向かって祈り続けた。

フェリペの隊が出陣した。その数およそ三百。

まっすぐ最奥に控えたヴァローア将軍の隊に突っ込んできた騎馬隊に、敵はまんまと撹乱される。敵の主力であるマスケット銃は重く、発射するのに脚立が必要なので、咄嗟の奇襲には役に立たない。陣形を保つことが命の槍兵もそうだ。

不意打ちによる敵軍の混乱は作戦通りに進み、敵の兵は散り散りになり、隊の後方に控えていたヴァローア将軍の姿が露わになる。クラウディオは敵兵を剣で薙《な》ぎ払いながら、まっすぐにそこへ向かって馬を走らせた――次の瞬間。

パァンと銃の発砲音がすぐ近くで聞こえ、ひとりの兵士が馬上から落ちたのが横目に見えた。

混戦の中で、それが誰だかクラウディオは一瞬わからなかった。しかし直後、ひとりの兵士が叫んだ「フェリペ将軍！」という声に、クラウディオの目の前が真っ暗になった。

クラウディオの手は無意識に手綱を引いてしまった。振り返って見たが、空の馬が兵士の中で暴れているのが見えるだけでフェリペがどうなったのかわからない。

ヴァローア将軍はその隙を見逃さず、自らが狙われているのを悟って姿を隠した。

やがて混戦の中から、「フェリペ将軍を討ったぞ！」という敵の声が聞こえた。その声に敵軍の士気が上がり、自軍に動揺が波のように広がっていくのを、クラウディオは肌で感じた。

将官が討たれたとき、兵士の士気は当然大きく下がる。リーダーを失くしたフェリペの騎馬隊は次々に討ち取られていき、クラウディオはその光景を悪夢のように見ていた。

動かなくてはいけない。ヴァローア将軍を探さねば。兵士たちに指示を出さねば。するべきことは頭ではわかっているのに、体が動かない。まるで、頭と体と心がすべてバラバラになってしまったみたいだった。

呼吸さえ忘れていたクラウディオがようやく絞り出した声で命じたのは、「撤退」の指示だった。もはやフェリペの騎馬隊は壊滅状態で、他に為す術などなかった。

クラウディオは生まれて初めて「撤退」と叫んだ。腐ったような色の空から容赦なく雨が降り注ぐ中、悲痛な声で叫び続けた。

英雄クラウディオの無敗神話が、崩れ去った瞬間だった。

――クラウディオ軍敗北。

その報せは、早馬によって十日後にはヒスペリアに届いた。

人々はこの世の終わりだと言わんばかりに嘆き、国と旧教の衰退を恐れた。

国中に不安な雰囲気が立ち籠める中、宮廷では英雄の敗北に無念の意を示すふりをしながら、密かにほくそ笑む者たちがいた。

「これで英雄などというご高名もおしまいですな。もうクラウディオ殿下の評判が皇帝陛下の座を脅かすこともありますまい」

「痛い目を見て、殿下も少しはおとなしくなるでしょう。あとは陛下が後妻を娶り、一日も早く跡継ぎを儲けるだけです」

「これを機にクラウディオ派の廷臣を要職から外すよう、陛下に申し上げましょう。空いたポストにはぜひ私の一族を……」

　彼らにとってクラウディオの敗北は、何人もいる将官のひとりの敗北に過ぎない。それよりも宮廷で自分らの権力が増し、貴族としての名声が上がることのほうが重要なのだ。国が破産しようと新教が勢力を伸ばそうと、それは特権階級の彼らの財産や名誉を脅かすものではなく、必要なのは大帝国でどれほどの権力を持ったかということだけだ。いざとなれば一時的に国外へ逃げだす算段もついている。

　そんな醜悪な者らが悦に入っている頃、西の離宮ではアマンダがクラウディオ軍敗北の報せを聞いて立ち尽くしていた。

「……嘘でしょう……」

　わざわざアマンダの離宮まで報告にきてくれた伝令の兵士は、悔しそうに唇を噛んでひとすじ涙を流した。

「クラウディオ殿下は最後まで……最後の最後まで、あきらめませんでした。……誰もあきらめなかった……！　クラウディオ軍が負けるはずなど……！」

　兵士は涙をこらえきれず、咽《むせ》び泣いた。クラウディオを崇拝していたのだろう、悔恨の念が痛いほどに伝わってくる。

　アマンダはひたすら言葉を失った。ただただ信じられなかった。

　クラウディオが寡兵で戦場に向かわざるを得なかったことは知っていたが、心のどこかで彼は負けないと慢心していた。戦の申し子のような彼が、希望そのもののような彼が、負けるなどあり得ないと。

受け入れがたい事実にアマンダは顔を蒼白《そうはく》にして震え、それからクラウディオの心身を案じて顔を両手で覆って呻いた。

（ああ……クラウディオ！　今頃どれほどつらい思いをしているの……！）

人生も命も分け合うと誓った人の苦しみを今すぐ救えないことが、アマンダの心を切り裂く。苦しくて、悲しくて、つらくて、震える足に力を込めて立っているだけで精一杯だった。

窓の外では冷たい風に吹かれマグノリア《望春花》の木が揺れる。

冬はまだ、始まったばかり。


どうして。

どうして。どうして。どうして。

考えてもわからない。誰も教えてくれない答えを求めて、クラウディオの心はさまよい立ち尽くす。

（どこで間違えた。誤ったのは戦闘陣形の組み方か状況の読み間違いか。いや、もっと早く撤退を決めるべきだった。あの時点で勝ち目はなかった。無理にヴァローア将軍の首など取りにいかなければ。違う。こんな数の兵士で臨むことが間違っていた。時間をかけてでももっと兵士の数を揃えてから挑めば。国が破産などしなければ。もっと戦費があれば。兵士に略奪行為を認めていれば。もっと俺が皇帝に従順であれば。大臣らを敵に回さなければ。正義など捨てて卑屈に笑っていれば）

ランデントから帰路についたクラウディオ軍は、皆満身創痍だった。傷を負い、疲れ果て、そして何よりも心が打ち砕かれていた。重たく感じる足を引きずりながら、一行は無言のまま祖国を目指す。

クラウディオは虚ろな目をしたまま、先頭の隊で馬に乗っていた。生気を失くしたように無表情な彼に、誰も用事以外の声をかけない。

クラウディオの頬には、まだかさぶたになっていない細いひっかき傷がある。兄の死を聞いて激高したフェルナンドに摑みかかられたときについたものだ。

『うそつき！　お前は必ず勝つと言ったじゃないか！　兄様にそう約束したじゃないか!!　兄様はお前を信じて戦ったのに……兄様を返せ！　お前が代わりに死ねば良かったんだ!!』

今でもフェルナンドの絶叫のような言葉が、耳に残っている。

我を失ってクラウディオに摑みかかった彼の行為は不敬の極みだったが、クラウディオは咎めるどころか止めもしなかった。周囲の兵士が慌てて止めに入るまで、フェルナンドは『兄様を返せ』と繰り返し泣き叫びながら責め立てた。

戦争に仲間の死はつきものだ。しかしこんなにも割り切れない死別を、クラウディオは初めて経験した。

　総司令官という立場としては、兵士の命に優劣などつけるべきではない。けれど人間である以上、近しい者の死には悲しみがつきまとう。幼なじみで親友で、戦場の仲間で右腕であったフェリペの喪失はあまりにも大きい。最後までクラウディオの正義を信じ支えてくれた親友の笑顔が、閉じた瞼の裏に浮かんでは目の奥を熱くする。

（フェリペ……すまない……。俺なんかを信じたばかりに……）

　もう届かない謝罪を心で繰り返せば、おのずと湧いてくるのは尽きない『どうして』だ。どうしてフェリペは死ななくてはならなかった？　どこで選択を間違えた？　延々と続く『どうして』が鎖のように連なって、クラウディオの心を締めつける。

　その鎖は英雄の肩書も天才司令官としての自信も何度も粉々に砕いたうえ、クラウディオという人間の核をも打ち砕こうとする。決して揺れなかった正義の刃が欠けて毀《こぼ》れ、刃を染め上げた愛が暗く濁っていく。

（……違う。間違えていない。俺はただ、大切な人を守りたくて戦い続けてきただけだ……）

　姿のない誰かが、クラウディオの耳もとで囁く。「あなたの正義がフェリペを殺した」と。

　いつかの遠い日に太陽の下で宣言した。『俺が戦争を終わらせる』と。あの少年の正義が、自信が、傲慢が、この結末に繋がっていたのだと。

（……っ、違う！　俺は……！　俺はただ守りたかった！　国を！　弱い人たちを！　愛する人たちを！　アマンダを!!）

クラウディオは魂を引き裂かれそうな感覚に絶叫しそうになる。奥歯を噛みしめこらえ、手綱を強く握りしめた。……そのとき。

「クラウディオ様。村でしょうか、集落が見えます。休める場所を提供してもらえるか聞いてきます」

騎乗して並んでいたひとりの士官が、先のほうを指さして言った。

考え事で頭がいっぱいになってしまっていたが、もう随分長いこと移動している。そろそろ野営の準備が必要だった。行軍の休憩には広く安全な場所が必要だ。できることなら将官らが休めるような建物もあればありがたい。

クラウディオがハッとして「ああ、そうしよう」と頷くと、士官が馬を走らせひと足先に村へと向かった。

ところが。しばらくして戻ってきた彼の様子がおかしい。青ざめた顔をして焦燥を滲ませている。

「どうした？　何かあったのか」

「大変です。この村は……すべてが腐敗しております」

クラウディオと他の兵士たちは、初め彼が何を言っているのかわからなかった。しかし村に入り手分けして隅々まで見て、その意味を理解した。

「……伝染病か？」

村には異臭が漂っていた。ぽつぽつと点在する家屋と家畜小屋から臭ってくるそれは、肉の腐敗臭だった。豚も牛も馬も死んだまま放置され、目も当てられない状態になっている。何度ノックをしても返事のない家屋のドアを開けてみれば、ベッドに横たわったまま息をしていない者や床に倒れ込んだまま骸になっている者ばかりだった。中には畑や道端で死んでいる者もいる。

畑の作物は長いこと手入れがされていなかったのだろう、ほとんどが枯れていた。

「酷いな……。こうなる前にどうにかならなかったのか」

布で鼻を押さえ異臭に顔をしかめた士官が言えば、衛生兵のひとりが真剣に辺りを見ながら答えた。

「病状の進行と蔓延が早かったのでしょう。遺体が埋葬しきれていない。亡くなった方を弔ってやる前に自分たちも病に罹患《りかん》し、動けなくなってしまったのかもしれません」

衛生兵が指さした墓地には、粗末な筵《むしろ》がかけられた遺体の山が見えた。埋葬どころか棺に入れる余裕すらなかったのが窺い知れる。

それを聞いた兵士たちは背を冷たくさせた。そんな伝染病は聞いたことがない。新たな病がこの国で生まれたということだろうか。万が一この病が広がれば、ヒスペリア帝国どころか大陸中の人間が危機に晒されかねない。

クラウディオは急いで兵士たちのほとんどを村から遠ざけた。そして幾人かの士官と衛生兵らと共に、村をもう一度よく見て回った。

士官らの報告を受け、地図を確かめ、クラウディオは苦悩に膝を折る。

「……川上だ……」

村には小さな川があった。生活用水に使われていたのだろう、綺麗な水だ。そこに、腐敗した死体から滲み出た体液が流れ込んでいた。

この川はやがて他の川と合流し、また分かれ、様々な土地へと繋がっている。その先のひとつに、帝都マジュリートがあった。

その場にいた士官たちは顔面蒼白になり、ブルリと体を震わせる。もし死神というものが存在するなら、間違いなくこの場でせせら笑っていると誰もが感じた。

「急いで宮殿へ連絡を！　国中に対策を講じねば！」

「対策と言っても、まだ原因が特定できていません。医師を呼んで調べさせて――」

「悠長なことを言っている場合か。水が汚染されれば一巻の終わりだぞ！」

皆が冷静さを失って取り乱している中、ふいにカタンと物音が聞こえた。それに気づいた士官が振り返り見た先には、農具小屋がある。近づいてみると、掠れた声のようなものが聞こえ、彼は慌ててクラウディオに報告した。

恐る恐る扉を開けた農具小屋には、ひとりの老婆がいた。地面に倒れたまま動けないでいるが、まだ確かに息がある。

クラウディオは急いで駆け寄ろうとしたが、老婆が咄嗟に片手をあげて「駄目です……」と掠れた声で止めた。

土気色の顔をした老婆は、息も絶え絶えに喋った。

「どこのどなたか存じませんが、近づいてはいけません。この病は接触するとうつります……。この村はもうおしまいです。生き残っているのは私と、どこかで倒れている幾ばくかの者だけ。皆、じきに息を引き取るでしょう……」

老婆は自らと村の運命を悟っていた。クラウディオたちは彼女を助けるどころか手を取ってやることさえできず、悲痛な面持ちのまま立ち尽くす。

「旅の方、どうかお願いです。この村をすべて焼いてください……。辺境の小さな村です、よそからの出入りもありません。今この村を焼けば病が広がることを防げるでしょう……。ヒスペリアに……この国に迷惑をかけるわけにはいきません……。旅の方、どうかご慈悲を」

ヒュッと、クラウディオが息を呑んだ。

老婆は地面に横たわったまま体を丸め、祈るように両手を握りしめている。病に苦しむ彼女の、最後の祈りだ。

士官たちは固まったまま動けないでいる。誰も言葉を発することなどできなかった。

クラウディオは自分の運命を呪った。彼女が守ろうとしている国の、皇弟であることを呪った。重すぎる決断が、疲れ果てた双肩に圧し掛かる。

どれほどの時間が経っただろう。老婆はそれきり声を発しなくなった。恐ろしいほどの静寂の中で、そこに生命があるのかどうかさえわからない。

やがてクラウディオは、みっともないほどに声を震わせて命じた。「……焼け。この村のすべてを」と。

夕刻。

空は赤く染まった。それは遠い山脈に沈む夕日の色、そして小さな村が燃える色。

兵士たちは手分けをして村を焼き払った。老婆の言う通り本当に小さな村で、三十に満たない家屋と簡素な教会しかなかった。接触すると感染する可能性があるので、室内で亡くなっていた者を運び出すこともできず、家ごと焼くしかない。

貧しく粗末な村だが、そこには確かに人々の暮らしがあった。卓に置かれたままのみっつの食器。直しかけの靴。枯れて朽ちた花が挿さっている花瓶。空っぽのゆりかご。

年若い兵士は咽び泣きながら火をつけて回った。長年傭兵をやっていて略奪行為に加担したことのある兵士でさえ、苦悩に顔を歪ませていた。

墓地に積まれた遺体にも、道端や畑で倒れていた遺体にも、油を撒いて焼いた。耐えきれず嘔吐《おうと》する者が何人もいた。

火はひと晩中燃え盛り、やがてすべてを灰燼に帰した。

それから二日がかりで焼いた遺体を埋葬し、クラウディオと兵士たちは深い追悼の祈りを捧げた。

埋葬した土の上に、誰かが手向けた数本の野の花があった。名も知らぬあえかな白い花を見て、クラウディオの両目からこらえていた涙が溢れた。

どれだけ勇敢で誇り高くとも、クラウディオはまだ二十二歳だ。大きすぎる挫折と絶望を抱えるには、心が若すぎる。

クラウディオは奥歯を噛みしめて泣くのをこらえようとした。涙と一緒に大切なものが零れ落ちていくようで怖かった。守りたかったものがどんどん、どんどん零れ落ちていって、己の無力さに打ちひしがれる。

仰いだ空は、遠い日に見た色と同じだった。自分はすべてを守れると信じていた、あの少年の日と。

「すまない……すまない……」

涙が止まるまで、クラウディオは空を見上げ続ける。

冬の澄んだ青空に燃えさしの煙がひとすじ、高く高く昇っていった。


早馬からの敗戦の報せを国が受けてからひと月半後。

予定よりも一週間近く遅れて、マジュリート宮殿にクラウディオ軍が帰還した。

アマンダはこの日を、胸が潰れそうな思いで待っていた。彼の苦しみを想像しただけで体が強張り、胃の腑《ふ》が痛む。想像しただけでこれほどなのだ、きっと当の本人は計り知れない苦悩を抱えているに違いない。

アマンダは胸の前で手を握り込み、目を閉じて気持ちを落ち着かせる。

（私がクラウディオを支えなくちゃ。私は神様の前で彼と共に生きると誓った伴侶なのだから……）

今回の戦いでフェリペ将軍が戦死したことはすでに聞いた。彼は朗らかな人柄でアマンダにも親切にしてくれた好漢だったので訃報を悲しく思ったが、それ以上にクラウディオのことが心配だった。右腕ともいえる親友を亡くした彼の心の傷は、どれほど深いことか。容易く癒やせないことはわかっている。それでも、せめてひと時の安らぎでも与えることができるのならと、アマンダは切なく祈った。

「アマンダ様。クラウディオ殿下がまもなく宮殿に到着されるそうです」

外の様子を見てきてくれた女中が、離宮に戻ってアマンダにそう報せてくれた。

負けて帰ってきた兵士に、言祝《ことほ》ぐ民の歓迎は当然ない。街からざわつきは聞こえるが歓喜の声はなく、どこか重々しく感じる軍隊の足音だけが響いていた。

アマンダはクラウディオが離宮を訪れてくれるのを待った。今回は凱旋ではないので出迎えにはいけない。本宮殿に勝手に入るのも現状では憚られるので、彼のほうから来てくれるのを待つしかなかった。

しかし、半日経っても一日経っても、クラウディオはやって来なかった。

こんなことは初めてだった。いつも彼は帰還すればすぐにアマンダのもとへ飛んできてくれた。不安な気持ちを抱えたまま時間が流れ、ついに三日経っても彼は離宮へ顔を見せにきてはくれなかった。

女中が聞いてきた報告によれば、負傷で動けないということではないそうだ。……しかし、少し様子がおかしいと。

クラウディオは一日のほとんどを中庭で過ごしているらしい。ひとりきりで空を見上げたままぼんやりと立ち尽くし、声をかけられても反応せず、日が沈んで真っ暗になっても侍従が強引に宮殿内へ連れ込むまで立ち尽くしたままなのだとか。

それを聞いてアマンダは頭を殴られたようなショックを受けた。そして居ても立ってもいられず、本宮殿へと急ぐ。

アマンダは深く傷ついているであろう彼の心を抱きしめ、支えようと思っていた。けれど——その心自体がもう砕け散ってしまっていたなら？

恐ろしい予感に、鼓動が逸った。アマンダは本宮殿に着くと、中へ入れるのを渋る衛兵を振り切って中庭へ向かった。

青空が映える中庭のオリーブの木の下に、誰かがポツンと立っているのが見える。

今にも消えてしまいそうなほど儚いその人影は、まごうことなきクラウディオだった。

「……！」

木漏れ日に霞んで消えてしまいそうなほど弱々しい彼の姿に、アマンダは息を呑む。彼の心が今どんな状態なのか痛いほどに伝わってきて、思わずその場で泣き崩れてしまいそうになった。

アマンダは目尻の涙を拭うと呼吸を整え、しっかりとした足取りで彼のもとへ向かう。

「クラウディオ」

呼びかけた声に、返事はない。それどころか彼は別の世界にいるかの如く、微動だにしなかった。

「クラウディオ」

しかしもう一度呼びかけた声に、彼は驚いた様子で肩を跳ねさせた。そして恐る恐る振り返り、アマンダの姿を瞳に映して目を見開いた。

近づいてくるアマンダに、クラウディオは怯えるように一歩後ずさった。その表情は驚きから刹那、歓喜の色を見せ、けれど困惑と悲しみに染まった。

正面に立ったアマンダから、クラウディオは顔を背けて手で覆う。冬の冷たい風が、まるでアマンダを突き放すように強く吹いた。

「……見ないでくれ。今の俺を、きみにだけは見られたくない」

絞り出した声は、苦しげだった。

アマンダは再び涙が込み上げてきそうになるのを、耐えなくてはならなかった。今にも逃げていってしまいそうな彼に近づき、その体を強く抱きしめる。

「……馬鹿ね、私はどんなあなただって愛しているのに」

いつだってアマンダを情熱的に包み込んでいた逞しい体が、今は怯え強張っている。アマンダは彼の背に手を回し、宥める思いを籠めて撫でた。

「喜びも悲しみも、人生も分け合うと誓ったでしょう。クラウディオがどんな道を歩んできたって、私の愛は何ひとつ変わらない。だから……逃げないで」

抱きしめた大きな体から、段々と緊張が抜けていくのを感じる。やがてクラウディオの手が、そっとアマンダを抱きしめ返した。

「アマンダ……」

時間をかけて徐々に彼の手に力が籠もっていく。そして縋るように強くアマンダの体を抱きしめ、クラウディオは低く呻いた。

「フェリペが死んだ。俺のせいだ。俺は英雄でもなんでもない。誰も救えない。俺を信じてついてきてくれた仲間が大勢死んだ。小さな村ひとつ救えなかった。全部、何も、守れなかった。アマンダ。俺は……何故生きてる？」

小さく吐き出された嘆きは、最後は途方に暮れていた。抱きしめていた腕から再び力が抜けていくのを感じて、アマンダは彼がその場にくずおれてしまわないよう足に力を籠めて抱きしめた。

「クラウディオ。生きて。何があっても生き抜いて。あなたの苦しみを、私も半分背負うから」

北から吹く冷たい風が、ふたりの体に何度も叩きつけられる。アマンダの髪が靡《なび》き、踊り、オリーブの木が葉を散らした。

アマンダは魂が抜けたようなクラウディオの顔を両手で包み、爪先立ちをして唇を重ねる。

「クラウディオ、クラウディオ……」

それから彼の頭を抱き寄せ、幼子を慰めるように撫でた。

「愛してる。だからお願い、生きて」


クラウディオを連れて離宮へ戻ったアマンダは、急いで女中に風呂の用意を申しつけた。

寒風が吹きさらす中で、彼はいったい何時間立ち尽くしていたのだろうか。恐ろしく体が冷えている。

アマンダは風呂の用意ができるまでの間、クラウディオに温かい湯を飲ませ、冷えきった手を両手で包んで息を吹きかけてさすった。その間も彼は人形のように表情を失くしたままで、その姿にアマンダは胸を痛める。

やがて風呂の用意ができたと女中が報せにきて、アマンダは半ば強引にクラウディオの手を引いて浴室へと連れていった。

本宮殿のものより遥かにこぢんまりとしているが、クラウディオが改装してくれたおかげで浴室は清潔だ。水捌《みずは》けのいい石床に銅でできたバスタブが置かれ、湯がなみなみと張られている。湯には体を温める香草が入れられており、窓から差し込む陽光にキラキラと光る湯気からは清涼な香りがしていた。

「このままでは風邪をひいてしまうわ。ゆっくりと温まって」

突っ立ったままぼんやりとしているクラウディオに、アマンダは焦れて彼の服を脱がそうと襟元に手を伸ばす。しかし、さすがにそれには抵抗があったのか、彼は「大丈夫。自分でする」と伸ばされた手を避けた。

　ようやくクラウディオが服を脱ぎ始めたのを見て、アマンダは頬を染めて彼の裸体から顔を背ける。

「私、暖炉の用意をしてくるわ」

　そう言って踵を返し部屋から出ていこうとすると、手を掴まれた。振り返って見た彼は上半身裸で、しなやかで逞しい筋肉を纏った体が瞳に映る。

　驚く間もなくアマンダは彼に抱き寄せられ、唇を重ねられた。口づけは深く激しく、口腔のすべてをねぶっていく。

　手首を掴む彼の手も、呼吸さえも冷たく感じる。アマンダは掴まれた手をほどき、冷水のような彼の手に指を絡めて握り合った。少しでも彼を温めたくて。

　さっきまで幽霊のように生気を感じなかったクラウディオが夢中で口づけてきて、剝ぐようにアマンダのドレスを脱がしていく。その手を、アマンダは止めなかった。

「クラウディオ……」

　気がつくとドレスは足もとに落ちていて、ふたりは裸の胸を密着させながら口腔をねぶり合う。手も顔も冷えきっていたクラウディオだったが触れ合った胸は温かく、アマンダは安堵を覚えて体の奥がジンと痺れた。

　クラウディオの手がアマンダの白い背を撫で、そのまま指を乳房へと這わせる。冷たい指で乳頭を擦られアマンダの体がビクリと跳ねた。指先は彼女の可愛らしい胸の実を細やかにくすぐり、硬く尖ってくると二本の指で挟んで転がした。刺激を与えられるたびにアマンダの体がピクピクと小さく震える。

「あ……ん、んっ……」

恥じらいを含んだ甘い声に誘われるように、クラウディオはアマンダの細い首筋にかぶりついた。甘噛みをして痕をつけ、強く吸いついては首と鎖骨に点々と赤い花を残していく。

クラウディオの手はアマンダの下着も引きおろし、靴下を残して彼女を丸裸にしてしまった。上向かせたアマンダに噛みつくように口づけ、細い腰を強く抱き寄せながら荒々しくまさぐる。そして脚衣の下で昂っている自身のものを、アマンダの下腹に押しつけてきた。

普段よりもずっと余裕のないその様は、すべてを受け入れてほしがっているように思えた。アマンダは彼の腰に手を回してベルトを外し、脚衣の前を寛がせる。クラウディオは刹那ハッとした表情を浮かべたが、目を細めるとアマンダの手に自分の手を重ね、勃ち上がっている雄の竿へと導いた。その生々しい硬さと熱さに、今度はアマンダが目を見開く。

「……さわってくれ。きみの手で」

耳もとで低く囁かれ、アマンダの心臓が大きく跳ねた。

彼のものを手でさわるのは初めてだ。大きさや形がはっきりと伝わり、アマンダはみるみる顔を赤くする。

（ここって、こんなふうになっていたのね……）

孔に入れられると重量感を覚えていたそれは独特の弾力と硬さがあり、彼の肉体の一部なのだということを強く意識させられた。先端はまた感触が違ってくびれもあり、考えていたよりも複雑な形だとアマンダは思った。

棒状の部分をさすっていると、彼の口から熱っぽい吐息が漏れた。

クラウディオはアマンダの片腿を手で持ち上げ、上向いている肉杭の先を露わになった秘裂へと押しつけた。口づけや愛撫のせいですでに潤んでいたそこは容易く花弁を割られ、彼の先端がピタリと蜜口へと嵌まる。

「あ……あぁあっ！」

次の瞬間、いきり立った屹立が孔へズンと穿たれた。一気に竿の半ばまで押し入れられた衝撃で、アマンダは頭をクラクラさせる。

クラウディオはそのまま腰を揺すり、狭隘な膣壁《ちつへき》をこじ開けるように肉杭を抽挿させる。粘膜が擦れ合い、やがて粘着質な水音が聞こえてくる頃、ふたりは額に汗を滲ませていた。

「あっ、あぁっ、クラウディオ……っ」

アマンダは片足立ちの状態でバランスを崩さないよう、必死に彼の首筋にしがみつく。クラウディオはアマンダの腿と腰を抱え隙間がないほど体を密着させながら、夢中で腰を動かした。

アマンダの豊かな胸は彼の硬い胸板に圧し潰され、動くたびに乳頭が擦れて甘い刺激をもたらした。互いにはしたないほど口づけを求め合い、息が苦しくなるまでねぶり合う。

汗が目に入ったのか、それとも快感のせいか、気がつくとアマンダは涙を零していた。眦からポロポロと零れていく雫を拭うこともせず、ただひたすらにクラウディオを求める。

冷水のようだったクラウディオの手は、もう冷たくはない。顔も吐息も熱いくらいだ。

浴室は香草の匂いでいっぱいで、その中でアマンダは無意識にクラウディオの香りを嗅ぎ分ける。けれど彼の肩口に顔を押しあてても太陽を浴びた草原のような香りはせず、体に染み込んだ火薬の匂いが鼻を掠めることが、悲しい。

「クラウディオ……」

アマンダは彼にしがみついて必死に穿たれる情熱を受けとめた。クラウディオは言葉少なに、貪るようにアマンダを抱いた。時折何か言おうとして口を開きかけ、結局噤んでしまう。けれど彼の気持ちは言葉にしなくても痛いほどに伝わった。

「愛してる、クラウディオ。愛してる……あぁっ」

やがてアマンダは絶頂を迎え背をしならせたが、クラウディオはその肢体をしっかり抱きとめながら穿つのをやめなかった。ほどなくして彼が精を放っても、ふたりは繋がったままだった。バスタブの縁に腰掛け、或いはアマンダを壁に手をつかせて立たせ、交わり合うのをやめない。

風呂の湯はすっかり冷め、短い冬の陽は西に傾き始める。何度も絶頂を迎えたアマンダの下肢は力が入らず、ふたりの体は汗や淫らな露でぐっしょりと濡れていた。それでもクラウディオはアマンダを求め続けた。

数回目の精を放ち息を弾ませるクラウディオの顔を両手で包み、アマンダは優しいキスをする。

「愛してるわ」

汗にまみれたクラウディオの顔が、ようやく綻んだ。それはきっと神の慈悲。快楽に溺れ、愛に溺れ、刹那苦しみを忘れた瞬間だった。

「アマンダ。愛してる」

クラウディオの形のいい唇が、弧を描く。アマンダは胸が押し潰されそうなほどの切なさを覚えながら、その奥に甘い歓喜を感じた。

熱い彼の体を抱きしめながら、アマンダは囁くように告げる。

「おかえりなさい、クラウディオ」

やっと彼の魂がここに帰ってきてくれたことを感じながら。


その日からクラウディオは心身の療養を名目に、しばらく西の離宮で過ごすことになった。

彼の精神が満身創痍なのは誰が見ても明らかだったので、異を唱える宮廷官たちはいなかった。裏で彼を嘲笑う者は別として。

アマンダは献身的に彼に尽くした。食事は三食しっかりとらせ、昼間は陽の光を浴びて庭を散歩する。今だけはつらいことを忘れられるように、戦争や政務の話題には触れず、たわいもないお喋りだけをした。そして夜は、彼が求めるままに何度でも肌を重ね合った。アマンダが今、彼のためにできる精一杯であり、そして彼の心を支える唯一の方法だった。

初めの頃はぼんやりと無気力だったクラウディオも、彼女の真心に励まされたのか段々ともとの覇気を取り戻していった。

そうして一ヶ月が過ぎた頃。

庭にある咲き初めのマグノリアの木の下で、ふたりは早春の日差しにまどろんでいた。膝枕をされたクラウディオは、半分閉じた瞼の下からアマンダの顔をジッと瞳に映している。その視線に気づいて、アマンダは読んでいた詩集の本を小脇に置くと、小さく笑って彼の柔らかな金髪を撫でた。

「起きていたの？」

「寝てないよ。ずっとアマンダを見てた」

「私を眺めていても退屈でしょう、景色を見たらいいのに。ほら、咲いたばかりのマグノリアが綺麗よ」

「アマンダがいい。きみを見ているときだけが、心が安らぐ」

優しい笑みを浮かべて、クラウディオは手を伸ばしアマンダの白皙《はくせき》の頬を撫でた。大きな手に包み込まれるような感触に、アマンダは安らぎを覚えて頬を擦り寄せる。

小さな離宮の小さな庭は、この上なく穏やかで心地好い静けさだった。春にはまだ早いこの季節は鳥たちも静かで、遥か遠くの山のせせらぎでも聞こえてきそうなほどだった。

「ねえ、覚えてる？」

静寂に溶け込むような柔らかな声で、アマンダが尋ねる。

「十年前だったかしら。今くらいの季節のとき、街へ出たら畑で麦踏みをやっていて――」

「一緒にやらせてもらったときのことか？　もちろん覚えてる。きみが尻もちをついてドレスを汚しちゃったことも」

クスクスと、笑い声に合わせて空気がささやかに揺れる。アマンダが、そのときクラウディオが一生懸命ハンカチでドレスを拭いてくれたことを話すと、笑い声はますます明るくなった。

「そのすぐあとだったっけ。宮殿に曲芸団がやって来たのは」

クラウディオが遠い昔を思い出すように話す。アマンダも懐かしそうに目を細めた。

「叱られて喧嘩して、散々だった」

「クラウディオがいけないのよ。私は止めたのに、綱渡りの真似なんかして」

「わかってる、海より深く反省したよ。失敗してくじいた足も痛かったけど、きみが呆れてしばらく口を利いてくれなかったことのほうがずっとつらかった」

「だって、綱から落ちたとき本当に心配したんだから。目を回して動かないあなたを見て、心臓が止まりそうなほど驚いたのに……『次はうまくやる』なんてちっとも懲《こ》りてなくて」

「あの頃の俺は怖いもの知らずだったからなあ」

あははと陽気に笑ったクラウディオの額を、アマンダは指先で軽く小突いた。

「その年の夏だっけ。避暑地の湖で三人で遊んだのは」

「次の年よ。あなたと陸……ディエゴ様が湖で泳いで、私は岸辺で見ていたわ」

「『女の子だけ泳げなくてずるい』って怒ってたね」

「羨ましかったの。私も男の子だったら人目を気にせず泳げたのに」

ゆったりと、ふたりの時間は流れた。時々吹くささやかな風が、尽きない思い出話に相槌を打つ。やがてその相槌が少し大きくなった頃、クラウディオは身を起こしてアマンダの肩を抱き寄せた。

「寒くないか」

「平気」

もう片方の手でアマンダのショールをしっかりかけ直してから、クラウディオは彼女の小さな手に手を重ねた。

アマンダは彼の胸にそっと凭れかかる。あまりにも穏やかなこの時間は、まるで白昼夢だ。つい先月、クラウディオ軍の敗戦を知ったときの衝撃が別世界のことのように思える。

「静かね……」

今この瞬間も、大陸のどこかでは兵士が戦っている。数ヶ月後にはそれがクラウディオになるかもしれない。その恐ろしさはもう散々わかっているのに、今のアマンダにはやけに現実感がなかった。

「……ずっとずっと、このままふたりきりでいられたらいいのに」

可憐《かれん》な唇から、甘く、けれど残酷な切望が漏れた。

──ふたりきり。民も、国も、戦争も捨てて、たったふたりきり。

ただの男女だったなら、それは微笑ましく純粋な願いで済むだろう。けれど皇弟と人質の公女という立場のふたりにその願いは、あまりにも身勝手で許されない。人の上に立ち恩恵を受けて生きてきた人間には、まっとうすべき役割がそれぞれにあるのだから。

うららかな静寂の中で、その言葉は確かに耳に届いたはずなのに、クラウディオは何も答えなかった。刹那、彼の唇は開きかけたが、小さく息を吸い込んだだけで閉じてしまう。

重ねられた彼の手が、微かに汗ばんでいた。

アマンダは彼に返事を求めなかった。残酷なことを言ってしまったと悔いた。彼の体に凭れかかりながら、静かに瞼を閉じる。

もしも互いに身分のない男女だったら。もしも大陸で戦争なんか起きていなかったら。そんな空想が頭をよぎったが、虚しいだけだった。戦禍の大陸でヒスペリア帝国皇子とカラトニア公女という立場でなかったら、ふたりは出会ってさえいなかったのだから。

やがて風が冷たくなるまで、ふたりは黙ったまま身を寄せ合っていた。重ね合った手だけが、口に出せない願いを物語っているような気がした。

同年、夏。

戦況はヒスペリア帝国だけでなく、大陸全土を巻き込んで大きく変わろうとしていた。ヒスペリア帝国が破産し弱体化した影響で、旧教国は勢いを失くしていった。次々と同盟国らが落ち、新教派、或いは中立国になっていく中、ヒスペリア帝国に一件の悲報が届いた。

「アマンダ・デ・カラトニア。皇帝陛下、および国務院の緊急の承認により国外追放が決定した。正式に執行されるまで離宮から外に出ること、外部と連絡を取ることを禁じる」

爽やかな夏の朝だった。卓には朝食の粥と野菜が並べられ、その前でクラウディオとアマンダが祈りを捧げているとき。クラウディオがふと窓の外に目をやり、今日は暑くなりそうだと思ったと同時に、無遠慮に部屋のドアが開いた。

皇帝の名義が入った一枚の書類を手に乗り込んできた政務官が、ガラガラとした耳障りな声で怒鳴った。その後ろには、命令に反抗する者を捕らえるのが大義とばかりに奮起している衛兵が数人いる。

穏やかな朝食の時間をぶち壊しただけでなく、彼らは実に不快で信じられないことを言った。クラウディオとアマンダは驚きで一瞬呆然としたあと、すぐに顔を曇らせる。

「なんだお前たちは、無礼な。ここは皇弟とその婚約者の朝食部屋だ。断りもなしに入ってきていいと思っているのか」

「しかし殿下。皇帝陛下のご命令です」

政務官は免罪符のように堂々と書類を突き出した。そして横目でアマンダを見ながら付け加えた。

「それから、そちらの女はもう殿下の婚約者ではございません。ついさっき、敵の一味と断定されました。殿下もむやみに接触されませぬよう、本宮殿へお戻りください」

クラウディオが勢いよく椅子から立ち上がった衝撃で、卓の上の水差しや皿が音を立てる。クラウディオは憤怒を露わにして政務官の胸ぐらを摑むと、噛みつくように吠えた。

「さっきから貴様は何を言っているんだ！　ふざけたことを抜かすな、殺されたいのか！」

ずっと冷ややかな顔をしていた政務官もさすがに狼狽《うろた》えたが、「しかし……カラトニア領が……その女の弟に……」と呻き抗った。その言葉に音を立てて椅子から立ち上がったのは、今度はアマンダだった。

「キケに……キケに何かあったのですか⁉」

駆け寄ったアマンダは、クラウディオの手から政務官を放させる。政務官は喉を押さえて二、三度咳き込むと、再び書類をふたりに突きつけた。

「キケ・デ・カラトニア率いる新教派はガリア王国と手を組み、カラトニア公爵領を襲撃し制圧しました。奴は今や明確な裏切者、敵です」

目を見開いたまま、アマンダはその場にストンと座り込んだ。嘘のように足から力が抜けてしまったのだ。

「アマンダ！」

慌ててクラウディオが体を支えてくれたが、アマンダの顔からはどんどん血の気が引いていく。

「……お父様は……お父様とお母様は……？」

「キケと新教派たちの手で殺されました」

その瞬間、アマンダの視界は暗転した。暗い暗い穴に落ちていくように、意識が消えていく。「アマンダ！」と叫ぶ愛しい声も、遠ざかって消えた。


クラウディオの顔色は異常だった。憤怒と焦りによって紅潮しているのに、あまりにも悪い事態に血色を失くし蒼白になっている。

兵士によって体を押さえられながら皇帝に吠えるクラウディオの目は血走っていて、さながら手負いの獣のようだった。

「アマンダはどこにも行かせない!!　彼女は俺の妻だ！　何があってもこの国から出ていかせはしない!!」

ディエゴや政務官が何度説明しても同じだった。カラトニア公爵は討たれ、もうカラトニア領は敵の手に落ちてしまったのだと。今のアマンダにはなんの価値もない。それどころか新教派で台頭してきた旗頭キケの家族として、敵とみなされている。これ以上彼女をヒスペリア国内に留めおくことは、宮廷だけでなく国民感情が許さないだろう。

しかしクラウディオはアマンダの追放を許さないと繰り返すばかりだ。もはや話の通じない彼に、ディエゴも周りの宮廷官らもため息をつく。その視線は冷ややかさを通り越して、哀れみさえ混じっていた。

敗戦の帰国後からクラウディオの様子がおかしいことは、宮廷内の誰もが知っていた。戦争に出た兵士が精神を病むのはよくある話で、クラウディオもまたそうなのだろうと思われていた。帰国から半年が経つが、彼に出陣命令どころか政務や軍務に関わらせず離宮で過ごさせていたのも、療養のためである。

しかし、我を失くし吠え続けるクラウディオを見て、その場にいた宮廷官の誰もが彼の精神は壊れたままだと感じた。もはや二度と戦場には立てないし、政務にも関われないだろうとさえ思った。そのとき。

「……では、どうすべきでしょう」

ずっと穏やかな顔で口を噤んでいたオルランド侯爵が、ポツリと呟いた。

「これは我々にとっても最悪な事態です。カラトニア公爵領が敵の手に落ちれば、我が国はこの上ない危機を迎えるのですから。しかし実際、公爵領は奪われてしまった。どうしたものか。公爵領さえ奪われなければ、クラウディオ殿下の望みも叶えられますでしょうに」

暴れ続けていたクラウディオが、ふと、おとなしくなった。場がスッと静まり返る。ディエゴが険しい顔をしてオルランド侯爵を睨み、玉座から立ち上がった。しかしその前に――クラウディオが口を開いた。

「……俺が、カラトニア公爵領を取り返します……」

オルランド侯爵が顔を歪め、微笑んだ。周囲の宮廷官らは言葉を失い、さすがに非難めいた視線をオルランド侯爵に向ける。

「クラウディオ！　それは駄目だ！」

ディエゴは叫んだが、クラウディオの瞳は希望の煌めきを浮かべまっすぐに前を向く。

「そうだ、俺が公爵領を取り戻せばいいんだ。俺がアマンダに公爵領を返してあげよう。そうすればアマンダは追い出されなくて済む。何も問題はないでしょう？」

「駄目だ！　公爵領の奪還は他の将軍に任せる、だからお前は戦っては駄目だ！」

カラトニア公爵領の奪還。それはすなわち――キケ・デ・カラトニアを討つということだ。

アマンダを尋常ではないほど愛しているクラウディオにその任を託すことがどれほど残酷なことか、それがわかっているからディエゴは弟に出陣を命じなかった。さしものディエゴ派の宮廷官たちも、精神を摩耗《まもう》させている今のクラウディオにそこまで追い打ちをかける無情さは持っていなかった。それなのに。

「……っ、オルランド侯爵！　クラウディオにカラトニア公爵領への出陣はさせないと軍務会議で決定したではないか！」

　厳しく叱責するディエゴに、心外だとばかりにオルランド侯爵が目を剝く。

「陛下、私はそんなことはひと言も申しておりません。ただ、公爵領が奪われて困ったと呟いただけです。しかしクラウディオ殿下が勇気を持って出陣してくださるというのなら、私は心より感謝いたしましょう」

　ディエゴは唇を嚙む。……正直なところ、勢いを増す新教派とガリア軍相手では今のヒスペリア軍では勝つのは難しい。しかしクラウディオ軍ならば希望はある。できることならばクラウディオに指揮を執ってもらいたいというのは、良心の奥に隠された本音だ。

「……駄目だ。弟は優しい子なんだ。そんなことをさせたら心が完全に壊れてしまう」

　苦悩に顔を歪め、ディエゴは首を横に振る。

　しかしオルランド侯爵がパチパチと手を打つと、他の宮廷官らが戸惑いながらもあとに続いて拍手をした。引きつっていくディエゴの顔とは裏腹に、クラウディオの顔が英雄の勇ましさを取り戻していく。

「クラウディオ……わかっているのか？　お前が討つ相手は、令嬢の弟なんだぞ……？」

　兄の震える声の問いに、クラウディオは力強く頷いて笑う。

「大丈夫。アマンダも、この国も俺が守るんだ。俺が戦争を終わらせて、あの子を故郷に帰してあげる。約束したんだ」

　少年の日と変わらぬまっすぐな目をした弟に、ディエゴはゾッと背を冷たくした。

アマンダは夢を見た。

暗く、暗く、どちらが天でどちらが地かもわからないほどの暗闇。ひとり途方に暮れていると、誰かが優しく頬を撫でてくれた。

そのぬくもりに縋りたくなって頬を擦り寄せれば、唇にそっとキスが落とされる。

「大丈夫だよ。何も心配しないで。アマンダの不安は、全部俺が消してあげるから」

優しい手は最後に幼子をあやすように頭を撫でて、離れていった。

「……クラウディオ……？」

離宮で気を失ったアマンダが目覚めたとき、帝都の青空には歓声が木霊していた。それは、出陣するクラウディオ軍を民衆が見送る声。

アマンダは悪夢の続きを、知ることになる。


同年、九月。サンゴラ王国カラトニア公爵領による市街戦、開戦。

ヒスペリア帝国軍は満を持しての出陣に二万八千の兵を動員。対するキケ・デ・カラトニアを旗頭に据えた新教派信徒はガリア王国軍より兵士と武器の支援を受け、およそ二万五千人とみられる。

街はすでに退廃していた。キケと新教派が反乱を起こした時点で交易都市としての機能を失い、住民たちも多くが逃げだしていた。

『カラトニアの市場はね、うーんと大きくて数えきれないくらいたくさんの屋台や露店が並んでいるの』

いつだっただろう、アマンダが語ってくれた故郷の話を思い出す。

市場のメインストリートと思われる大通りには、屋台の骨組みの残骸が積み上げられていた。砕けた建物の破片が散らかる石畳の道に、時々色鮮やかな布や割れた硝子玉《がらすだま》、破れた紙などが落ちている。

『色々な国から来た物が売っててね、東の異国から来た服はとっても鮮やかなの。私、一度だけその服を買ってもらったわ。よく似合うってお父様もお母様も言ってくれた！　東南のほうから来る隊商は、馬に大小の硝子玉をつけてお洒落《しゃれ》をさせているのよ。とっても可愛らしいの。それからね、私が八歳のときのお誕生日にはお父様は異国の絵本をくれて――』

アマンダは、故郷の思い出話をたくさんしてくれた。それはどれも幸福に彩られ、聞いているだけで温かな気持ちになった。クラウディオは彼女が嬉しそうに頬を染めて故郷のことを話すのが好きだった。日当たりのいい回廊の段差に腰掛けて何時間も聞いていたこともあったし、こっそり入った書斎で地図を広げ、カラトニアの市場にいた隊商がどこの国から来ているのか探したりもした。

ほんの数ヶ月前まではさぞかし賑わい、人々の明るい声に包まれていただろう市場の大通りを、兵士たちが踏みしだいていく。大砲が設置され、残っていた屋台の骨組みはバリケードの資材にされた。

『街には大きな教会があってね、安息日は家族みんなでミサにいくの。街の人たちがたくさん集まってて、私たちに声をかけてくれたわ。領主様のとこのご姉弟は仲がいいねって。お父様もお母様も領民みんなに好かれていて、キケは将来お父様みたいな立派な領主になるって張りきってたの』

大通りから少し離れた所に、教会の尖塔《せんとう》が見えた。屋根には穴が開き、燻《くすぶ》った煙の筋が出ている。反乱のときに焼かれたのだろうか、煤だらけの破風《はふ》から聖職者が吊るされ揺れていた。

『カラトニアの街はとっても綺麗なの！　家々の屋根にはたくさんの色があって、壁は温かい乳白色ばかり。本当に素敵なんだから。早くクラウディオにも見せてあげたいわ』

絶え間ない地響きが始まった。互いの軍が大砲を撃ち合う音だ。砲弾は容易く住宅街を破壊し、人々の生活も思い出も粉々に吹き飛ばす。アマンダの言っていたカラフルな屋根の瓦は、土と血にまみれた地面に散らかって奇妙な彩《いろどり》を添えていた。

『ヒスペリアの空も青くて綺麗だけど、カラトニアの空だって奇麗なのよ。水色の空に羊みたいな雲が浮かんでいる日は、ご機嫌な気分になるの。公園から民族団の音楽が聞こえて、ワクワクして、踊りたくなるんだから』

クラウディオは空を仰ぎ見る。戦火に見舞われた街の上空はおどろおどろしい赤だった。どんなに耳を澄ませたって、音楽なんか聞こえない。耳に届くのは、街と人が壊されていく地獄のような音ばかり。

クラウディオは笑った。戦いのさなか、銃と剣を手にしたまま天を仰いで。足もとには敵兵の死体が転がり、周囲の半壊した建物からはあちこち火の手が上がっている。

狂ったように笑い続け、そして敵兵を容赦なく殺していった。

――血に汚れ燃え盛るこの街は、アマンダが愛してやまない故郷。いつか必ず帰してあげると誓った、彼女の帰るべき場所。愛する家族が待つ場所。

「はははははは！」

鬼神のように笑い、剣を振るい、敵兵の血を浴びてまた笑い、そして絶叫した。

「どうして!!」

どうしてこうなった。アマンダのためだ。こんなはずじゃなかった。アマンダを守りたい。違う、何もかも。こうするしかなかった。これは望んでいた未来じゃない。俺は間違っていない。全部、全部、間違っている。間違っていない！

クラウディオは声の限り絶叫した。もはや言葉にならないそれは、動物の雄叫びのようだった。喉から血が滲みそうになるほど声を張りあげ、煙を吸って酷く咽せた。呼吸が苦しくて反射的に涙が滲み、視界がぼやける。呼吸の限界まで叫んだせいか、咳き込んだせいか、酸欠で頭がクラクラした。その場に膝をついて咳き込むクラウディオに、味方の士官が駆けつける。

「大丈夫ですか、殿下」

士官は水に濡らした布をクラウディオの口もとに巻いてくれた。吸い込む空気がいささか浄化され、呼吸が楽になる。

「……殿下は司令部で待機していてください。あなたはここで戦うべきじゃない」

クラウディオの事情を知っている士官はそう言って、肩を貸してくれた。クラウディオはよろよろと立ち上がったが、退くことはしなかった。

「この街から新教派を一掃する。ひとり残らずだ。瓦礫《がれき》の下からドブの中まで探せ。この街に新教派は、いてはならない」

そう言って前を向き続けるクラウディオを見て、士官は密かに息を呑んだ。目は血走り、青い瞳は殺意に染まっている。しかしその瞳が睨めつけているのは、新教派の兵士だけではないように士官には見えた。

「全部消すんだ。この街は間違っている。アマンダの故郷が、こんなに汚れていていいわけがないんだ。戦っていいわけがないんだ。間違っている。こんなことになった世界、全部」

ブツブツと呟きながらクラウディオは士官の手を振り払い、前へと進んでいった。そしてクラウディオ軍の砲撃に逃げ惑う敵兵たちを追いかけ、斬り殺していく。

どこに隠し持っていたのかヒスペリア帝国がたんまりと報酬を出したおかげで、クラウディオ軍は敵軍をたやすく圧倒した。ガリア王国の支援を受けたとはいえ新教派のにわか兵士など、兵士も装備も万端なクラウディオ軍の敵ではない。

もはやガリア王国から派兵された軍はさっさと撤退し、残った新教派の兵士たちを狩るだけになっていた。

半壊した街中に潜む敵兵を探し、クラウディオは進んだ。まだ火の手が残る瓦礫を蹴り上げ、わずかな隙間に隠れている負傷兵も見逃さない。まるですべての敵兵を消し去ったら世界が正常に戻るかのような、そんな錯覚に囚われて、クラウディオはしらみ潰しに敵兵を葬り続けた。

宿や酒場が建ち並ぶ通りを見て回っていると、数人の集団が物陰に走っていくのが見えた。クラウディオは近くにいた部下の兵を引き連れ、それを追う。

揃いの粗末な外套を着た集団は五人ほどいて、ひとりを囲むようにして走っていた。兵士のひとりが短銃を撃つと五人のうちのひとりに命中し、動揺して足が竦んだ残りの者たちも次々に兵士に斬り捨てられる。

他の四人に囲まれていたひとりだけが残り、尻もちをつきながら震える手で短剣を向けてきた。

煙を吸ったのだろう、「殺さないで！　殺さないで！」と懇願する声はしゃがれていて、みっともなく泣き崩れていることが伝わってきた。

他の四人の男より少しだけ小柄に見えるその人物の胸に、クラウディオはいささかもためらわず剣を突き立てた。断末魔の叫び声と共に、体が仰向けにドッと倒れる。その拍子に捲《めく》れたフードから、栗色の巻き毛と、そばかすの散った年若い顔が覗いた。

死の絶望に見開かれた瞳は琥珀色で、燃える空を映して揺れるそれは夕焼けのように美しかった。

「……っ！」

兵士たちは息を呑んだ。その場にいた誰もが彼の容貌の既視感に確信を持ったけれど、言葉にする者はいなかった。

そばかすの青年の体の下に、血だまりができる。どんどん広がっていくそれはクラウディオのブーツを真っ赤に汚したが、クラウディオは身じろぎもしなかった。

「……本当だ。きみによく似ている」

呟いて、クラウディオはその場に膝をつき青年を腕に抱えた。

「栗色の髪にそばかす。それにちょっと臆病なところ。ふふ。きみの言った通りだね、アマンダ。おかげですぐにわかったよ」

穏やかに微笑んでクラウディオは青年を抱きしめる。腕も服も、真っ赤に染まっていった。

「はじめまして、キケ。俺はクラウディオ。きみの大切な姉さんの夫だよ」

姉とよく似た顔立ちのキケを、クラウディオは愛おしく思った。臆病なところも泣き虫なところも、まだ子供っぽくて可愛らしい。彼の義兄として、うまくやっていける予感がする。

この戦争が終わったら、余暇にアマンダとキケを連れて旅行にいこうと思う。湖の見える場所がいい、みんなで湖畔《こはん》で遠乗りをしよう、と。

「キケ。俺はきみのことをよく知っているんだ。アマンダがたくさんきみの話をしてくれたからね」

カラトニアの街は燃え盛り、煙と熱と灰が踊る。赤と黒しかない悪夢のような世界で、クラウディオは刹那幸福な夢を見た。いつか叶うはずだった、正しい未来の夢を。

共にいた兵士たちはあまりにも悲痛な光景に、声も出せずただ打ちひしがれた。やがて伝令が新教派の旗頭であるキケを討ったことを全軍に報せ、この戦いに幕が下りた。

同年、十月。カラトニア市街戦。ヒスペリア帝国クラウディオ軍、圧勝。

奪還されたカラトニア公爵領は相続権に則り、アマンダ・デ・カラトニアが女領主となる。ただし本人の希望により、領地の管理はヒスペリア帝国が選出した総督に委ねられた。

第四章　歪形《いびつなり》

アマンダは生まれて初めて神を憎んだ。

敬虔な家に生まれ毎日神への祈りを欠かさなかった彼女が、初めて祈るのをやめた。

神など何も救ってはくれない。願いなど聞いてくれない。

部屋に閉じ籠もり食事も睡眠もとらず、ただ泣き濡れることしかアマンダにはできなかった。もし今の彼女に他にできることがあるとすれば、悲しみから逃げるため自らの命を絶つことぐらいだ。

泣いても泣いても癒えぬ悲しみは、絶望と呼ぶのに相応しかった。

（お父様、お母様、キケ……クラウディオ……）

彼らがいったいなんの罪を犯したというのだろうか。アマンダの知る限り彼らは皆善良で、神からこんな残酷な仕打ちをされる謂《いわ》れはないはずだ。

父も母も篤行《とっこう》の士で信心深く、誰からも愛されていた。キケだって公爵領を継げなくなった悔しさを、新教派の者に利用されただけだ。本当は純粋で素直な子だったはずなのに。

クラウディオにいたっては、神にもっとも忠実なしもべだったはずだ。彼は旧教国ヒスペリア帝国のために戦ったのだから。

それでも彼らは残酷な運命に翻弄《ほんろう》された。父と母は愛情を注いだ息子に命を取られ、弟は新教派に惑わされた挙句に討たれ、それを討ったのはよりにもよってクラウディオだ。

アマンダはもう誰のために何を思えばいいのかわからない。

悼むべきか、憎むべきか、或いは喜ぶべきか。誰が正義で誰が悪だったのか。そもそも正義とは何か。

考えたところで答えなどなくて、答えがないから感情の行き場さえない。だからアマンダは、ただ運命を呪う。愛する人たちを翻弄し続けた神を憎むしかなかった。

そうして、幾日が経っただろうか。

まともではない精神状態では昼夜の区別さえつかず、時間の経過がわからない。しかし生きている体とは正直なもので、食事どころかろくに水すら飲んでいなかったアマンダはある日意識を失ってしまった。

側仕えの女中がすぐに部屋の異変に気づいてくれたおかげで一命はとりとめたが、心身共に衰弱しきったアマンダはしばらくベッドから起き上がれなくなってしまった。

憔悴してベッドの天蓋を見つめるだけの日々を送っていたある日、女中がアマンダに告げにきた。まもなく、クラウディオ軍が帰還すると。

人形のように生気を失くしていたアマンダの青白い顔に、動揺が浮かぶ。

（クラウディオを出迎えてあげなくては……）

咄嗟にそう思った。しかし次に襲ってくるのは抑えようのない感情の嵐だ。彼が自分のために戦ってきてくれたことも、彼自身もさぞつらい戦いだったこともわかっている。ならば、帰還した彼を温かく迎えるべきだということも。

けれど感情がままならないのだ。クラウディオがキケを殺した――その真実がアマンダの情緒を滅茶苦茶にする。

ベッドから起き上がり、アマンダは我知らず乱れていた呼吸を整える。

「……着替えます。身支度を手伝ってちょうだい」

足を震わせながら命じたアマンダに、女中は心配そうに駆け寄ってその体を支えた。

「お出迎えなさるのですか？　……無理をなさらないでください」

アマンダは唇を噛みしめて首を横に振った。どんな顔をしてどんな声をかけて彼を迎えればいいのかなんて、何もわからない。けれど体裁だけでも整えなくてはという、クラウディオの婚約者としてのささやかな矜持だった。

ドレスに着替え髪を整えているうちに、街から聞こえる歓声と音楽はどんどん宮殿に近づいてくる。急がなくては、とアマンダが焦ったときだった。

扉の外が何か騒がしくなったと思ったら、長靴《ちょうか》の硬い靴底が廊下を駆けてくる低い音が聞こえた。そして。

「アマンダ、俺だ。入ってもいいか？」

ノックと共に呼びかけてきた声に、アマンダは体を強張らせて固まる。

勝利の立役者であるクラウディオが、凱旋パレードからひと足先に抜けてアマンダのもとへ駆けてくるということは、今回が初めてではない。以前も時々そんなことがあり、アマンダはそのたびに『儀礼をおざなりにしては良くないわ』と口では叱りつつ、喜びの抱擁で彼を迎えた。しかし今は……。

アマンダが固まったままでいると、再びノックと「アマンダ？　いないのか？」と呼びかける声がした。その声からは焦れている様子が窺える。

「アマンダ様……」

ブラシを持っていた女中が戸惑いながらドアとアマンダを見回した。アマンダは鏡台の前から立ち上がると、震える声を振り絞って「どうぞ」と答えた。

カラトニアの街で大砲を放ちキケを殺してきた彼は、どんな顔をしてアマンダの前に立つのだろうか。その罪深さに嘆き、アマンダの前にひれ伏すのだろうか。それとも静かに涙を零し、愛と正義の狭間で苦悩する姿を見せるのだろうか。

しかし現実は、人が思うよりも歪で滑稽だ。

「アマンダ、ただいま！」

待ち侘びていたように勢いよく開かれた扉からは、笑顔のクラウディオが飛び込んできた。彼はアマンダにまっすぐ駆け寄ると、「ああ、会いたかった。俺の愛しい人」とその体を力強く胸に抱きしめた。

アマンダは目を見開いたまま声も出せない。そばにいた女中もただ瞠目《どうもく》し、信じられないものを見るような顔をしていた。

「アマンダ、少し痩せたんじゃないのか？　俺がそばにいなくてもちゃんと食事をとらなくては駄目だよ」

クラウディオは愛おしそうな手つきでアマンダの背を撫で、髪を撫でる。その表情は安堵と幸福で、とても安らいでいるように見えた。

「……クラウディオ……」

ようやくアマンダが声を絞り出すと、彼はパッと抱きしめていた体を放し顔を覗き込んできた。

「……怒ってる？」

そう尋ねてクラウディオは目をパチクリさせたが、すぐに眉尻を下げて微笑む。そしてアマンダの強張る顔を、指の背で優しく撫でた。

「もしかして、きみが寝ている間に出立してしまったことを怒ってるのか？　だって仕方ないだろう、きみを起こすのは忍びなかったんだ。けど、いってきますのキスは忘れずにしていったんだから許しておくれ」

彼は何を言っているのだろうか。何故笑っているのだろうか。アマンダは理解ができない。もしかしたら自分は頭がおかしくなってしまって、悪夢と現実の区別がつかなくなっていたのだろうか。残酷な現実はすべて夢だったのではないか。そんな考えさえ浮かぶ。

啞然としたまま立ち尽くしていると、クラウディオが肩に手をかけ少し落ち着いた様子で微笑みかけてきた。混乱したアマンダは彼につられて浅く唇に弧を描く。

「カラトニア領を奪還してきたよ。おめでとう、アマンダ。これできみは正式なカラトニア公爵領領主だ」

世界が、凍てついた気がした。

アマンダは全身の血が凍ったように動けなくなって、微笑が顔面に貼りつく。

夢ではない。頭がおかしくなったのでもない。これはまごうことなき、残酷な現実の続きだ。それなのに何かが狂っている。

「これでようやく俺たちの結婚話も進むだろう。もう何も心配いらない。正式にきみが俺の妻になれば、きみが国外追放されることも不当な扱いを受けることももうなくなる。本当に良かった」

アマンダの視界が歪む。よく見知った目の前の笑顔が道化の仮面みたいだ。命と乖離《かいり》している。

「結婚式を終えたら、一度カラトニアへ帰ろうか。今は総督が代理で領地を平定してくれているけど、きみも一度領民に顔を見せにいったほうがいい。何よりあんなに恋焦がれていた故郷だ、きみだって帰りたいだろう？」

故郷に？　帰る？

報告ではカラトニア公爵領は反乱とすさまじい市街戦のあとで、荒廃していると聞いた。

特にアマンダが住んでいた街の中心部は九割以上の建物が崩壊、延焼し、交易市場も含め復興にはかなりの時間が必要だとも。

そんな場所に帰ったところで、なんの喜びがあるというのだろうか。絶望を強く突きつけられるだけである。

それなのにクラウディオの口は帰郷の勧めを紡ぐ。心の底からアマンダを思い遣っているかのように。

アマンダは部屋にいる女中をチラリと見やった。彼女が青ざめて困惑している姿を見て、何が狂っているのかを悟った。自分でもない。世界でもない。――目の前の彼だ。

「クラウディオ……」

震えを抑えきれない手を伸ばし、クラウディオの頬に触れる。彼は「ん?」と優しい眼差しでアマンダを見つめると、その手に自分の手を重ねた。

「……キケは……?」

青い瞳が刹那、虚ろな色を浮かべた。弧を描いた彼の口から、笑い混じりの楽しい声音が流れだす。

「会ったよ。きみがいつも語っていた通りだった、栗色の髪に可愛らしいそばかすの顔。少し臆病なところも変わっていなかったよ。俺が剣を向けたら『殺さないで』ってべそをかいていた。ふふ、子供みたいだ。ねえ、いつか三人で旅行をしよう。俺はきっとキケのいい義兄になれると思うんだ」

「――っ!!」

ずっとずっと抑えてきた何かが、アマンダの中で決壊した。

アマンダは大粒の涙を流し、声をあげて泣いた。人前では決して見せないと心に誓っていた涙を、惜しげもなく零した。クラウディオの服を摑み、揺さぶり、彼の体を抱きしめた。

(壊れた！　壊れてしまったわ、何もかも!!)

逞しく大きな体の奥で、誰より崇高だった魂が砕け散ったのを感じる。正義も愛も歪み、煌めきは見るも無残な狂った色に染まった。無垢な太陽の申し子はもういない。人々に希望を与えた英雄もいない。ここに在るのはただ、壊れた魂の入れ物だ。

「アマンダ、どうしたんだ。何故泣く？　そんなにきみを寂しくさせていたのか？」

慟哭《どうこく》するアマンダを、クラウディオが戸惑いながら抱きしめ背を撫でる。その手はひたすらに優しい。

「泣かないでくれ、アマンダ。俺はずっとずっときみと一緒だ。絶対に放さない。俺がきみの不安も悲しみも全部なくしてあげるから。だから安心してくれ」

クラウディオは壊れた。けれど、それでも彼は生きる。生きている。アマンダの笑顔のために、崩壊した心に愛を抱えて。

琥珀色の瞳から止まらない涙を指で拭って、クラウディオははにかんで笑う。

「笑って、俺の愛しいアマンダ」

クラウディオが帰国してわずか二ヶ月後。アマンダとの結婚式が行われた。

まるで今までの冗長な延期が嘘のように迅速に行われたそれは、大聖堂での挙式と国内の貴族を招いての祝宴、それに宮殿前広場に於ける帝都民への簡単な顔見せだけという簡素なものだった。表向きは戦争の激化につき華々しい祝典の自粛ということだったが、大掛かりな式にしてクラウディオの威光を国内外に広めたくないという宮廷官らの目論見があることは明らかである。

それでも早急に結婚式を執り行いたかったのは、カラトニア公爵領を確実にヒスペリア帝国の手中に収めたかったからだ。

結婚契約書と共に、アマンダは公爵領の委任状を書かされた。皇弟妃となったアマンダはマジュリート宮殿に居住するので、カラトニア公爵領はヒスペリア帝国が選出する総督に管理の全権を委任する、と。

こうしてヒスペリア帝国は防壁都市としてのカラトニアを守ることができただけでなく、交易都市としての利益も自国に都合のいいように設定することに成功したのだった。

しかしアマンダには、もうそんなことはどうでもいい。今やカラトニアは愛すべき故郷ではなく、悲劇の地だ。執着し宮廷官らと諍いを起こしてまで守るより、今はクラウディオを全身全霊で支えることのほうが重要だった。

あれからクラウディオはまともではなくなってしまった。

時々記憶が抜け落ちてしまったかのように会話が噛み合わない。かと思うと突然過去と現在が混濁して混乱したり、言葉と感情がバラバラで異様なさまを見せたりもした。

警戒心がやたらと強くなり、アマンダ以外に敵意を向けがちにもなった。あの人好きだったクラウディオが、人を寄せつけなくなってしまったのだ。

そして何より、彼は眠れなくなった。

毎晩床については悪夢を見て叫びながら飛び起きる。泣きながら目覚めることもあったし、起きたあと憑《と》りつかれたようにブツブツと独り言つこともあった。

『間違っていない、俺は間違っていない。なら何故フェリペは死んだ？　どうしてキケを殺した？　この手でカラトニアを焼いたんだ？』

汗まみれの顔で青ざめながら呟くクラウディオを、アマンダは胸に抱きしめ落ち着かせた。彼が悪夢にうなされるたびにアマンダも目覚め気を静めさせたが、酷いときにはふたり揃ってほぼ一睡もできないこともあった。睡眠薬を使おうにも夢を見ないほど強いものは副作用があって、常用できない。アマンダも慢性的に睡眠不足になったが、クラウディオはみるみるやつれていった。

もうクラウディオに出陣命令が下されることはなくなった。政務会議にも軍務会議にも呼ばれない。精神の療養を名目に彼は国の政のいっさいから外された。

結婚当初は本宮殿で暮らしていたクラウディオとアマンダだったが、三ヶ月もしないうちに離宮へと戻った。周囲にむやみに人がいる環境は良くないと、アマンダが判断したからである。ディエゴも宮廷官らも、そのことに誰も反対しなかった。

もはやクラウディオ皇弟は、宮廷に於いて存在を抹消されたも同然だった。

――権力争いに負けた、とでも言うのだろうか。アマンダは今の状況を考え、そうではないとかぶりを振る。

彼は何にも負けなかった。いや、負けていない。最後の最後まで己の正義と愛を貫き通した。その崇高な魂は傷つき砕け散っても、生きている。

（クラウディオ。あなたは私にとって永遠に希望の象徴なのよ）

アマンダは膝の上でうたかたの安眠を享受するクラウディオの髪をそっと撫でる。ソファーのある居間は窓から春の日差しが降り注いで、とても暖かい。

明るいほうが安心するのだろうか。穏やかな日の光の中でうたた寝をするときのほうが、クラウディオはあまり悪夢を見ないようだった。

離宮での生活は静かだ。ふたり以外には身の回りの世話を手伝う最低限の人数の女中と、クラウディオを心配する士官らが時々訪ねてくるだけで、日々の変化も少ない。

クラウディオは特に何かをするでもなく、アマンダとお喋りをしたり本を読んだり散歩をしたりして過ごした。時々、庭でひとり剣の稽古をしているのは、少年の頃から身についた習慣か。今まで担ってきた公務に関わらなくなったことに対しては、何も語らない。すべてを察し理解しているのか、それとも今は一時的な療養中だからと思っているのか、アマンダにはわからなかったが問うこともしなかった。

「ん……、夢か……」

「あら、お目覚め？」

ゆっくりと瞬きをして双眸《そうぼう》を開いたクラウディオに、アマンダは顔を覗き込みながら微笑む。彼は夢の余韻に浸るように再び瞼を閉じて心地好い笑みを浮かべた。

「おかしな夢を見ていたよ。俺もきみも、ここじゃないどこか不思議な所に住んでいたんだ。辺りは一面花畑で、他に人は誰もいなかった。俺たちは追いかけっこをしたり、歌を歌ったり、花輪を作ったりして子供みたいに過ごしていたんだ。空はうんと青くて、永遠に日が暮れなかった。……すごく楽しかった」

幸福にまどろむように語るクラウディオを見て、アマンダは胸がキュッと締めつけられた。言葉がうまく出てこない。

「もしかしたら、あれが天国ってやつかな。だとしたら少し困るな。俺もアマンダもまだ生きてるのに」

クラウディオがおかしそうに小さく笑う。アマンダもつられて、顔を綻ばせることができた。

「そうね。私たち生きているもの。ここにこうして、ふたりとも生きている。生きているから、こんなに温かいんだわ」

髪を撫でていた手を滑らせ、アマンダは彼の頬を包む。重度の睡眠不足の顔は決して健康的な色をしているとは言いがたいけれど、ぬくもりは間違いなく手のひらに伝わった。

クラウディオはその手に自分の手を重ねると口もとへ運び、優しく口づける。

「天国じゃなくったって、きみが生きてここにいてくれるだけで俺は幸せだ。……それだけでいい。アマンダだけでいい。他に何もいらないんだ。だからここにいてくれ、ずっと。領地になんか帰らないでくれ」

幸福に酔っていた青い瞳に、乞うような切なさが陰る。アマンダはドキリとして「領地には帰らないわ。急にどうしたの？」と笑顔を繕った。

クラウディオはハッとしたような表情になると、膝枕から体を起こして自分の額に手をあてた。

「そうだよな、領地は総督が代理で管理してる。……俺は何を言ってるんだ」

「落ち着いて、大丈夫よ。私はどこにも行かないわ。ずっとそばにいる」

「けど、俺は出陣しなくては。半年は戻れないかもしれない。その間、きみが侯爵令嬢に虐められたり、宮廷官から不遇な扱いをされたりすることだけが心配だ」

「クラウディオ、あなたは出陣しないわ。今は心と体を休める時期なの。それに私を虐める人も悪い扱いをする人もいない」

「アマンダ。俺は絶対に、きみを悲しい目に遭わせたくないんだ」

「大丈夫、大丈夫だから」

彼を抱きしめ、落ち着かせるように背を撫でる手が震えた。今を見失って過去を繰り返そうとするクラウディオの姿は、どこか虚ろだ。こんなときアマンダは、彼の心がもう戻らないことを痛感する。

　誰よりもよく見知った顔と声。それなのに何かが違う。クラウディオは変わってしまった。溢れるような生命力も魂の煌めきも失くした彼は、生きた人形みたいだ。ただひとつ残ったアマンダへの想いだけが、傀儡《くぐつ》の糸のようにでたらめに彼を動かしている。

「そうだ、久しぶりにあれを見ましょう。きっと楽しい気分になるわ」

　曇りそうになる気持ちを払拭しようと、アマンダは立ち上がって部屋の奥から箱を取ってきた。強張っていたクラウディオの顔が、それを見て安堵に和らぐ。

　太陽の紋章が彫られたローズウッドの木箱は、十年以上大切に扱われほどよい艶が出てきた。ふたりは目を細めてそれを眺め、一緒に蓋を開けた。

「あはは。何度見ても矢じりの羽を見ると、きみが初めて矢を射った日を思い出して笑っちゃうよ」

「私は金の房を見ると、舟から落ちたあなたを思い出して笑っちゃうわ」

　部屋の空気があっという間に明るいものに変わる。ふたりは十二年かけて集めてきた思い出の欠片をひとつひとつ手に取っては、昨日のことのようにそれらを語った。

「本当にきみとの思い出はどれも素敵なものばかりだ」

　すっかり気持ちを落ち着かせたらしいクラウディオに、アマンダは安心した。

　それなのに何故だろう、胸の曇りが晴れない。

　ふたりだけの隔離空間、擦り切れるほど繰り返しなぞる思い出。それらがクラウディオに与えているのは、果たして安らぎだけだろうか。

(彼の世界を私だけで閉じてしまっていいのかしら)

幸福そうに微笑んで頬に口づけてくるクラウディオの姿は愛おしいのに、拭いきれない悪寒が走る。糸が絡まり雁字《がんじ》搦《がら》めになっていく傀儡人形の姿が、頭をよぎった。

◆

皇弟の脅威が去った。それは目先の欲に駆られた愚かなディエゴ派宮廷官たちを刹那安堵させ、しかし次なる諍いを呼び起こした。

「何故、皇帝陛下は新たな妃を娶られないのか。もう前皇妃が亡くなられて何年になる？いい加減に真剣に考えていただきたいものだ」

「せっかくクラウディオ殿下の威光が消えたというのに、万が一お世継ぎを儲けられないまま陛下に何かあったら、我々の苦労がパアだ！」

人々が寝静まった夜更け、宮殿のとある部屋では数人の廷臣や聖職者が集まり密談している。自らの主の不甲斐《ふがい》なさを嘆く彼らの顔は、蠟燭の仄かな灯りに照らされて影を作り醜悪な表情を際立たせていた。

「だからわたしは言ったんだ、クラウディオ殿下が戦場に出ているうちにカラトニア公女と結婚させてしまえと。そうすれば陛下の結婚問題も公爵領問題も解決して、一石二鳥だったのに」

「今さらだ。それに公女が陛下と結婚していたら、クラウディオ殿下が公爵領の奪還にはいかなかっただろう。殿下を最大限利用してから潰すには、公女を餌にして正解だった」

扉には鍵をかけているものの、彼らは口さがなく皇弟を侮辱する。もはやクラウディオの威光などこれっぽっちも怖くないという驕りだ。

「しかし皇妃候補の姫君も、段々少なくなってきた。新教側に寝返った国も多いし、破産した我が国へ嫁ぎたがらない王女も増えている。簡単な話ではないことを、陛下も悩まれているのだろう」

中にはまっとうな意見を述べる者もいた。しかしすぐさま別の男が、下卑た笑みを浮かべて肩を竦める。

「それは表向きの話でございますよ。陛下はあまり女性とのなんやかんやがお得意ではないのです。前皇妃もそのことで悩まれていたというのは、女官たちの間では有名な話でした。単に男としての自信がないのでしょう、陛下は。お気の毒に」

ニヤニヤと笑っているのはこの男だけで、他の者らは眉間に皺を寄せたり、嘆くように首を横に振った。

「……情けない。あの方は皇帝としての自覚があるのか」

「何事にも自信のないお方だからこそ、我々のいいように動いてくださるという利点もある。女好きが高じて庶子でも作られるよりはマシだ」

「こうなったらどこの王女でもいい。とにかく娶らせ、一回でも同衾《どうきん》させよう。あとは誰かが皇妃に種を仕込んでやれば済むことだ」

　鼻息荒く語った男の言葉に、その場にいた者たちが頷く。そして早急に婚姻話を進められそうな姫君は誰か、夜が深まるまで意見を交わし合った。

　クラウディオ派との勢力争いに決着がついたディィエゴ派宮廷官の次の関心は、もっぱら皇帝の再婚・後継者問題であった。

　ディエゴはまだ二十六歳で持病もなく健康だが、前皇帝のように不慮の事故で亡くならないとも限らない。もし彼が万が一にでも退位することがあれば、次の皇帝はクラウディオだ。ディエゴ派の者にとって、それだけはあってはならないことだった。

　彼らは自分たちの地位を盤石なものにするため、一刻も早くディエゴの正当な嫡子誕生を望んでいる。皇太子が幼いうちに周囲を己の一族で固められれば、こんなに安泰なことはないだろう。

　結局のところ、クラウディオだけでなくディエゴでさえ彼らのために人生を使い潰される駒なのだ。

　そして愚鈍ではないディエゴは、そのことに気づいている。

　同日。宮殿にある皇帝の私室で、彼は革張りの長椅子に座って項垂れていた。目の前のテーブルには既に空いたワインの瓶とグラスがあり、向かいにはオルランド侯爵が座っている。

ディエゴはこの男が嫌いだった。腹黒く妬《ねた》みがましく、大局が見えていないくせをして計算高く振る舞おうとする。しかしもう、彼以外に腹を割って話せる者もいない。ディエゴは酔いに任せたまま、言葉を零した。

「……僕が次男だったら良かった。クラウディオが長男だったら、きっとこの国はこんな事態には陥っていなかったはずだ。戦争も外交も後継者も、何も問題なくもっとうまくいっていたに違いない。僕は……亡きお父上と国民に申し訳が立たない」

オルランド侯爵は顔に刻まれた皺を動かすこともなく、ひとすじの息を吐いてから淡々と返す。

「陛下はうまくやっております。今は動乱の時期、誰が帝位に就いても順風満帆にはいかないでしょう。できることがあるとすれば、一日も早く妻を娶り嫡子を儲け、国民を安心させることです」

「妻など……！　前妻を愛することもできないまま死なせてしまった僕に、神がお赦しになるはずがない。……クラウディオが羨ましい。どうしてあの子はあんなに公女を夢中で愛せるんだ。僕だって……あんなふうになりたかった……」

掠れた呻きを漏らして、ディエゴは両手で顔を覆った。

彼は疲れ果てていた。帝位に就いて五年、日々悪化していく国の情勢に満身創痍だった。緩やかな地獄のように続いていた大陸の戦争も、終幕が見えている。旧教側の大敗という最悪の終幕が。しかし大陸最大の旧教国ヒスペリアにとっては幕引きすらも難しい。まだ戦っている属国を尻目に白旗を揚げれば宗主国の沽券《こけん》に関わる。うまい引き際を見極めねば、大国としての威信も失うだろう。そして何よりディエゴ自身も、この偉大なるヒスペリア大帝国史に自分の代で大敗を刻む勇気がなかった。

けれどそうしている間にも状況は悪化していく。せっかくクラウディオがカラトニア公爵領を奪還し守ってくれたというのに、他の重要な要塞や都市がどんどん落とされている。勝ち目のない戦いに金と命が消えていくのを目の当たりにしながら、どうして結婚などという慶事にうつつを抜かせようか。

だがそんなディエゴの心中も、皇帝への忠誠をはき違えた廷臣らには通用しない。愛も肉欲の悦びも知らぬ彼は癒やしも得ることができず、うまくもない酒を飲んで酩酊《めいてい》することだけが刹那の救いであった。

「陛下、飲みすぎです。もうお休みください」

そう言って椅子から立ち上がったオルランド侯爵はベルで侍従を呼ぶとテーブルの上を片付けさせ、ディエゴを寝室へと向かわせた。

この宮殿で誰より豪奢で広い寝床に横たわりながら、皇帝は寒さに身を丸める。体が寒いのではない、心が冷え冷えとして凍えそうなのだ。いったいいつからこんなに深く孤独の海に沈んでしまったのだろうか。

（……昔、クラウディオと夜中まで暖炉の前で語り合ったときは楽しかったな……）

最後に弟と本音を語り合ったのはいつだったか考えて、ディエゴは瞼を閉じた。

◆

カラトニアの凱旋から一年近くが経ち、クラウディオは随分と回復したように見えた。

一時期は酷かった悪夢も三日に一回程度になった。まだ記憶が混乱したり、ぼんやりすることもあるけれど、アマンダ以外の人間ともだいぶ穏やかに接することができるようになってきた。

ほとんどふたりきりのような暮らしが彼にとって良いものか悩んだときもあったけれど、却ってそれが功を奏したことにアマンダはホッとする。

秋も終わりの頃、アマンダはクラウディオを街へ連れ出すことにした。凱旋してからクラウディオは宮殿の敷地どころか、離宮からほぼ出ていない。

もともとの彼はひと所に居続けられないほど活動的な性格なのだ。本来の活発さを取り戻すべく、アマンダは少しずつクラウディオを人の多い所へ出そうと考えたのだった。

秋の収穫祭も終わり、街は冬支度に沸いている。

離宮から簡素な馬車を使いお忍びで街まで出たふたりは、揃って粗末な外套を羽織り帽子を目深にかぶった。人が行き交う雑多な大通りを歩いていると、子供の頃にふたりで街を探索したことを思い出す。

「なんだか懐かしいわね」

「うん、まるであの頃に戻ったみたいだ」

十年以上経っても街並みは変わらない。埃っぽい石畳の上を荷馬車が走り、屋台で食事をする傭兵たちに娼婦が声をかけている。古びた石橋も、底にカビの生えた噴水も、相変わらずだ。――しかし。

昔のような朗らかさがないことに、クラウディオもアマンダもやがて気づいた。

意気揚々と稼ぎにきたはずの傭兵たちは皆渋い顔をしており、どこの屋台でも首を振ったり肩を竦めたり覇気のない様子で話をしている。娼婦も同じだ。屋台の主人らはピリピリとした表情で愛想もなく、ただ黙々と料理を作っていた。

行き交う人に笑顔は見られず、それどころか昔に比べ圧倒的に人が少ない。よく見ると帝都の大通り近くだというのに、空き家や捨てられて朽ちたままの屋台まであった。

街全体に漂う退廃的な空気に耐えられず、アマンダは笑顔を作ってクラウディオに声をかけた。

「ねえ、せっかく来たんだから何か食べない？」

「……そうだな。菓子でも買おう」

クラウディオはアマンダ以上に街の様子が気になっているようだ。屋台に並んでも、周囲を目聡く窺っている。

蜜がけのアーモンドをふた袋買ったアマンダは、店の女主人に金を渡す。すると、女主人はジロジロとアマンダの手と顔を見つめた。

「ふぅん……。随分綺麗な手だね。白粉《おしろい》もいいものを使ってる。こんなご時世によっぽど儲かってるんだね」

ドキリとしてアマンダは手を引っ込め、外套の袖の下に隠した。女主人は白目の多い目でアマンダを上目遣いに見つめ、それから視線を逸らせて言った。

「貴族のお嬢さんがむやみに出歩くんじゃないよ。今は国中みんなイライラしてるんだ、間抜けな皇帝と欲深な貴族のせいでね。あんたみたいな貴族のお嬢さんは傭兵崩れにとっちゃ格好の憂さ晴らしの餌食《えじき》さ、酷い目に遭っても誰も助けちゃくれないよ」

決して優しくはない口調だが忠告してくれた女主人に、アマンダは深々と頭を下げてから立ち去る。クラウディオと共にひと気のない河原まで行き、そこで足を止めた。

「……異常だ。ここは帝都だぞ。国でもっとも治安がいい場所のはずだ」

「活気もなかったわ。昔はあんなに賑やかだったのが嘘みたい」

「兄上は……皇帝はこの惨状に気づいているのか？」

帝都は国にとって最後の砦だ。帝都がこれほどまでに活気を失い治安を保てなくなっているということは、地方はもっと悲惨なことになっている可能性が高い。

橋の欄干《らんかん》に凭れかかるふたりの後ろを、三人組の傭兵らしき男が通り過ぎていく。

「もう駄目だ、ヒスペリアは。さっさとよその国へ行こうぜ」

「ちきしょう、結局タダ働きかよ。ふざけやがって！」

「こうも負けっぱなしじゃあな。クラウディオ様も療養中だっつうし、皇帝や大臣じゃ話になんねえ。まったく、情けねえったらありゃしねえぜ」

　男たちの会話を、アマンダとクラウディオは背を向けたまま聞いていた。

　きっとこの国の多くの者が思っていることだ。傭兵の報酬の問題だけではない。貧困、不作、飢餓、敗戦、帝国の威厳の失墜……何ひとつ解決に向かわないこの国を、民たちは見限ろうとしている。『もう駄目だ、ヒスペリアは』と──。

　アマンダは顔を曇らせた。冬に相応しくない妙に生ぬるい風が、頬を撫でていく。

「……クラウディオ、雨が降りそうだわ。そろそろ戻りましょう」

　いつの間にかどんよりと暗くなった空に気づき、アマンダが声をかけた。しかし返事がない。

「……クラウディオ？」

　隣を窺い見ると、欄干を掴んでいた彼の手が震えていた。唇を真一文字に引き結ぶ彼の目は見開かれ、悲しみとも怒りともつかない色を浮かべている。

「……帰りましょう」

　アマンダは彼の背に手を添え、そっと促した。ノロノロとクラウディオも足を動かしだす。

　馬車へ戻る途中、雨が降ってきた。人々が慌てて軒下や建物に駆け込む中、貧しい身なりの子供が雨に打たれながら仕事の荷車を引いていた。クラウディオはその子供とすれ違って一度足を止めて振り返り、しばらく立ち尽くしてから、結局声をかけずに立ち去った。

その日、宮殿は沸いた。

年の瀬が近づき何かと慌ただしくなっていたマジュリートの本宮殿は、一年以上ぶりに見る皇弟の姿に皆、息を呑んだ。

カラトニアの戦いで精神を疲弊させ療養中だという話だったが、クラウディオは正装の黒い衣装に逞しくしなやかな身を包み、その面は凛々しく、堂々と歩く姿は優雅でさえあった。宮廷の者たちは、たちまち思い出した。この皇弟がかつては神に愛されていると思わせるほど、美しく魅力的な男だったことを。

クラウディオは駆けつけてきた侍従長に、皇帝との接見を依頼した。ここ数年のクラウディオの様子しか知らない衛兵は、彼が憤怒しながら謁見室へ乗り込まなかったことに驚いた。

オルランド侯爵はじめ大臣たちは突然クラウディオがやって来たことにどよめいたが、ディエゴは心から嬉しそうに破顔して、弟をすぐに謁見室へ招き入れた。

「皇帝陛下。このたびは長い療養期間をいただきまして、感謝申しあげます」

慇懃《いんぎん》な口上を述べたクラウディオに、ディエゴはやや驚きながらも「構わない。お前が元気になってくれたようで何よりだ」と喜んだ。同席した大臣や聖職者たちは内心ハラハラする。もしや、回復したから前のように政務や軍務に参加させろと言うのではないかと案じて。

しかしクラウディオは、彼らが考えているよりもっと驚くべきことを口にした。

「本日は皇帝陛下にお伝えしたいことがあって参りました。率直に申しあげます。この戦争に勝ち目はございません。一日でも早く終戦宣言をして、各国との調整を進めていただきたい」

皆、唖然とした。久しぶりに人前に出てきたと思ったら何を言うのかと驚愕した。それから揃いも揃って「やはり殿下はまだ療養が必要な状態だ」という表情を浮かべた。——ディエゴを除いて。

「クラウディオ……。何故、突然」

そう尋ねながらも、ディエゴはわかっていた。弟の言う通り、痛みを伴う決断を早急にすべきだと。ただ己の勇気のなさが、それを先延ばしにしているのだ。

クラウディオは毅然《きぜん》とした声で言った。

「この国はもう限界です。兵士だけではない、民も疲弊しきっている。予算もないまま負け戦を重ねて、国中に失望の空気が蔓延っている状態です。こうなってはもう……たとえ俺が戦場に出たところで焼け石に水だ。これ以上無駄な戦いを続けることは国を荒廃させるだけです。皇帝陛下、どうかご決断を」

再び場がシンと静まり返った。大臣らの幾人かは苦々しい顔になり、幾人かは青ざめた。それは、言われるまでもなく現状を知りながらうまく立ち回ろうとしていた者と、大局が見えていなかった者の反応の違いだった。

後者は途端に不安そうに眉根を寄せ、仲間たちと「本当なのか」と目配せし合う。謁見室は不穏な空気に包まれた。

「おやめください、クラウディオ殿下」

そう口を挟んだのはオルランド侯爵だった。

「何故突然、皆の不安を煽《あお》るようなことを仰るのです？　皇帝陛下がこの国の行く末をお考えではないとでも？　甚だ不敬ですな。一年も離宮で呑気《のんき》に過ごしていたお方と違って、陛下は真摯に国政に取り組まれております。憶測での妄言はおやめください」

オルランド侯爵は当然国内の状況を把握していた。そろそろ戦争も限界だとわかっている。しかし皇帝が敗戦を認めれば、執政の失敗として首席大臣である己の立場が危うくなることも理解していた。

だからこそ彼らは揺らぐことのないほど権力を盤石にする必要があり、謀《はかりごと》に夢中になっている。そして最適なタイミングでディエゴに終戦を薦めようと計画していたのだ。

それなのに、しゃしゃり出てきた皇弟はすべての計画をパアにしようとしている。オルランド侯爵の腸《はらわた》は密かに煮えくり返っていた。

「そうですとも、殿下の発言は陛下に対する不敬です！　謀反と捉えられかねませんぞ！」

「我が国は大陸一の旧教国、新教などという紛い物に屈することは神とてお赦しになるわけがない！」

続けて声をあげる者たちもまた、オルランド侯爵と同じ腹の内を持つ者たちだった。

彼らがムキになってクラウディオに反対するのを、他の大臣たちが怪訝そうに見つめる。

謁見室にいた者たちの間に、くっきりと亀裂が生じた。

「妄言ではない。俺はこの一ヶ月、何度も街に足を運んで現状を見てきた。地方の様子も人づてに聞いている。人々は疲れ果て、国に失望している。……俺とてこんな幕引きを望んではいない。だがもう、この国は限界だ」

大臣たちに強く批判されようとも、クラウディオは冷静に訴える。「殿下はまだお心が正常ではない」と叫ぶ者もいたが、ディエゴには落ち着いて道理にかなった意見を述べる弟の姿は誰より正しく見えた。

「……今日はこれまでにしよう。今後のことは大臣たちと考える」

ディエゴは目を眇《すが》めて、半ば強引にそう締めた。腹の奥が痛むのは、正論の刃を突き刺されたからだ。

勇気がなく目を逸らし続けていた事実を、弟は容赦なく突きつけてくる。まるでこれが、正しい国家君主の在り方だと見せ示さんばかりに。

クラウディオは一瞬顔をしかめたが、何も言わず一礼すると謁見室を出ていった。背後からはしばらく、彼を非難する大臣たちの声が響いていた。


この日から、宮廷での風向きがまた変わった。

権力を独占していたディエゴ派の宮廷官たちの間で、不和が生まれたのだ。

大局を見てこなかった者らは、今さら危機感を募らせジタバタとあがいた。他国に亡命する準備をする者。ディエゴにより一層擦り寄り、何が起きても己の立場だけは保証してもらおうとする者。そして、戦争のやめどきすら判断できぬディエゴに見切りをつける者。

特に後者の影響は大きかった。ここしばらくは聞かなくなった「ディエゴ皇帝では頼りない、やはり君主に向いているのはクラウディオ様だ」という声が、再び囁かれるようになってきた。

「クラウディオ様は療養の甲斐あって、随分と落ち着かれた。それどころか以前より冷静に情勢を見極められるようになられた。今こそ国政に復帰し、皇帝に代わって舵を取られたほうがいいのではないか」

「私ももう戦争をやめるべきだと思っていたんだ。我が領地でも税収がずっと落ち込んでいる。しかしそんなことを言えば神の戦いを放棄するのかと反発されるので言えなかった。クラウディオ殿下はよく終戦を申しあげてくださったよ」

「このままディエゴ皇帝と大臣らにこの国を牛耳らせていたら、取り返しのつかないことになるんじゃないか。帝国は……どうなってしまうんだ」

まるで目を覆っていた布を剝がされたように、次々と自国の惨状に危機感を覚える者が増えた。それは宮廷のみならず、社交界にも兵士たちにも平民にまでもあっという間に広がっていく。

その結果、半月もしない間にディエゴの評判はかつてないほど落ち込んでいった。

クラウディオは決して、兄を貶めようとして終戦の提案をしたわけではない。ヒスペリア帝国の行く末を案じる一心からだ。だからこそ意見を聞き入れてもらうために、儀礼に則り皇帝に敬意を払った方法で陳情しにいった。

本当はクラウディオとて、終戦など――敗戦など認めたくはない。大勢の仲間の犠牲が無駄になることも、帝国の栄光が陰ることも、国民に明るい未来を見せてやれないことも、血を吐くほど悔しくてたまらない。

この国の勝利を誰よりも願い、誰よりも心血を注いできたのは間違いなくクラウディオだ。子供の頃から抱いていたその思いは、もはや彼の核ともいえる。だがクラウディオは自分が無力であることを知った。どれほど強い軍人であっても救えないものがあることを知った。帝都の荒廃ぶりは改めてその事実をクラウディオに突きつけ、彼にもう剣ではこの国を救えないことを呑み込ませた。

受け入れるのは苦しかった。しかし救えぬ民を目の当たりにして、クラウディオは決断するしかなかった。今度こそ守りたい、この国を、民を。剣を敵に向けることだけが勇気ではない、痛みを伴おうとも己の腹を裂き病巣を取り除くこともまた勇気なのだ。

しかし、皇族として当然ともいえるその覚悟は、臆病で思慮深すぎたディエゴを結果的に貶めてしまう。

宮廷内でクラウディオ支持の声が大きくなっていくのを、一番苦々しい気持ちで聞いていたのはオルランド侯爵だった。

一度は完全に叩き潰したと思った憎きクラウディオが、また余計なことをして宮廷を掻き乱したのだ。刹那の勝利に酔った分、足もとを掬われたようで腹立たしい。

なんとしてもクラウディオの影響力を再びゼロにしなければ、このまま終戦になってしまったらディエゴと共に己の立場が危うくなる。オルランド侯爵は今度こそクラウディオを完膚なきまでに叩き潰すことを決心した。

「――これは反逆の狼煙《のろし》です。クラウディオ殿下はあなたを帝位から引きずり降ろそうとしている」

ある夜、オルランド侯爵はディエゴにそう囁いた。

執務室で仕事をしていたディエゴは、書類にサインしていた手を止めて顔を強張らせる。

「ある筋から聞いた話によると、アマンダ妃が数年前から武官を中心に声をかけて回っていたそうです。クラウディオ派に鞍替《くらが》えしてほしいと。間違いありません。この一年のクラウディオ殿下の療養も、離宮に閉じ籠もっていたように見えて虎視眈々《こしたんたん》と機会を窺っていたのです。国が追い込まれ陛下が終戦の時期に悩まれているのを見計らって、さも自分が国のために英断を下したかのように見せる機会を」

オルランド侯爵の言葉に、ディエゴは苦笑を浮かべる。「そんな馬鹿な」と笑いたいが、喉が引きつって声が出てこない。

「弟ぎみがどのような気性か、兄である陛下が一番よくご存じでしょう？　あのお方は己の正義のためなら犠牲を厭《いと》わない。人の和を乱すことも、大勢の部下の兵士を死なせることも、右腕とまで言われた友人だって作戦の失敗の道連れにした。そして妻の弟でさえ平気で手にかけるお方なのです。……クラウディオ殿下は正義の名のもとにこの国を牛耳ろうとしている。彼の正義の刃が次に向けられるのは、陛下、あなたです」

執務室に沈黙が訪れる。

あんなに慕ってくれていた弟が自分に刃を向けるとは、ディエゴは思わない。たとえそれが正義のためであっても。

しかし――アマンダのためならば？

ふと頭をよぎったその疑問に、ディエゴの背が一瞬震えた。

（まさか、彼女を離宮に追いやったことを今でも恨んでいるのか？　それともカラトニア公爵領を強引に帝国の支配下に置いてしまったことを？　……いや、そんなことは話し合えばいいことだ。反逆だなんて、大袈裟な）

ディアゴは無理やり口角を上げると、ささやかに笑みを浮かべてみせた。

「弟のことは僕が一番よくわかっている。反逆だなんて、そんなことはあり得ない。今度ふたりきりで話をするよ。彼に何か思うところがあったとしても、話し合えば解決するさ」

そう話を終わらせようとしたディエゴに、オルランド侯爵は片眉を上げて蔑むように目を細める。

「平和的な解決法ですな、実に陛下らしい。しかしお忘れなく、宮廷はもはや二分されています。あなた様の可愛い弟ぎみに帝位を任せたいと望む者が増えているのです。この分断は、もうあなたたち兄弟だけの問題ではない」

それは叱責に近かった。いつまで甘えたことを言っているのかと。呆れた眼差しで射られて、ディエゴは途端に心地が悪くなる。

「……話し合ったあとは、どうするべきか考える。そのときは相談に乗ってくれ」

オルランド侯爵は「もちろんです」と答えて、執務室をあとにした。

部屋にひとりになったディエゴは口に手をあて、叫びたくなる衝動をこらえる。何故こんなことばかり、もう嫌だ、誰か助けてくれ。決して口から漏らしてはいけない気持ちが、腹の奥から湧き上がってきて止まらない。

(――いっそ僕を殺せ、クラウディオ。玉座に相応しくない皇帝を殺せ。こんな無能な僕でもクラウディオの正義遂行の礎《いしずえ》になるのなら、喜んで血を流そう。きっと父上も僕を褒めてくださる)

孤独な皇帝はそれから静かに涙を流し、書類にサインをする仕事へと戻った。

アマンダは改めて、クラウディオという人物の恐るべき魅力を知った。

一年ぶりにたった一回宮殿に馳《は》せ参じただけなのに、宮廷内の勢力図がここまで書き変えられてしまったのだから。

彼が皇帝に終戦を提言しにいってから一ヶ月。離宮には人目を忍ぶように宮廷官や聖職者らが訪れるようになった。ディエゴ派から寝返った者もいれば、息を潜めていたクラウディオ派もいるし、保身しか考えていない狡賢い者も、純粋にクラウディオを慕ってくれている者もいた。

彼らは待ってましたとばかりにディエゴ帝政を嘆き、どうにかしてクラウディオを国政の中枢に引っ張り出そうとしている。

アマンダは複雑な気分だった。クラウディオが宮廷での力を取り戻したことは悪くないが、あまりに事態が性急に動きすぎる。第一クラウディオはディエゴと対立するつもりはないのだ。それなのにこのままでは突如現れた目の上のたんこぶとして、ディエゴ派から相当な反感を食らうだろう。

クラウディオはやって来る者たちの話を、しっかり聞いてやっていた。派閥争いに乗るつもりはないが、生粋の正義感から彼は自分を頼ってくる者に背を向けられない。

しかし取り戻したように見えた彼の輝きは、徐々に陰りを見せ始める。

「アマンダ。きみは今日から外に出ないほうがいい」

ある日、唐突に朝食の席で言われたその言葉に、アマンダは驚いて目をしばたたかせた。

「……何故？」

「俺を目の敵にしているディエゴ派の奴らが、きみに危害を加えるかもしれない。俺の目の届かない場所は危険だ」

少々過剰ではないかと、アマンダは内心思った。幾らなんでも昼間に宮殿の敷地内で堂々と襲ってくる輩などいない。彼が心配してくれる真心を汲《く》んで素直に従うことにしたが、アマンダは何か嫌なものを感じ始めた。

思えば、ここで彼を止めるべきだったのかもしれない。

クラウディオは日に日に表情が険しくなり、訪ねてきた客と話をしている部屋からは時々怒声が聞こえるようになった。

そんな彼の様子を心配し、さすがにしばらく来客を断ろうとアマンダが考えていたときだった。

「……兄上が俺を殺そうとしている」

夜の寝床で、クラウディオがぽつりと言った。

多くの者は誤解している、クラウディオの心身はもう回復したと。それは大きな誤りだ。たかが一年の療養で粉々になった心が戻るはずなどない。クラウディオは相変わらず空っぽの器のままだ。その空の器に、日々疑心暗鬼が籠められていく。

急激な勢力拡大による混乱、深まる皇帝派と皇弟派の対立、今こそ国政の舵を取るべきだと煽る味方。いつしかクラウディオの中で兄への異常な猜疑心《さいぎしん》が膨らんでいた。

「まさか。ディエゴ陛下はあなたと血を分けた兄弟よ。そんなことをするわけがないわ」

不穏に染まった空気を払拭しようと、アマンダは咄嗟にそう答えた。その途端、クラウディオの表情が一変する。

「きみはあの男を庇うのか？」

驚愕に見開かれた青い目は、得体の知れない負の感情に濁っている。アマンダは背筋をゾッとさせた。

「庇うだなんて……私はクラウディオの味方よ」

両手で握りしめた彼の手が冷たい。燭台の仄かな灯りに照らされ、クラウディオは瞬きもせずアマンダを見つめ続けた。

「よく聞いてくれ、アマンダ。あの男はすべての元凶だ。俺に寡兵で戦いにいかせたのも、フェリペが死んだのも、俺にきみの弟を殺させたのも！　全部あいつの企みに違いない！　あの男は昔から俺を嫌っていたんだ。俺ばかり父上に褒められるから……。そして今度は俺を反逆者扱いして殺そうと企み始めた」

話しながらクラウディオが気を昂らせていることがわかる。アマンダは「落ち着いてちょうだい」と彼の手を握りしめてさすりながら、悪い予感に鼓動を逸らせた。

「俺はあの悪帝を許さない。このまま国を滅ぼされるくらいなら、いっそ――」

「クラウディオ！」

叫んで、アマンダは彼の頭を胸に強く抱きしめた。さすがに驚いたようで、言葉が途切れる。

「やめて、そんなこと口にしてはいけないわ。この世界で唯一血を分けた、あなたの兄でしょう？　兄弟が争うようなことがあれば先帝が悲しまれるわ。お願いだから、どうか話し合って。宮廷官も兵士も、誰も入れずにふたりだけで。周囲の思惑に振り回されないで」

最愛の人の必死の訴えは、猜疑心に囚われているクラウディオの耳に届いた。彼は胸に抱かれたまましばらく口を噤み、やがて体勢を戻すと「……そうだな」と小さく答えた。

「少し性急だったかもしれない。もうしばらく様子を見るよ」

アマンダはひとまず安堵する。それと同時に、兄弟が憎しみ傷つけ合う事態は必ず阻止しなくてはと思った。

クラウディオは大きすぎる自責の念を抱えている。そのせいで心は磨り潰され、戻らなくなってしまった。もし一時の激情で兄を傷つけるようなことをしたら、我に返ったときに激しく後悔するだろう。

兄弟が憎み合う事態も悲しいが、何よりアマンダはこれ以上クラウディオに、いずれ自分を責めるようなことをしてほしくなかった。

「もしお互いに何か行き違いがあっても、平和的に解決する方法が必ずあるわ。あなた自身のためにも、ディエゴ陛下と争わないで」

「……ああ」

もう一度クラウディオを抱きしめ直して、アマンダは願う。無慈悲な神がこれ以上彼を傷つけないことを。

数日後の早朝のことだった。

まだ夜も明けきらぬ時間、冷たい朝靄《あさもや》に紛れてひとりの人物が離宮を訪ねてきた。

二階の寝室でクラウディオと寝ていたアマンダは、窓にコツ、コツと何かがぶつかる音に気づいて目が覚めた。

なんだろうと思いベッドから起きてカーテンの隙間から覗いてみると、誰かが窓に向かって小石を投げている姿が見えた。その人物は帽子で顔を隠していたが、窓からアマンダが覗いていることに気づくと帽子を取ってみせた。

「……っ、陛下……？」

驚くことに、それはディエゴだった。アマンダは窓を開けようとしたが、彼が人差し指を口にあてたのを見て留まる。それからベッドで寝ているクラウディオを振り返り、少し迷ってからそのまま静かに部屋を出た。

アマンダは警備の兵士に気づかれないように、裏口から外に出た。帽子をかぶり地味な外套に身を包んだディエゴは、おそらく人目を忍んでここまで来たのだろう。誰にも見つかりたくないはずだ。

寝間着にガウンを羽織ってやって来たアマンダを見て、ディエゴは申し訳なさそうに眉尻を下げて微笑んだ。

「すまないね」

そう詫びる彼は、とても弟を殺そうなどと画策する人間には見えない。昔からよく知っている、柔和で思慮深く、少し気の弱い彼らしい笑顔だ。久々に見た幼なじみの素顔に、アマンダは懐かしさを覚えて自然と緊張が解ける。

「こんな時間に、どうしたのですか？」

「……少し話がしたかったんだ。だが今は宮廷中が酷い雰囲気で……クラウディオを僕の部屋に招くこともできなければ、ふたりきりで話すことさえ難しい。人払いをしたところで聞き耳を立てられた挙句、宮廷官たちから悪しきように言われるだけだからね」

その言葉を聞いて、アマンダは喜びで胸がいっぱいになった。

「陛下は、クラウディオと水入らずでお話をしにきてくださったのですね」

「ああ、まあ。さっきも言ったけど、宮廷はあまりにも酷い状態だ。おそらくクラウディオの耳にも良くない噂が届いてるだろう。けど僕は、弟と諍いを起こすつもりはないんだ。派閥や大臣らの意見など関係なく、ふたりきりで腹を割って話したくて……」

やはり兄弟は憎しみ合ってなどいなかった。それどころかディエゴは弟と歩み寄りたくて、こうして隠れてまで会いにきたのだ。彼のクラウディオへの深い愛情と信頼に、アマンダは胸が熱くなる。

(そうよ、ふたりが協力し合えばこの国も宮廷もきっともっと良くなる。ディエゴ陛下が敵ではないとわかれば、クラウディオの心の状態だって今より落ち着くはずだわ)

「それならどうぞ、中へお入りください。すぐにクラウディオを起こしてまいります」

「どうもありがとう」

アマンダは自然と顔が綻ぶ。つられたようにディエゴも微笑んだ。

周囲の思惑に散々巻き込まれ徐々にほどけつつあった兄弟の絆が、再び結び直されようとしている。ようやく明るい未来が見えたような気がして、アマンダは晴れやかな気持ちで歩きだそうとした。――そのとき。

パン！　という破裂音が朝靄の中に響いた。

驚いてしばらく固まったアマンダは、振り返って音の正体を知る。ディエゴとの間の地面に、小さな穴が開いていた。

「――ッ!!」

衝撃で言葉を失くしながら、アマンダとディエゴは揃って離宮の二階を見上げた。寝室の窓辺に、クラウディオがこちらを見て立っている。手に短銃を持って。

「陛下、お逃げください！」

アマンダは咄嗟にディエゴの背を押しやった。そして急いで離宮の中へと駆け戻る。手に剣を持ったクラウディオと鉢合わせしたのは、二階へ向かう階段の途中だった。

「駄目！　クラウディオ、駄目！」

アマンダは無我夢中で彼の体にしがみつき、その足を止めようとした。大声を出し、離宮中の者に助けを乞う。

クラウディオの瞳は、もはや憎悪一色に染まっていた。怒りを通り越した虚ろな表情からは、手にした剣をディエゴに突き刺すことしか頭にないのが伝わってくる。

「わかったよ、アマンダ。全部わかった。兄上はきみのことが好きだったんだね。俺を排除しようとしていたのも、いつまでも後妻を娶らないのも、全部きみが欲しかったからなんだ。ああ、そんな予感はしていたんだ。皇妃にさえ愛情を持てなかった兄上が、きみには昔から優しかったものな。はは、ははは」

嫉妬――と呼ぶには、あまりにおぞましかった。彼は兄であり皇帝であるディエゴを殺すことに、一片たりとも躊躇していない。その行為が、今まで守り続けてきたこの国の未来を滅茶苦茶にすることだとわかっていても。

「違う、違うのクラウディオ！　ディエゴ陛下はあなたと話をしにきたのよ！　私に会いにきたわけじゃない！」

アマンダは必死に彼の足を進ませないように体にしがみつきながら、数十分前の自分の行いを後悔する。ディエゴが来たことに気づいたとき、すぐにクラウディオを起こすべきだった。慢性的な寝不足を抱える彼の眠りを妨げたくなくて、黙って出てきてしまったことが仇になってしまった。

アマンダが声を張りあげて説得しても、クラウディオから殺意が消えることはなかった。疑心暗鬼に陥っている彼に、もはや真実は通用しないのだろう。

「放してくれ、アマンダ。あいつを殺さなきゃ。生かしておいたらきみが奪われてしまう。そんなことは許さない。絶対に許されない。たとえ誰であっても」

今のクラウディオを作り上げているのはディエゴに対する異常な猜疑心。そしてアマンダに対する狂気じみた愛だ。アマンダが懸念していた通り、一年の蜜月は彼の愛を狂わせた。もともと深かった愛は深淵《しんえん》にまで堕ち、その価値は唯一絶対になる。皇帝の命すらも比べものにならないほどに。

やがて騒ぎを聞きつけて、離宮にいた女中や衛兵が駆けつけてきた。クラウディオはアマンダ以外の者を容赦なく振り払ったけれど、さすがに五、六人に体を拘束されると抵抗できなくなった。

クラウディオは縄で縛られ、駆けつけてきた侍医に鎮静剤を飲まされようやくおとなしくなった。椅子に縛られたまま魂が抜けたように項垂れた彼の姿に、アマンダをはじめ離宮の者たちは改めてゾッと青ざめる。

「……このことは、絶対に他言してはなりません。クラウディオが陛下を殺そうとしたなどと宮廷に知られたら、国を揺るがす一大事になります。今は彼を落ち着かせるのが先決。それから、今後のことを考えます」

アマンダはその場にいた者たちに厳しく緘口令《かんこうれい》を敷いた。万が一にでもこのことが公になったら、クラウディオは本当に反逆者として処刑されてしまうだろう。ディエゴもそんなことは望んでいないだろうし、口外はしないと思う。

離宮で仕えている者たちは皆、クラウディオとアマンダに忠実なので、その命令に従うことを誓った。

（とにかく、クラウディオを正気に戻さなくては。ディエゴ陛下とも相談すべきだわ）

眠ってしまったクラウディオを衛兵たちがベッドへ運ぶのを見ていたアマンダは、自分の手が震えていることに気づく。心臓が破裂しそうなほどドキドキと脈打っていることに今さら気づいた。

眉間に皺を寄せたまま目を閉じているクラウディオを見つめながら、アマンダの胸を不安がよぎる。

(……戻るの？　もとのクラウディオに。……そもそも戻るって、何)

彼がアマンダに執着ともいえる強い愛を抱いていたのは昔からだ。ならば、果たして先ほどの行動は正気じゃなかったと言いきれるのだろうか。

アマンダはベッドに腰掛け、眠っているクラウディオの額をそっと撫でる。苦しそうにしかめられていた顔が、スッと和らいだ。

——愛し合う俺たちが結ばれない世界など、絶対に間違っている。

いつだったかの、彼の言葉を思い出す。

もしかしたら自分は錯覚していたのかもしれないと、アマンダは思った。

この愛は最初から歪で強すぎて、神から祝福されないものだったのだろうか。

——ああ。アマンダが笑っている。やっぱりきみには笑顔がよく似合う。

クラウディオは浅い夢に揺蕩っていた。光溢れる花畑で、満面の笑みを浮かべたアマンダがこちらに向かって手を振っている。

ミルクのように白く滑らかな肌、風に揺れる柔らかな髪。愛する男を黄昏色の瞳に映し、瑞々しい唇に弧を描いて胸いっぱいの喜びを表していた。

色とりどりの花を掻き分け、クラウディオはアマンダに向かって歩いていく。散った花びらが風に舞い、在るべき場所に帰るかのように青空に吸い込まれていった。

クラウディオがアマンダに向かって腕を広げれば、彼女は嬉しそうにそこへ飛び込んできた。愛おしいぬくもり、心安らぐ香り、抱きしめたくて仕方なくなる華奢で柔らかな肢体。「ああ」と感激の声を漏らし、クラウディオは彼女の体を腕に包む。

クラウディオは泣きたくなった。恋の切なさなのか、幸福が胸に沁みたからか、それはわからない。

「きみだけがいればいい。他に何もいらない」

思えばずっと、それだけが望みだったのだ。

戦争を終わらせたかったのも、心も体も傷つけながら戦場に立ち続けたのも、ヒスペリアの皇子で皇弟であり続けようと努めたのも。ただ、この愛しい少女に笑ってほしくて、そばにいてほしくて。

「愛してるよ、アマンダ。愛してる」

クラウディオは、クラウディオ・デ・ヒスペリアとして生まれてきたことを神に感謝する。アマンダと出会い、アマンダと恋に落ちて、そして結ばれた。そのために自分は生まれてきたのだと思った。

空はどこまでも青く澄み渡り、果てのない花畑はふたりを世界から隔離する。

クラウディオは微笑んで瞼を閉じ、それから静かにひと雫の涙を零した。


「——……っ」

瞼を開いたクラウディオは息を呑む。一瞬、現状が理解できなかった。

部屋を覆う煙、不気味に蠢《うごめ》く炎が作り出す光と影、パチパチと何かが燃えている音。

ベッドから身を起こし呆然としながら辺りを見回し、クラウディオはこれが夢ではないと悟る。そして次の瞬間、全身が恐怖で総毛立った。

「火事だ!!」

叫んで、クラウディオは隣に寝ていたアマンダを揺さぶり起こした。

窓の外は暗い、おそらく深夜だ。だから誰も気づかなかったのだろう、火の手はすでに強くなっており、ふたりの寝室は半分以上が火の海になっている。

「クラウディオ……！　これは……!?」

目覚めたアマンダが驚きと恐怖に目を剥き、クラウディオにしがみつく。その拍子に煙を吸ってしまったようで、激しく咽せた。

「アマンダ！　しっかりしろ、大丈夫だ。俺がいる」

そう言ってクラウディオはアマンダの肩を抱き、ベッドから降りた。シーツを無理やり引き裂き、煙を吸わないように彼女の口にあててやる。

唇を噛みしめ辺りを見回し、クラウディオはこめかみに汗を流す。出火はおそらく付け火によるものだ。建物の外側……つまり窓側のほうが火の手が強く、すでに天井が崩れかけている。

窓からはもう逃げられないと悟り、クラウディオはアマンダの肩を強く抱き直すと火の中を突っ切って扉に手をかけた。熱っせられた真鍮《しんちゅう》が手のひらを焼くが、クラウディオは怯まない。

しかし扉を開けた先も、すでに火の海になっていた。廊下も階段も燃え盛り、バキバキと音を立てて崩れ始めている。

階下からは女中や衛兵たちの悲鳴が聞こえた。「クラウディオ様！」「アマンダ様！　大丈夫ですか！」と叫ぶ声が聞こえるが、火の手が強すぎて階段を上れないのだろう。二階に取り残されているのはクラウディオとアマンダのふたりだけのようだ。

「きゃあっ！」

そのとき、アマンダが恐怖に引きつった悲鳴をあげた。寝間着の裾に、火が燃え移っている。クラウディオは慌ててそれを手で叩き消すと、アマンダの体を両腕で抱き上げた。

「外まで一気に駆け抜ける。アマンダ、きみは煙を吸わないようになるべく身を縮めてるんだ」

アマンダは涙の膜が張った目でクラウディオの顔を見上げ、震えながら小さく頷いた。

そんな彼女に、クラウディオは額に口づけると目を細め口角を上げてみせた。

「大丈夫だ。アマンダは絶対に、俺が守るから」

刹那、彼女の顔に安堵が浮かぶ。それを見届けてから、クラウディオは腕の中のアマンダをしっかり抱きかかえ、炎渦巻く廊下に向かって走りだした。

この離宮に来たばかりのときは、なんて小さな建物だろうと思った。こんな狭い場所はアマンダに相応しくないとさえ思ったのに、今は廊下が無限に続く長さに思える。

クラウディオが私財をなげうって修繕した壁も、廊下も、階段も、滑稽なほどにあっさりと燃えていく。アマンダに相応しい離宮にしたくてあつらえた絨毯も、カーテンも、家具も、何もかもが灰と煙になってクラウディオの行く手を阻んだ。

足の裏が熱い。室内用の布の靴は火から守る役には立たず、ほとんど裸足と同じだった。熱波と煙が肺を焼き、クラウディオは咳き込んでは唇を噛みしめてこらえる。咳をすると反射で涙が浮かび視界が霞む。苦しくてもなるべく呼吸をこらえるしかなかった。

ひたすら出口を目指すクラウディオは、居間の前を通り過ぎる瞬間にほんの数秒ためらって足を止めた。この部屋にはあの箱が——アマンダと集めた思い出の欠片の箱がある。

居間の扉はすでに轟々と燃えており、中に入るなどとてもできない。入ったところで部屋は火の海で、箱も無事ではないだろう。

「あ……」

ずっと混乱気味だった頭に、冷たい悲しみが広がる。

燃えていく、何もかも。アマンダとふたりで綴ってきた、かけがえのない日々の欠片が

全部。

クラウディオの頭に彼女と出会ってからの十二年間が駆け抜けていく。夕焼け色の瞳から零れた涙、決して違えない誓い、大好きな笑顔、笑い声、繋いだ手のぬくもり……。

「アマンダ……」

唇だけで呟いて、クラウディオは呆然とした。自分の中に大きな穴が開いたのをはっきりと感じる。もう形も残っていない心から、またひとつ何かが零れていった。

悲しみと深い虚無を覚えたのは、わずか数秒のことだった。しかしその数秒の間にも炎は弱まることなく燃え続け、クラウディオの周囲を焼いた。

「……っ！」

頭上から焼け崩れた天井が、音を立てて落ちてくる。

クラウディオは腕の中のアマンダを守るため、己の身を盾にするしかなかった。重く熱いものが頭と背にあたり一瞬視界が暗くなっても、倒れるわけにはいかない。

（アマンダ……アマンダだけは絶対に助ける）

腕の中のアマンダを強く抱きかかえ、クラウディオは再び走りだした。

炎と煙の中を、ただひたすら出口に向かって足を動かし続ける。体中が熱くて痛くて、もうどこが燃えて傷ついているのかわからない。けれどそれよりも、アマンダが酷く咳き込んでいるのが心配だった。

「アマンダ、もう少しだ。もう少しだけ頑張ってくれ」

視界が悪い。片方の視界が真っ赤だ。足がうまく動かず、もどかしい。

「外が見えてきた。アマンダ、もう少しだ」

掠れる声で呼びかけるけれど、返事はない。それどころか腕の中の彼女は咳き込むこともせず、ぐったりと弛緩している。クラウディオの心拍数が跳ね上がった。

「アマンダ、アマンダ。頼む、もう少しだから耐えてくれ」

玄関前に横たわる燃えた梁《はり》を飛び越えると、突如水を全身にかけられた。

「クラウディオ様!!」

水の入った桶《おけ》を手にした衛兵たちが、次々にクラウディオに水を浴びせ体を摑んで引き寄せる。——脱出できたのだ、燃え盛る離宮から。

クラウディオは大きく息を吸い込んだ。その途端、肺が忘れていた呼吸を取り戻したように激しく咳き込む。

炎の熱の届かぬ所までよろよろと歩き、クラウディオはそこで膝をついた。痺れて感覚を失くした腕から、そっとアマンダを下ろす。咳が止まらなくて苦しい。体中が痛い。視界が片方塞がれ、もう片方もぼやける。頭が朦朧として、そのまま意識がどこかへ行ってしまいそうだった。

大勢の人の声や離宮が焼け崩れていく音が、頭の中に反響する。すべてが不快な雑音に聞こえ、うるさくてたまらない。何度も体に水をかけられ、誰かの手が背や腕に触れてくる。立たせようとしてくれているのかもしれないが、クラウディオはもう放っておいてほしかった。意識を保つのも、思考を働かせるのも、すでに限界だ。――そのとき。

「……アマンダ？」

霞む視界の中で、クラウディオはアマンダの姿がないことに気づいた。

確かにこの腕に抱いて脱出し、ここへ横たわらせたはずなのに。

「アマンダ？」

痛みも忘れ、クラウディオは立ち上がる。辺りを見回しても、彼女の栗色の髪が見えない。

「～～！」

誰かがすぐそばで何か叫んでいる。声は聞こえているのに、クラウディオの頭にはその言葉が届かなかった。

「アマンダ！　アマンダ！　どこだ!?」

アマンダを捜して、クラウディオはさまよう。そのとき、離宮から離れた遠くに、誰かが本宮殿へ向かって走っていくのが見えた。

クラウディオはすべて悟った。朦朧としていた頭の中で何かが弾け、鮮やかに思考を取り戻す。そして焼けた喉で咆哮《ほうこう》をあげると、本宮殿に向かって駆けだした。

「……そういうことか、ディエゴ!!　絶対に殺してやる!!」

離宮に火を放ったのはディエゴだ。クラウディオを亡き者にして、アマンダを手に入れるために。しかしクラウディオを仕留め損なったので、隙をついてアマンダを本宮殿へ攫《さら》っていったのだ。

　そう確信したクラウディオは、殺意を漲らせ本宮殿へと駆けていった。周囲の者が大火傷を負っている彼を止めようとするのも振り払って。

「殿下！　どこへ行かれるのですか！　そのようなお体で動いてはなりません！」

「どうか落ち着いてください！　アマンダ様なら意識を失っていたので治療のため本宮殿へ運ばれました、クラウディオ様も早く治療を！」

「殿下！　クラウディオ殿下！　お気を確かに！」

　何も聞こえない。どんな言葉も届かない。懐疑心を通り越し草木皆兵《そうもくかいへい》の状態になっている彼の頭には、ディエゴを殺してアマンダを奪い返すことしかない。

　少し考えれば火をつけたのがディエゴであるはずがないことはわかる。アマンダが目的ならば、彼女をも焼き殺してしまうという矛盾があるのだから。だがそんな理屈は、クラウディオには通用しない。

　今の彼を囲んでいるのは、彼の妄想が作り出した世界だ。

　愛を抱えたまま粉々になった心が見せる世界は、敵に満ちている。愛する祖国も、兵士仲間も、クラウディオの心身も、すべてを手中に収め壊し尽くしてきたのは、愚昧なる皇帝ディエゴ。そしてその醜悪な手は、今まさにアマンダを奪っていったのだ。

　大火傷を負ったまま本宮殿に侵入しようとするクラウディオを、衛兵たちが驚いて止めた。クラウディオは力ずくで衛兵を突き飛ばすと、そのうちのひとりから隙をついて剣を奪った。

行く手を阻む者を斬り捨てていく彼の姿は、まるで悪魔だった。

片方の瞼は焼け爛れ、両足は動かせるのが不思議なくらい見るも無残な状態になっている。衛兵たちは狂気ともいえるクラウディオの迫力に気圧され、近づこうにも足が竦んだ。

「何事だ!?」

一階の玄関ホールに宮廷官らが姿を現す。離宮が火事だと聞いて起きてきた者らが、ちょうど外へ出ようとしたところだった。

その集団の後方に、クラウディオは標的を見つけた。隻眼の目が爛々《らんらん》と輝き、返り血で染まった顔におぞましい笑みを浮かべる。

「ディエゴ。アマンダを返せ」

クラウディオはまっすぐに皇帝に向かって突き進み、剣を振りかぶった。

――彼の記憶は、ここで途切れる。


一六三三年、一月。

ヒスペリア帝国クラウディオ皇弟は皇帝殺害未遂による大罪人としてその場で捕獲、治療ののちに、アゼリア牢獄へと送られた。

また、同日に起きた離宮の火事は調査により放火と判明。目撃証言などにより翌日には犯人が逮捕された。離宮放火犯として検挙されたのは、フェルナンド・デ・モンタニエス。

モンタニエス伯爵家の次男で、かつてはクラウディオの右腕と謳われたフェリペ将軍の弟だった。

同年、二月。

クラウディオの裁判に先立って、放火犯フェルナンドの裁判が行われた。

彼は犯行の理由を、クラウディオへの復讐《ふくしゅう》だと語った。

「あの男は自分の名声のために無謀な戦いを強いて兄様を死なせた。それだけでも許せないのに、今まで散々『我が国は勝つ』と語って人々を先導しておきながら勝手に敗北を悟り終戦を言いだしたんだ！　兄様はあいつの言葉を……帝国の勝利を信じ、戦いに赴き死んでいったというのに！　こんなことがあっていいのか!?　僕は絶対にあの男を、クラウディオという悪魔を許さない！」

フェルナンドに同情する傍聴人も多かったが、結局彼に下された判決は放火と皇族殺害未遂の罪による死刑だった。

そしてその翌週、クラウディオの裁判が開かれた。怪我と、精神疾患を理由に本人不在のまま。

皇弟による反逆という異例の事件は通常とは異なる特別法廷が開かれ、帝国裁判所と旧教教会の共同管轄となり、審理には司教や神学者、高位大臣、そして皇帝までもが参加した。

クラウディオが問われたのは、皇帝殺害未遂と、その際に巻き込まれて死傷した兵士、宮廷官らに対する罪だが、そこにさらなる起訴が加わった。

「クラウディオ殿下は無実の村を焼かれました」

それは三年前、クラウディオ軍が遠征の帰りに疫病に侵された村を焼却したことによる提起だった。

起訴状によると、三年前にクラウディオ軍に属する衛生班から、疫病で住人のほとんどが死滅した村を感染拡大防止のために焼却処分したとの報告を受けたが、後日の調査によりそれが嘘だと判明、という内容だった。

提起したのは言わずもがな、クラウディオを忌々しく思っていた宮廷官らである。

クラウディオは兵士からの人気が高い。それは自国のみならず他国にまで影響が及ぶほどだ。彼に厳罰を求める際、そういった輩から不満や抗議の声が噴出することを懸念して、軍人としての人望を失わせる必要があった。

「これは略奪行為の証拠隠滅と思われます。クラウディオ軍は略奪行為を禁止しておりますが、戦いに負け疲弊し魔が差したのでしょう。罪なき村を襲い己と兵士の慰みとしたのです。さらにはそのことが明るみに出て評判が落ちることを恐れ、口封じのため村人を皆殺しにして村を焼いたのです。あたかも疫病の蔓延を防いだなどと美談に仕立て上げて。その証拠に後日調査した医学者たちは、その村で疫病の証拠を見つけられなかったそうです」

とんだでっち上げだと、あのときクラウディオ軍に属していた兵士たちは憤慨した。しかしどうやって無実を証明できようか。証拠となる感染者はすべて焼いてしまったのだから。

国のためを思い流した苦渋の涙は、クラウディオの名声を砕く鉄槌《てっつい》となった。

こうして皇帝殺害未遂をはじめとしたクラウディオの数々の罪は、ろくな陳述もないまま評議に入った。

所詮《しょせん》、初めから決まっていた判決である。周囲を巻き込み皇帝に斬りかかった姿は、多くの人に目撃されていた。弁解の余地もない。そして国家転覆罪は死刑一択である。

「しかし皇弟が縛り首など、国の恥ですな。牢獄に死ぬまで幽閉しておけばよいのでは？」

「何を甘いことを。いにしえの時代からクーデターに失敗した者は皇帝の子であろうが兄弟であろうが、死刑と決まっておろうが。斬首して晒し首にしないだけ慈悲がある」

「その通りです。それにあの乱心ぶりでは、死なせてやったほうが慈悲があるというもの。皆さんはご覧になりましたか？　すっかり変わり果てたクラウディオ様の姿を……」

「目が覚めてからずっとアマンダ妃を捜し、暴れて手がつけられなかったそうですな」

「そのあとですよ。アマンダ妃は治療の甲斐なく亡くなったと告げたら、おとなしくなったものの、ずっと『死なせてくれ』と繰り返してるそうです。なんでも一夜にして白髪になってしまわれたとか。……もう生きている意味もありますまい。かつては英雄と称えられた男がこれ以上惨めな姿を晒すのも哀れです。望み通り死なせてやりましょう」

その場にいたのはほとんどがクラウディオを忌々しく思っていた者たちだが、あまりの彼の哀れさにさすがに皆眉根を寄せた。

「これは帝国法が定めるところの、正当な刑罰。そして彼の魂と名誉のための慈悲。……クラウディオ・デ・ヒスペリアを絞首刑に処すということで、よろしいか？」

判事がそう尋ねて全員の顔を見回す。皆が黙って頷くのを見届けて、最後に奥の席に座るディエゴで視線を止めた。

「よろしいですかな、陛下」

ディエゴの顔は蒼白だった。血の気がなく唇まで青ざめている顔に、汗が滲んでいる。判事に視線を向けられるとディエゴは下を向いて顔を背け、「ぼ、僕は」と蚊が鳴くような声で呟いた。

ヒスペリア帝国の特別法廷では、判決の最後に皇帝の承認が必要となる。それはもはや形骸化《けいがいか》しているもので、もし承認しなくとも結果が簡単に覆るようなことはない。ただし、判決を引き延ばし被告に有利な状況を作って再審理すれば、何かが変わるかもしれないが。

もっとも、それは多くの敵を作る茨《いばら》の道程である。

「……僕は」

ディエゴは注目の中、俯いたまま言葉を重ねる。歯がカチカチと笑っていて、うまく喋れない。それでも彼は苦悩に顔をしかめ、声を発した。

「僕は……弟を……」

「陛下」

　勇気を振り絞るかぼそい声を打ち切ったのは、皇帝の隣の席に座る首席大臣オルランド侯爵だった。

「ご承認を」

　見つめてくるオルランド侯爵の瞳は、人間の持つ負の感情に濁っていた。

　ディエゴは震えながら顔を上げる。オルランド侯爵と同じ濁りを持った瞳たちが、一斉に視線を向けていた。

「――」

　ディエゴは口の端を歪ませて笑う。今まで流されるままに自分が作り上げてきたものの醜さに気づいて。

　それは罰。白亜の宮殿に闇が蔓延るのを見過ごしてきた愚昧な皇帝への罰。ディエゴはこの先死ぬまで、幻聴に責められるだろう。

『兄上。あなたの正義はどこにあるのですか』

　耳もとで囁かれた姿なき声に懐かしさを覚えながら、皇帝ディエゴはゆっくりと口を開いた。

「……判決を、承認する」

終章　希望

「――過ちだらけの人生だった。だが、ただひとつ。アマンダを愛し抜いたことだけは後悔していない」

長く険しい己の物語を、クラウディオはそう締めた。

アゼリア牢獄の独房は物音ひとつせず静まり返り、しんしんとした冬の空気に満ちている。

クラウディオは再び扉に向かって姿勢を正すと、手を組み祈りを捧げた。

「神よ、哀れみ深い父よ。わたしの罪をお赦しください」

「……」

しかし、やはり司教からは何も返ってこない。彼はクラウディオの話を聞いている間も、相槌ひとつ打たなかった。

もしかしたら幻覚なのだろうかと思う。或いは、言葉を交わすのも嫌なほどクラウディオを嫌っているのか。

自分のしてきたことを思えばそれも仕方ないと、クラウディオが口を引き結んだときだった。

「……っ」

扉の外から、啜り泣く声が聞こえた。

それは声というより吐息に近いものだったが、それでもクラウディオは目を瞠る。聞き違えるはずがない。こらえていた涙をたまらず溢れさせるときの、彼女のあの吐息を。

「……クラウディオ」

扉の外の影が、小さく呼びかける。クラウディオは死んでいるように冷えきっていた体に、熱い血が一気に巡るのを感じた。足がうまく動かないことも忘れ、何度も転びかけながら慌てて立ち上がる。

そして扉の小窓を覗き込み、驚きに呼吸さえ忘れた。

「……っ、……アマンダ……？」

これは奇跡か、神の慈悲か。

扉の外にずっと立っていた影は、外套の頭巾を深くかぶったアマンダだった。クラウディオのよく知る、清らかで勇ましく、けれども愛らしい彼女の顔が、すぐそこにある。

アマンダは涙を湛えた琥珀色の目で、小窓からクラウディオを見つめた。彼の姿を映した瞳がますます潤み、大粒の涙がとめどなく溢れ出す。

「ああ、クラウディオ……ああ……」

アマンダは何かを話そうとするが、泣きすぎてうまく喋れないようだった。

クラウディオは驚きにしばらく固まったあと、震えながら微かに微笑んで、それから声も出せないほど慟哭した。

夢かもしれない。それでも構わなかった。アマンダが生きて目の前にいる。扉一枚を隔て、すぐそこに。たったそれだけのことが、クラウディオの魂を浄化させ救済する。

「……アマンダ……生きてた……」

「生きているわ、クラウディオ。私もあなたも生きてる。生きているのよ……」

死を望んでいたクラウディオは、今ここに命があることを感謝した。

ふたりはしばらく涙を流し合った。やがてアマンダはようやく泣きやむと、「あなたを助けにきたわ」と小さな声で告げた。

「助けに？」

同じく涙を止めたクラウディオは、目をしばたたかせる。

気持ちが落ち着くと、聞きたいことだらけだった。アマンダが生きていたことも、何故ここにいるのかも。

「私だけじゃない、協力者がいるの。逃走経路も逃亡先も確保してあるわ」

アマンダは辺りを注意深く窺ってから、ポケットから鍵束を出してみせた。それを見てクラウディオはたまらず尋ねる。

「待ってくれ。俺はきみが亡くなったと聞かされていた。本当は何があったんだ？」

「死んでなどいないわ、あなたが命懸けで助けてくれたのだから。ただ煙を吸ったせいで一時的に意識を失っていただけ。私が死んだなんて、あなたを傷つけるための嘘だったのよ」

それは十分に考えられることだった。目覚めたときクラウディオはほぼ錯乱状態だった。アマンダを捜し求めるあまり暴れる彼をおとなしくさせるため、周囲の者が嘘をついたとしてもおかしくはない。その嘘がクラウディオの生きる気力を丸ごと奪ったとしても。

「……そうか」

騙《だま》されたことは許しがたい。アマンダを失った苦しみは、八つ裂きにされて死んだほうがマシだと願うほどだったのだから。

しかし今は、こうしてアマンダが生きて目の前にいる喜びのほうが大きかった。騙された憤怒より、嘘で良かったと心の底から思える。

「私をここまで連れてきてくれたのも、脱走の手筈《てはず》を整えてくれたのも、みんなあなたの味方よ。あなたが処刑されると聞いて、勇気を出して立ち上がってくれたの。だから大丈夫、信じて」

そう言ってアマンダは鍵束から独房の鍵を探しあて、扉を開いた。混乱気味に立ち尽くすクラウディオの手を、白く華奢な手が摑んで導く。

「行きましょう」

「……ああ」

クラウディオはまだ夢を見ているようだった。二度と這い上がれないと思っていた地獄に、突然光り輝く扉が現れて開いたみたいだ。

胸が高鳴っていくのを感じながら、クラウディオはアマンダの手を握り返して一歩を踏み出す。死を望んで過ごした、絶望の檻《おり》から抜け出す一歩を。


その一時間後。

アゼリア牢獄から火の手が上がっていると報告を受けて、ディエゴは現場に駆けつけていた。

燃えていたのはクラウディオを収監していた部屋だけで、そこには顔もわからぬほど焼け焦げた死体がひとつ残されていた。

「焼身自殺のようです。灯火皿《とうかざら》に入れる油を係の者が部屋に置き忘れたようで、それを浴びて自分で火をつけたとみられます」

現場の刑務官らがそう状況を説明したのを聞いて、ディエゴと共にやって来た大臣たちが顔をしかめる。

「自殺だと？　明日には処刑になるのになんの意味が？」

「名誉……のためか。皇族として民の前で刑に処されるのを恥じたのだろう」

「はっ、今さら守る名誉などあるものか。むしろ最後に教会の禁を破って自害して、罪を増やしただけではないか」

喧々囂々と大臣や刑務官たちが話し合うのを、オルランド侯爵が冷めた表情で聞いていた。そして遺体にかけられている筵を無遠慮に捲ると、しゃがみ込んで遺体を見つめた。

「……灯火用の油にしては、焼けすぎではないですかな。それに焼身自殺にしてはもがいた形跡もない、まるで最初から死体に油をかけて燃やしたような」

オルランド侯爵はそう呟いてから立ち上がり、近くにいた衛兵に命じる。

「付近を封鎖して怪しい者がいないか捜索しろ。それから医官を呼んですぐにこの遺体の検証を――」

「やめろ!!」

その命令を遮ったのは、ディエゴの怒鳴り声だった。

周囲は一瞬驚きに静まり返る。いつもオルランド侯爵の言いなりだった皇帝が、血走った目で彼を睨んでいるのだ。

ディエゴは捲られていた筵をかけ直すとその場に跪いて鎮魂の祈りを捧げ、それから立ち上がって皆に告げた。

「……クラウディオは天に召された。もういい、もう終わったんだ。彼を安らかに眠らせてやってくれ」

その声は悲しみに満ちていたが、彼の顔には安堵にも似た諦念が浮かんでいた。

場は静まり返ったままだった。やがてその場にいた司教のひとりが、鎮魂の祈りを捧げた。それに倣《なら》うように、大臣らも刑務官らも皆遺体に向かって祈りだす。オルランド侯爵だけが祈らず、ただ立ったまま目を閉じた。

ヒスペリア帝国の史録には、この日をもって皇弟クラウディオの没が記された。

そして同日のほぼ同じ時刻。宮殿で療養していたアマンダ妃が夫の死刑を悲嘆し川へ身投げしたとの報告があり、遺体不明のまま彼女も史録に没が記された。

◆

それから一年後。ヒスペリア帝国は大きな変革を迎える。

きっかけは、教会前広場で公開された一枚の絵画だった。隣国の大公が惚《ほ》れ込んだという新進気鋭の画家が三年以上の年月をかけて描いたそれは、人々に大きな感銘を与えた。

タイトルは『正義』。

英雄クラウディオが多くの兵士を従え、剣を構えている。その周囲には感謝の祈りを捧げている民たちがいて、空は彼の瞳と同じ色に澄んでいた。

英雄クラウディオを語るのに、これ以上ない素晴らしい絵だった。人々はそれを見て、かつての彼の偉大さを思い出した。

「クラウディオ様は素晴らしいお方だった。皇帝や大臣たちと違い、命を懸けてこの国を守ろうとしてくれた」

「あの方は希望そのものだった。連戦連勝を重ねて勇ましく凱旋してきたときのお姿を見

　あのときほど自分がヒスペリア帝国の民であるのを誇らしく思えた感動と言ったら……！

「クラウディオ様さえいてくれたなら、ヒスペリア帝国の栄光は続くと思っていたのに……。ディエゴ皇帝が王座に就かれた頃から何かが変わってしまったんだ」

「噂では大臣たちに陥れられたらしいぞ。影響力を持ちすぎたクラウディオ様を恐れて、皇帝までグルになって罠《わな》に嵌めたとか」

「お気の毒に！　宮廷の大臣たちときたら私腹を肥やすばかりで、国が落ちぶれていったってなんの役にも立ちやしないのに！　あいつらこそ牢獄に入れて燃やされちまえばいいんだ！」

　人々が在りし日の英雄を思い出すたび、現政権への不満が噴出していく。それはやがて、不遇な最期を迎えたクラウディオの名誉を取り戻そうという運動に波及していった。

　すぐさま声をあげたのは、彼の軍に所属したことのある兵士たちだった。

　彼らはずっとクラウディオを崇拝し支持していたが、貴族出身の一部の将官以外は平民出の傭兵ばかりで、その声が宮廷に影響を及ぼすことはできないでいた。しかし今、彼らの声を多くの者が聞こうとしている。

「クラウディオ様は戦費をくれない国の代わりに、私財をなげうって傭兵たちに報酬を払ってくれたんだ。それも普通よりずっと多くの額を」

「食料も薬も、支援物資もみんなクラウディオ様の私費だったよ。領地も家財も何もかも手放したと聞いている。国はクラウディオ様に守ってもらいながら、彼になんにもしてくれなかったんだ」

「俺たち傭兵なんてどこへ行ったって使い捨てみたいな扱いなのに、クラウディオ様だけは違った。皇族なのに俺たちに同じ人間として接してくれたんだ。俺は野営で、あの人の手から直接パンと酒をもらったよ。あのときの嬉しさは一生忘れねえ」

傭兵たちの話を、哲学者や法曹家が街頭演説で代弁した。多くの出版社が新聞を刷ってクラウディオのことを取り上げた。

帝都から始まったその運動はジワジワと国全体に広まっていき、次に声をあげたのは戦地付近の村の住人だった。それはヒスペリア帝国だけでなく、領国や敵国の民までも含まれる。

「クラウディオ様の軍は略奪行為をしないことで有名だが、本当だよ。どんな状況にあっても奪うことは絶対にせず、ちゃんと取引をして物資を買っていった」

「私たちの村もそうです。敵である私たちの土地からも、クラウディオ軍は何も奪っていきませんでした」

ついに国外からも声があがり始め、クラウディオの偉業は一大ムーブメントになっていく。その雰囲気に背中を押されるように口を開いたのは、クラウディオ派の宮廷官と聖職者たちだった。

彼らは、オルランド侯爵とディエゴ派の廷臣たちがクラウディオに対してどれほど酷い仕打ちをしてきたかを暴露した。そして保身のために今まで口を噤み続けてきた自分たちを恥じた。

聖職者らは償いをしようとクラウディオのための鎮魂祭を催し、多くの人々が列をなして参加した。

さらに驚くことに、数人の宮廷官と将官と出版社が協力し、「焼かれた村の真実」を綴った本が出版された。クラウディオが初めての敗北を喫した帰りに見つけた疫病の村のことだ。

その村でどんな悲劇があったのか、何故彼は村を焼く決意をしたのか。そして真実を嘘で塗り替え罪を着せたのは誰なのか。医師と研究者の監修もつけ、疫病が事実であったことも記したその本は大ベストセラーとなり、ヒスペリア帝国だけでなく他国にもセンセーショナルな読み物として広がった。

人々はそれを読み、クラウディオの苦しみと慈悲に涙した。もはや彼の人気はかつての全盛期以上で、慌てて国がそれを禁書にしたところで手遅れだった。

クラウディオの正義を知れば知るほど人々は熱狂し、やがて高まった熱は英雄を陥れた悪辣《あくらつ》な皇帝と廷臣たちに怒りの鉾《ほこ》となって向けられる。

ただでさえ冗長で負け続きの戦争のせいで民は疲弊し、不満を抱えていたのだ。そこに英雄の真実が語られ、マジュリート宮廷は完全に人民の敵となった。

内乱の火の手が最初に上がったのは、十一月。

奇しくも四年前にクラウディオが寡兵のために初めて敗北を喫した、その日であった。

「大臣たちはこの国を没落させた責任を取れ！」

「卑劣なオルランド侯爵を首席大臣の座から降ろせ！」

「いい加減に戦争をやめろ！　これ以上戦っても無駄だ！」

人々は溜まりに溜まった恨みを籠めて、帝都にある大臣らの邸宅を襲撃した。それは一過性のものではなく、何ヶ月にもわたって徐々に規模を拡大していった。当然、被害に遭うことを恐れて帝都から逃げだそうとした大臣もいるが、それは余計に人々の怒りを買い、逃走中に捕まった者は激しい暴行を受け命を落とした。

こうなればもはや宮廷は機能せず、ただひたすら暴動の鎮圧に注力するしかない。

「……だからわたしはクラウディオ殿下が嫌いなのです。あの方はまごうことなき正義の人だった。しかし正義とは恐ろしい。歪で愚かで、人々を狂わせる。戦争はいつだって正義の名のもとに起こります。あの方は死んでなお、正義の名のもとに戦いを呼び起こした」

暴動が始まって二ヶ月。オルランド侯爵はディエゴに正式に謁見を願い出て、そう語った。そしてうんざりとしたため息をついて、しばらくの休暇を申し出た。もちろん、国外へ避難するためだ。

オルランド侯爵をはじめ、計算高い者はずっと前から……この国に衰退の陰りが見えてきた頃から、国外脱出の手段を確保している。すでに幾人かの者は帝都から逃げ、他国へ避難していた。ただし、途中で暴徒に見つかれば家族もろとも命はなかったが。

ディエゴはオルランド侯爵を止めなかった。国内が混乱を極めているのに皇帝を置いて逃げようとする首席大臣を、責めることもしなかった。ただ「今まで世話になったね」と短い礼を述べただけだった。

オルランド侯爵が去った謁見室で、ディエゴは玉座に凭れかかり天井を仰ぐ。

（どちらにせよ彼はもう戻ってこないだろう。他の大臣らもだ。新しい人事を考えなければ）

寂しくも悲しくもない気分だった。この内乱は、いつかは来るであろう崩壊でしかなかったのだから。

謁見室のみならず、宮殿は静まり返っている。大臣も聖職者も、側近のほとんどが宮廷を去った。あれだけディエゴに擦り寄ってきた廷臣たちは、誰ひとり残っていない。

皇帝の玉座の周りにはもう偽りの味方さえおらず、ただ、ただ、冷え冷えとした孤独だけがそこにあった。

「……ああ、そうだまずは」

ぼんやりと天井を見つめていたディエゴはハッと思い出し姿勢を正すと、ベルで侍従を呼んで告げた。

「終戦を宣言する。国内への通知と敵対国との交渉の準備に入ってくれ」

この年の冬。三十年近くにわたり大陸全土で続いてきた宗教戦争は、ヒスペリア帝国の終戦宣言、および敗北をもって終結した。

大陸全土を巻き込んだこの戦争はのちに『最悪で最大の宗教戦争』と言われ、犠牲者はおよそ七百万人を超える。敗戦国はもちろん戦勝国も大きな痛手を被り、今後数年復興に尽力せざるを得なかった。

そしてまたこの戦争を機に大陸の勢力図は大きく書き変わり、大帝国ヒスペリアは大陸での覇権を失い急激に衰退していく。

皇帝ディエゴは五年後に再婚するも子を生《な》せず、王朝の血を途絶えさせた。結局彼が残せたものは、帝国の敗戦という史禄だけである。

◆

「なあなあ、聞いたか？　ヒスペリアの宮殿前広場のこと」

「知ってるさ。あれだろ、国を見捨てて逃げだそうとした大臣らがとっ捕まって、みんな首をずらーって並べられてるっていう」

「ついに首席大臣も捕まって斬首されたそうだぜ。傾国の悪大臣の顔を拝みにいってやろうじゃないか」

「嫌だよ、悪趣味だな。けど隣にはあの有名な『正義』の絵が飾られてるんだろ。そっちは見にいきたいな」

「よし、行こう行こう」

街角で若者たちが血気盛んにそう話しているのを、クラウディオはぼんやりと聞いていた。早春の風が彼の雪のように純白な髪を揺らし、どこからかマグノリアの香りを運んでくる。

「お待たせ、クロード」

クラウディオのもとに駆けてくるアマンダは、頭に帽子をかぶりエプロンのついたスカート姿で、パンの入った袋を嬉しそうに抱えている。

クラウディオは溌溂とした妻を愛おしそうに眺め、目の前にやって来た彼女の少し赤らんだ頬を撫でた。

「買えたかい、アメリー」

「ええ。でもまだ小麦の値が下がらないみたい。ジョエル様は尽力してくださっているけど……」

「仕方ないさ、戦争はまだ終わったばかりなんだから。これから世界が平和になれば、物価もすぐに戻るよ」

「そうね。さあ、帰りましょう」

ふたりは街の人々と変わらぬ格好をして、どこにでもいる若い夫婦のように寄り添って歩く。街では大勢の人が行き交っていたが、誰ひとり彼らがヒスペリアの英雄とその妻だと気づく者はいなかった。

クラウディオとアマンダは、ガリア王国で暮らしている。

処刑前夜のあの日から今のこの穏やかな暮らしを築くまで、多くの人の助力があった。

それは、クラウディオが結びアマンダが辿っていった縁。

かつてアマンダはクラウディオが宮廷で陥れられようとしていたとき、多くの人に手紙を送り、ときには会って話をした。できるだけでいい、陰ながらでいい、どうか己の良心に従ってクラウディオに手を差し伸べてほしいと。

オルランド侯爵はアマンダがクラウディオ派を増やすために呼びかけていたと思っていたが、アマンダが求めていたのは派閥ではなく味方だった。

一兵卒、士官、聖職者、貴族、宮廷官に至るまで、アマンダの呼びかけに胸打たれた者たちが多くいた。彼らは皆、かつてはクラウディオと懇意にしていた者や恩のある者ばかりだった。

宮廷内の権力騒動に介入することは叶わなかったけれど、彼らはクラウディオが投獄されたと聞いて動きだした。指揮を執ったのは、ふたりの結婚を見届けたロドリゴ司教である。

彼らは各々ができることを集結させて、クラウディオを脱獄させ、彼とアマンダの死を偽装し、さらにふたりをガリア王国まで逃がした。

隣国でもあり長年の不倶戴天の敵でもあるガリア王国。そこで最後に手を差し伸べてくれたのが――今や国王となったジョエルだった。

　彼は憧れであるクラウディオの動向をずっと窺っていた。寡兵での痛ましい敗戦も、カラトニア公爵領奪還のときの狂気も、部下から報告を聞きその身と心を案じていたのだ。そしてクラウディオが投獄されたときも。

　ジョエルはかねてからヒスペリア帝国内に潜ませていた間者に、なんとしてもクラウディオを逃がすよう命じた。そこで間者は、同じくクラウディオの脱獄を企てる者らと出会い、事情を話し協力してガリア王国まで逃がしたのだった。

　クラウディオとアマンダは今、ガリア王国の王都郊外にある屋敷に住んでいる。衣食住も使用人も、生活するための資金まで、すべてジョエルが密かに用意してくれたものだ。事情を知らぬアマンダは当然驚いて怪訝に思ったが、クラウディオは『あのときの恩返しのつもりか』と眉尻を下げて笑っていた。

　王都に隠れ住み三日が経った頃、ジョエルがお忍びでやって来た。

　彼は変わり果てた姿のクラウディオを見て驚愕の表情を浮かべ、それから顔を険しくさせ肩を摑み言った。

『クラウディオ将軍。俺とあなたの戦いはまだ終わっていない。俺はまだ直接軍を指揮していないし、あなたも万全ではない。勝負はお預けだ。だから、あなたが稀代の名将として復活するまで、俺はあなたを絶対に死なせない。ここで英気を養うんだ。そのためならば俺はなんでもする』

彼はその言葉通り、国で一、二を争う名医を連れてきてクラウディオの治療にあたらせた。

その甲斐あって焼け爛れ塞がっていた瞼も、火傷のせいで歩行が困難だった足も、今では随分良くなった。目は視力が落ちたものの開くようになり、足も訓練しながら歩けるようになっている。すべてジョエルのおかげだ。

『クラウディオ将軍は俺が戦場で討つと決めたからな。王たるもの、誓いを違えたりはしない。そのためだ』

何度も礼を述べたアマンダにジョエルはそう言ったけれど、ちょくちょく屋敷にやって来る彼を見てるとそれだけではないのではと思う。

クラウディオと戦史研究の話題に花を咲かせたり、机上の戦術ゲームをして楽しんだりしているジョエルは実に嬉しそうだ。戦勝国とはいえガリア王国も戦争による痛手は大きい。国王であるジョエルは国の立て直しに毎日奔走している。皇族であったクラウディオはそんな彼の良き相談相手にもなった。

そんなふたりを見ていると、アマンダは思うのだ。ジョエルもまたクラウディオの人となりに惹かれ、良心のままに行動したひとりなのだろうと。そして彼らの間に不思議な友情が芽生えているのも感じるのだった。

ジョエルと、助力してくれた仲間たちのおかげで、クラウディオとアマンダは穏やかで不自由のない生活を送っている。「クロード」と「アメリー」という偽名を使って、正体を隠しながら。

　ふたりの生活は贅沢ではないものの、温かさに満ちていた。郊外の屋敷は豊かな自然に囲まれているが、馬車で十五分も行けば人で賑わう王都の中心部へ着く。クラウディオとアマンダは天気のいい日は馬車を使わず、のんびりと歩いて街へ買い物にいくのが好きだった。道中には季節の野の花が咲き、麦畑の金色も目を楽しませてくれる。途中ですれ違うのは藁《わら》を積んだ牛車や、畑へ向かう農夫と手伝いの子供たちだ。彼らはどこからか越してきた年若い夫婦を最初は怪訝そうに見ていたが、クラウディオたちがにこやかに挨拶をするとすぐに友達になった。

　近所の素朴な人々は、仲良くなったクラウディオとアマンダによく贈り物をした。採れたばかりの野菜や、近くの池で釣ってきた魚、この辺りに伝わる揚げ菓子などを惜しみなく若夫婦に振る舞った。クラウディオとアマンダは喜んでそれを受け取り、礼に彼らの畑仕事などを手伝ってやった。初めての経験ばかりで四苦八苦もしたが、それもふたりにとっては子供の頃に戻ったみたいで楽しかった。

　ある日など、育ちすぎた大きなカブをクラウディオは男衆と一緒に抜いて尻もちをついた。アマンダはそれを見て笑い、その日は採れたカブをスープにしてみんなで宴を開いた。

　また別の日には、アマンダは農夫の妻たちに習って初めてカボチャのパイを作った。それをクラウディオが『世界一おいしい』と褒め称えたのは、言うまでもない。アマンダは彼女らへの礼に刺繍を教え、とても喜ばれたこともある。

気の良いふたりは、近所の人気者だった。たとえふたりがどことなく高貴な雰囲気を纏いそれを隠そうとしていても、夫が年に似合わぬ白髪で何やら事情のありそうな火傷の痕があったとしても。それを詮索する気が失せるほどに、若い夫婦は善良で魅力的だった。

クラウディオとアマンダの屋敷には、近所の者以外にも時々客人が訪れた。

それはかつての友。アマンダの呼びかけに応えてくれた、かけがえのない仲間たちだった。

特に兵士らは今でもクラウディオを熱烈に崇拝している者が多く、高級なワインや珍しい書物などが手に入るとすぐさまそれを持って嬉しそうに訪ねてきた。

客人の中には芸術家もいる。そう、ヒスペリア帝国の変革のきっかけになった絵画『正義』を描き、一躍時の人となったイサークだ。

さすがに顔が知れ渡りすぎてしまったので、イサークがふたりのもとへ来るのはひと気のない夜更けと決まっている。それでもクラウディオとアマンダは彼がわざわざ会いにきてくれるのが嬉しかった。

「今度、ジョエル国王の私的なご依頼で絵を描くんです。テーマは『勇敢』。三日で市街地を制圧したときのクラウディオ将軍の姿ですよ」

イサークがこっそりと教えてくれた情報に、クラウディオは思わず笑ってしまった。今やジョエルは立派な国王になったというのに、心はいつまでもあのときのキラキラした瞳の少年のままらしい。

「国王陛下のご依頼なんてすごいわ。イサーク、あなたの才能は本当に素晴らしいのね」

テーブルに新しいワインを出しながらアマンダが言えば、イサークは肩を竦めて照れ笑いを零した。

「きょ、恐縮です。今の僕があるのは何もかもおふたりのおかげです。クラウディオ様が僕を芸術家として育ててくださって、アマンダ様が世界に英雄を知らしめる道を切り拓いてくださった。僕は命尽きるまでふたりに恩返しをしていくつもりです」

「お礼を言うのはこっちのほうよ。あなたがあの絵を描いてくれたおかげで、クラウディオの名誉は回復された。……私は嬉しかったの。クラウディオの正義は間違っていなかったと人々に伝えられて。一度はこの世界に絶望して神に祈ることさえやめてしまったけれど、今はまた希望を持ってる。この世界でまだ正義は生きているのだと知ることができたわ。どうもありがとう、イサーク」

そう語るアマンダの笑顔は、どこまでも優しく、そして強い。

クラウディオはつくづく思う、彼女はやはり世界一勇敢な女の子だと。そして心の底からアマンダを愛しく思い、胸に込み上げる熱さに少しだけ泣きたくなった。

「あ、あの！」

褒められて赤くなっていたイサークは、突然思いきったように声をあげた。

「ジョエル王の依頼が終わったら、お、おふたりの絵を描かせてもらえませんか？　昔描いたおふたりの肖像画も離宮と一緒に燃えてしまったと聞きました。ですから、あの、もう一度描かせてください。今度は、今のお幸せそうなおふたりを」

その申し出を、クラウディオもアマンダも喜んで受け入れた。むしろこちらからお願いしたいくらいだ。

素晴らしい約束は、クラウディオとアマンダにまたひとつ幸福をもたらした。

イサークは「そうと決まれば準備に取りかからなくては」と興奮した面持ちで帰っていき、彼を見送ったあと、時計の針はもう日付が変わっていた。

「そろそろ休みましょう、クラウディオ。それとももっとワインを飲む？」

客間のグラスを片付けながらアマンダが尋ねると、クラウディオは後ろからそっと腕を回し柔らかな体を抱きしめた。

「ワインはもういい。味わうのなら、きみを」

彼の長い指がアマンダの顔を振り向かせ、唇を重ねる。訪客の多いこの屋敷にとって、夜は貴重な愛を紡ぐ時間だ。

もう口づけなど何百回も交わしたことがあるのに、今でもクラウディオの唇と舌はアマンダを激しく乞う。甘く唇を食み、舌を絡め、歯列さえねぶった。

乱れて苦しくなっていく呼吸と共に、アマンダの胸は高鳴っていく。彼と同じで何百回口づけをしても、そのときめきが色褪せることはなかった。

「アマンダ、ベッドへ行こう」

クラウディオは甘えるように顔を寄せ、耳もとで熱く囁いた。アマンダは頬を染めながら小さく頷くと、手に持っていたグラスを置いて、あとの片付けは明日することにした。

「愛してる」と、クラウディオはアマンダの服を脱がす間ずっと耳もとで囁き続けた。

寝室に着いたふたりは蠟燭に火をつける余裕もなく、仄かな月明かりの下、もつれるようにベッドへ倒れ込む。

荒々しい手つきで服を剝いでいくクラウディオの顔をアマンダは両手で包み、じっと見つめてから口づけた。

月光に照らされるのは、光のような金髪ではない。静かに悲しみを湛えた雪のような白い髪だ。それはクラウディオの魂が一度は死んだ証。アマンダを失い生きる意味を失くしたときに、彼は太陽の色も失った。

アマンダの手が頰から髪へと辿っていく。絶望の烙印そのものである髪を慈しむように撫で、込み上がる切なさに胸が苦しくなった。

アマンダの服をすっかり脱がせてしまうと、クラウディオは待ちかねていたように白い首筋に嚙みついた。緩く歯を立て、吸いつき、痕を残す。

「あ、ああ……」

ピリッとした痛みと共に、白い肌に赤い花が散った。クラウディオは満足そうに目を細めると、鎖骨と胸にもそれを繰り返した。

「きみの肌に俺の残した痕がないと落ち着かないんだ」

できたばかりの痕のそばには、よく見ると薄くなった赤い名残がある。クラウディオはアマンダと肌を重ねるたび、こうして体のどこかに自分の印を残していた。

「知ってるわ。おかげで私は襟ぐりの広いシフトを着られないんだから」

アマンダがふざけて頬を膨らませれば、クラウディオはおかしそうに笑ってその頬を指で摘まんだ。

「ごめん、ごめん。でもやっぱりきみは襟の詰まった服を着たほうがいい。きみの綺麗な鎖骨や胸もとを、誰にも見せたくない」

そう言ってクラウディオはデコルテにもうひとつ、独り占めの印をつけた。

それから彼の唇はアマンダの豊かな胸へと辿り着く。両手でふたつの膨らみを捏ねながら、胸の先端へと口づけた。淡い紅色の乳暈ごと唇に覆われ、舌先で小さな実を転がされる。

「……っ、ふ、……ぅん」

アマンダはクラウディオの口の中で乳頭が硬くなっていくのを感じた。もう片方の実も彼の指で弄られ、たまらない愉悦が湧いてくる。

「今までもこれからも、俺だけのアマンダだ」

何度も乳頭を啄み、硬く勃っていくさまを楽しみながらクラウディオが言う。

(昔からやきもち焼きなのは、ちっとも変わらないわね)

アマンダは心の中で密かに懐かしんだ。

子供の頃、クラウディオとアマンダ、それにディエゴの三人でゲームなどをして遊んだときのことを思い出す。三人で遊んでいるうちはいいのだが、アマンダがうっかりディエゴとだけ話を弾ませてしまうと、クラウディオは『ねえ。俺も仲間に入れてよ』と必ず割って入ってきた。そのときは彼を寂しがり屋なのだと思っていたけれど、そうではなかった。

（やきもちだったのよね。だって『仲間に入れてよ』って言いながら、ずっと私とだけ手を繋いでいたんだから）

そのくせ、恋を自覚したのはアマンダよりあとで、しかも無意識にアマンダを妬《や》かせていたのだから笑ってしまう。

少年のときから変わらない無邪気な恋心が、アマンダは嬉しくて愛しくてたまらない。

「そうよ、クラウディオの私よ。それに私のクラウディオでもあるんだから」

手を伸ばし彼の肩や背を撫でながら、顔を綻ばせる。クラウディオは目をしばたたき、それから「ああ、アマンダだけの俺だ」と頬を染めて嬉しそうにはにかんだ。

クラウディオは体を起こし自分の服を脱ぎ捨てると、裸の胸を重ねてアマンダに顔を寄せる。

「きみのクラウディオを、さわって」

低く囁かれたおねだりに、アマンダはおずおずと手を伸ばし従った。逞しく広い背を撫でると、古い創傷《そうしょう》の痕に指が触れた。細く引きしまった腰にも何かの傷痕がある。

体に残る無数の傷痕も、鍛え上げられた逞しい筋肉も、すべて彼がヒスペリア帝国のために戦い続けた証だ。たとえ報われない戦いであったとしても、彼の崇高な戦史の痕をアマンダは誇りに思う。

腰を撫でていた手は脇腹を通って、彼の下腹部に触れる。下生えの下にはすでに雄が漲っており、アマンダはそれを手で包むように撫でた。クラウディオが短い息を吐き出すと共に、先端から垂れた雫が白い手を汚す。

クラウディオは自分も手を伸ばして、アマンダの下腹部に触れた。淡い茂みを指でくすぐり、秘めた割れ目に指をうずめる。アマンダが感じる場所をよく知っている指は迷うことなく小さな粒に触れ、優しく円を描くように撫でた。

「あっ、あ、あ……」

ピクンとアマンダの体が震える。甘い痺れがさざ波のように体に広がって、腹の奥が熱く疼いた。

ふたりは深く口づけ合いながら、互いの体を愛でた。やがて呼吸が乱れ、どちらの体も熱を帯びしっとりと汗ばむ。

「アマンダ」

クラウディオは彼女の手を放させると、体勢を変えて白い腿の間に顔をうずめた。すでに蜜にぬめるそこに舌を這わせ、ふっくらと充血している陰芽をねぶる。

「ひ、ぁあっ！」

アマンダの喉から甲高い嬌声が漏れ、たちまち快楽の高みに押し上げられた。敏感な場所を舌で攻められるだけでも鳥肌が立つほどの愉悦なのに、クラウディオの美しい唇が淫靡な場所に口づけていると思うと、背徳的な情欲が湧いてきてしまうのだ。

「あ、駄目、駄目……っ、あぁっ」

あまりの快感に体がグズグズに溶けていくような錯覚を覚えながら、アマンダははしたない蜜をしとどに溢れさせて絶頂へ上り詰めた。余韻にビクビクと震える秘裂からクラウディオはなかなか舌を離さず、蜜孔にも舌を差し込んで潤沢な蜜を味わってからようやく顔を離した。

ふたりは揃って息を乱した。クラウディオは手を伸ばし汗で額に貼りついたアマンダの前髪を捲ってやる。それから口づけを交わし、体を繋げ合う体勢になった。

「愛してる」

そう告げるクラウディオの瞳にアマンダが映る。けれどその双眸は等しい光を湛えていない。一度は焼けた瞼に覆われた左目は完全な視力を取り戻すことはなく、燻るようにぼやけている。

果てなく澄み渡る夏空のようだった瞳が、懐かしい。陽光に金色の髪を輝かせ、瞳に空を閉じ込めた少年はもういない。この世界を導けると信じていた怖いもの知らずの無邪気な笑顔は、アマンダの胸の中にだけ生き続けている。

それでも、アマンダは目の前の男が狂おしいほどに愛しい。絶望の烙印を何度も刻まれ生命の輝きなどとうに消え失せても、愛だけは手放さなかった彼をこの世界でただひとり愛している。

「私も愛してる。あなただけを、誰よりも」

言葉はもどかしい。百万回愛を告げても、気持ちのすべては伝えられない。

だからアマンダは腕を伸ばしクラウディオの頭を抱き寄せ口づける。そして体を繋げ、熱を分かち合い、想いごと溶け合う。

いざなうように蜜に濡れ疼く孔に、クラウディオの熱い肉塊が入ってくる。

(ああ……私たち、ひとつになってる)

アマンダは心がジンと震えるのを感じながら、クラウディオの背を強く抱きしめた。彼もまた恍惚《こうこつ》と感激の狭間にいるような、泣きそうな笑みを浮かべていた。

「好きだよ、アマンダ」

彼がなおも想いを言葉で伝えようとしてくれるのが、アマンダは嬉しい。唇に浅く弧を描き頷けば、彼の顔がますます綻んだ。

「俺はきっと、きみと結ばれるために生まれてきたんだ」

ふたりは繋がったまま何度も何度も口づけを交わし、体に触れ合った。アマンダにとっても、クラウディオにとっても、肌を重ねるのは情欲のためではない。互いの命がここにあると確かめ、その悦びを全身で享受するための行為だ。

クラウディオは腰を揺り動かし、アマンダの奥深くへ進む。深く求めれば求めるほど、

心だけでなく体まで気持ち良くなっていくのが不思議だった。

「あ、あぁ、クラウディオ……ッ」

アマンダの肉壁は彼の侵入を悦び、うねって締めつけ甘露を溢れさせる。クラウディオが抽挿するたび淫靡な水音が響いて、ふたりの肌もシーツも濡らした。

アマンダの体が悦んでいるのを感じて、クラウディオの雄茎もさらに漲る。彼が腰の動きを速めると、綺麗な輪郭を伝って汗の雫が落ちていった。

「んっ……」

噛みつくようなキスをされて、アマンダの中がキュッと収縮した。大きすぎる幸福は心と体に収まりきれず、快感の絶頂となって溢れ出した。

「あぁああっ！」

震えながら仰け反ったアマンダの体を、クラウディオが腕に強く抱く。反らされた白い喉に甘く噛みついて、ヒクつく蜜道を激しく穿った。

「あ、あっ、やぁあっ、待って……！」

悦楽に満ち満ちた体をさらに刺激されて、アマンダは涙を零した。下半身は言うことを聞かず、ガクガクと震えっぱなしだ。何も考えられなくなっていき、言葉にならない嬌声が口から勝手にあがる。

「アマンダ、アマンダ……。愛してる。俺だけの——」

低く呻き、アマンダの体を強く抱きしめて、クラウディオは精を放った。その瞬間ふたりの体は溶け合うように密着し、鼓動まで重なってひとつになったようだった。

「ああ……愛してる、クラウディオ……」

アマンダは腕を震わせながら彼の頭を抱きしめた。

(きっと私も、あなたと結ばれるために生まれてきたの)

絶頂の余韻で朦朧とする頭で、そんなことを思う。

十歳のときに家族と引き離されたのも、囚われの公女として生きてきたのも、彼と共に悪辣な手に陥れられたのも、互いに何もかも失ったのも、すべてはきっとこの幸福のため。クラウディオとふたりで生きていくための序章に過ぎなかったとさえ思える。

恍惚とした表情を浮かべ、力尽きたアマンダはそのまま幸福な眠りへと落ちた。


翌朝。

窓から差し込む朝日で目を覚ましたアマンダは、ベッドにひとりきりでいることに気づく。

何も身につけていないが体は綺麗になっている。クラウディオが拭いてくれたのだろう。

「どこへ行ったのかしら……」

ベッドから起き上がったアマンダは服を着て髪を簡単に整えると、クラウディオを捜しに寝室を出た。

彼を見つけたのは庭だった。宮殿に比べれば遥かに小さいが、この屋敷にも庭はある。

低木と花壇に囲まれた庭の真ん中で、クラウディオは空を見上げ佇んでいた。

アマンダは声をかけようとして、ふと立ち止まる。美しいと思った。青空の下に立つクラウディオを、久々に見た気がする。

少年の頃の彼は、いつも青空の下で笑っていたように思う。眩しかった。少女だったアマンダの目には、彼は希望そのものに見えた。

あのときのクラウディオが両腕いっぱいに抱えていた宝物は、もう何も残っていない。国も故郷も名誉も家族も失った。正義の刃は毀れ崩れ、希望は堕ち、心は跡形もなく砕け散った。復讐の業火に焼かれ、瞳の輝きさえ失った。

それでも愛だけは手放さなかった。

この小さな庭で空を仰ぐクラウディオの手のひらには、握りしめ続けた愛だけしかない。けれども彼は笑う。幸福そうに目を細め、他に何もいらないと言わんばかりに満たされた笑顔で。

「おはよう、クラウディオ」と声をかけると、彼は振り返って「おはよう、アマンダ」と嬉しそうに近づいてきた。

「起きたらいないんだもの。どこへ行っちゃったかと思ったわ」

少し拗ねたようにアマンダが言えば、クラウディオは「ごめん、よく晴れていたから空が見たくなって」と眉尻を下げた。

そして大きな手でアマンダの頬を撫でて言う。

「大丈夫、どこにも行かないよ。ずっときみのそばにいる。──だから笑って、アマンダ」

いつかの遠い日に、希望をくれた少年の姿を思い出す。

澄み渡る空の下で、アマンダは煌めくように笑った。

完

あとがき

ソーニャ文庫様では初めましてになります。桃城猫緒《ももしろねこお》と申します。このたびは本作をお手に取ってくださり、どうもありがとうございます。愛に生きたひとりの男性の壮絶な物語、お楽しみいただけたなら幸いです。

このたびソーニャ文庫様で執筆させていただけるにあたって、どんな美しく歪んだ愛を描こうかなとあれこれ考えた末に「よし、愛が歪むまでの過程をこれでもかと丁寧に綴ろう！」と決めたのがこちらの作品になります。いやあ、楽しかった！　キャラクターの生き様と心情をネチネチ描くのは最高ですね！

お気づきの方もいらっしゃるかと思いますが、今回の舞台は十七世紀の三十年戦争を、ヒーロークラウディオはスピノラ将軍をモデルにしております。実は私、自称ヒストリカルミーハーでして、スペインハプスブルクが推しでございます。（部屋にはフェリペ四世のポストカードが飾ってあります笑。ペ四とオリバーレスの関係はいいぞ……！）

個人的にスペインハプスブルク全盛期の十六、十七世紀辺りとても好きなのですが、その時代をモデルに小説を描こうとすると殿方の衣装がイマイチになってしまうのが悩ましいところです。今回もイラストを担当してくださったＣｉｅｌ《シエル》様と担当様には大変お手間をとらせてしまいまして……。それでもカッコいい衣装や鎧をデザインしてくださったＣｉｅｌ様には本当に感謝しかありません。ありがとうございます。

今作を書くにあたって、たくさんの方にお世話になりました。この場をお借りしてお礼申し上げたいと思います。

イラストを担当してくださったＣｉｅｌ様、美麗な表紙と挿絵をどうもありがとうございました。クラウディオの衣装もアマンダのドレスも、色の制限があるにもかかわらず本当に素敵です……！

担当のＴ様、色々とお世話になりました。特に挿絵のドンピシャな資料を集めてくださったこと、本当に驚きと感謝でいっぱいです。ありがとうございました。前担当のＡ様、濃厚な打ち合わせをありがとうございました。どうかお身体お厭《いと》いくださいませ。Ｙ様、Ｓ様。ご丁寧な対応どうもありがとうございました。

それから本作を担当してくださったデザイナー様、流通に乗せてくださった方々から書店に並べてくださった方々まで。当作品を商品にして読者様との縁を結んでくださった皆様に心よりお礼申し上げます。

そして最後に、この本をお手に取ってくださったあなたへ。クラウディオの愛と正義の物語に寄り添ってくださって、どうもありがとうございました。彼の生き様があなたの心に何かを残せたならば幸いです。

桃城猫緒

Sonya
ソーニャ文庫

この本を読んでのご意見・ご感想をお待ちしております。

◆ あて先 ◆

〒101-0051
東京都千代田区神田神保町2-4-7 久月神田ビル
㈱イースト・プレス　ソーニャ文庫編集部
桃城猫緒先生／ Ciel先生

堕《お》ちた軍神皇子《ぐんしんおうじ》は絶望《ぜつぼう》の檻《おり》で愛《あい》を捧《ささ》ぐ

2023年2月7日　第1刷発行

著　　者　桃城猫緒《ももしろねこお》
イラスト　Ciel《シエル》
編集協力　adStory
装　　丁　imagejack.inc
発 行 人　永田和泉
発 行 所　株式会社イースト・プレス
〒101－0051
東京都千代田区神田神保町2－4－7 久月神田ビル
TEL 03－5213－4700　FAX 03－5213－4701
印 刷 所　中央精版印刷株式会社

ISBN 978-4-7816-9739-0
定価はカバーに表示してあります。

Sonya ソーニャ文庫の本

『純愛の業火』 荷鴣

イラスト Ciel